第二輯
大畫情聖
第二輯
五
致命一擊
上山打老虎 著

大畫情聖
II
【目錄】

第六十一章 將計就計

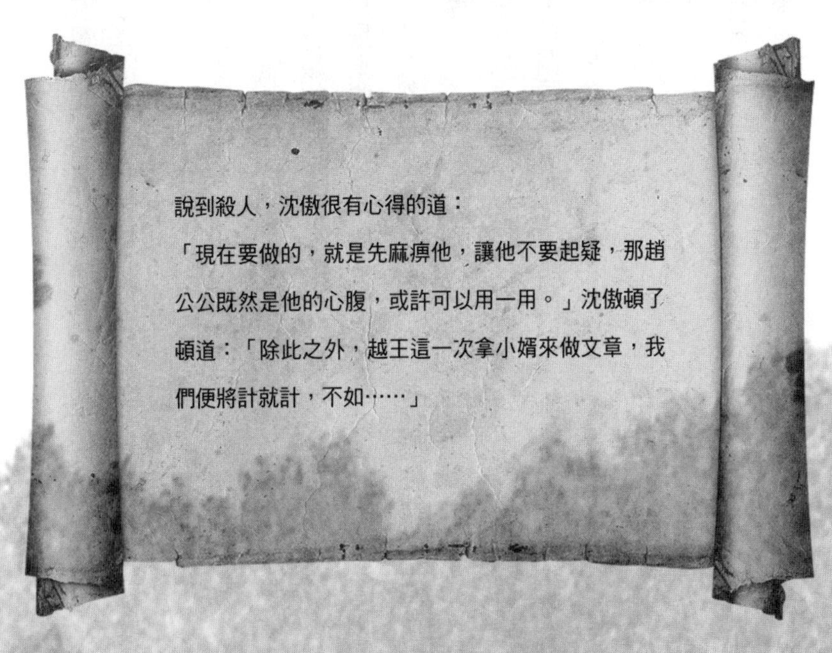

說到殺人，沈傲很有心得的道：

「現在要做的，就是先麻痹他，讓他不要起疑，那趙公公既然是他的心腹，或許可以用一用。」沈傲頓了頓道：「除此之外，越王這一次拿小婿來做文章，我們便將計就計，不如……」

沈傲本想呵呵一笑，又覺得這般有點不合時宜，立即做出一副苦臉道：「小王曾聽那些衙門裡的公人說過一句話，大多數謀殺的背後，誰得益最大，誰就最有可能是真凶。」

李乾順呆了一下，不由自主地道：「越王！」

李乾順只有一個兒子，這個兒子，自然就是儲君人選，可是太子早夭，李乾順無後，按照定律，越王作爲李乾順的胞弟，自然而然地成爲了儲君的熱門人選，雖說李乾順並未頒發詔令，可是不止是整個龍興府，便是李乾順自己，也默認了這個事實。

李乾順臉色變幻不定，他突然坐下去，又站起來，時而盯住沈傲，時而又沉默了一下，眼睛落在緊閉的門窗處。

良久，他慢吞吞的道：「只是懷疑罷了，沒有實據，也不過是猜測而已。」

他畢竟不是趙佶，到了這個時候，居然還能存留一分理智。

沈傲不疾不徐的道：「要查證，其實也簡單的很，不管是誰指使，宮裡一定會有內應，陛下查一查太子殿下死之前三天，有誰靠近過馬棚便知道。」

李乾順皺眉：「出來！」

沈傲愣了一下，隨即耳房中那個帶著沈傲入殿的公公面無表情的出來，他朝沈傲淡淡一笑，隨即躡手躡腳過來，慢吞吞的道：「陛下有何吩咐？」

李乾順道：「方才的話，你聽見了？」

這公公淡淡道：「奴才聽到了。」

李乾順道：「去查！」

公公點了點頭，快步出去。

沈傲微微一笑：「想不到原來隔牆有耳，這些話，小王本想和陛下一個人說。」

李乾順道：「懷德是朕最信任的人，他曾經伺候過太子，這些話，讓他聽見也無妨。」

沈傲也不再說什麼。李乾順這時候亦是沉默不語，從不遠處的書架子裡拿出一本書，只是他這時候到底有沒有心思去看書，還是根本就是拿書去掩飾他的失態就不得而知了。

其實要查也容易，馬棚那邊，單馬夫就有五十多名，各家的貴人要騎馬，都是派太監去取的，而要取，就會有記錄，宮裡的貴人騎馬的並不多，三天時間也不算長，立即便能鎖定住幾個人。

趙公公遠遠的在暖閣外逗留，暖閣外頭，武士和內侍都是神情肅穆的衛戍等候，趙公公負著手慢悠悠的走過去，朝一個太監搖搖手。

那小太監立即快步到趙公公身邊，低聲道：「趙公公……」

趙公公臉上帶著溫和的笑容，手輕輕一抖，袖子裡突然拿出一樣東西，塞到這太監手裡，微微笑道：「前幾日和幾個主事太監聚賭，恰好贏了淑芳閣楊公公的一方玉佩過來。咱家知道你喜歡收藏這個東西，拿去玩吧。」

這太監接過玉佩，摸了摸成色，頓時大喜，忙不迭的貼身藏好，道：「這可是好貨色，說不準是楊公公從淑芳閣裡順手牽羊偷來的。」

趙公公呵呵一笑：「和咱們沒干係，他偷他的，咱們贏咱們的，問罪起來也落不到咱們頭上。」

小太監喜滋滋的道：「這倒也是，那就多謝趙公公了。」

趙公公四顧了一眼，蹙起眉：「怎麼？你就一直站在外頭？那沈傲和陛下還沒有說完話？都過了一個多時辰，有什麼話要說這麼久。」

小太監笑呵呵的道：「誰知道呢，不過中途陛下叫武士進去了一趟，武士們方才還在議論呢，說什麼太子、越王的，教人一頭霧水。」

趙公公眉宇閃了一下，目光立即變得嚴厲起來，卻又是一笑：「這倒真是奇了，太子和越王與那沈傲有什麼干係？這姓沈的據說犯了滔天大罪，怎麼？還想脫罪不成？」

小太監諂媚一笑：「趙公公，方才陛下說了，誰也不許靠近暖閣，方才那些話，可不要亂說，吃罪不起的。」

趙公公頷首點頭，拍了拍他的肩：「咱家隨便走走，這些事，和咱家也沒什麼干係，隨口一問而已，咱家自然知道宮裡的規矩。你在這當值吧，咱家走了。」

說罷，轉身要走。

這時候一個人道：「且慢！」

遠處，被李乾順稱作懷德的公公負著手，陰冷的走過來，在他的身後，兩個金甲武士尾隨其後。懷德剛剛從馬房那邊過來，一雙眼睛似笑非笑的盯住趙公公，一步步走過來：「趙公公這是要往哪裡去？」

趙公公在宮裡地位崇高，可是見了懷德，卻不敢怠慢，立即躬身道：「回大公公的話，咱家剛剛卸了差事，隨意走一走，這就回去歇息。」

懷德淡淡笑道：「趙公公不必去歇息了，來人，帶他去一個好去處。」

金甲武士聽令，立即抽出刀來，兩柄森然長刀頂住了趙公公，趙公公面如死灰，口裡不甘的道：「這……你們這是做什麼？」

懷德冷冽一笑：「待會兒趙公公就知道了。」

暖閣裡的紅燭已經燃盡，亮堂的屋子裡漸漸昏暗下來，門窗都已關閉，光線暗淡。

李乾順和沈傲在陰暗之中都沒有說話，沈傲大概有十二個時辰沒有睡，坐在這錦墩上，竟是不知什麼時候睡著了，微微打起了呼嚕。

李乾順聽到動靜，抬眸起來，看到沈傲坐在錦墩上的不雅睡態，微微搖頭，隨即吁了口氣。

正在這個時候，暖閣的門輕輕打開，懷德躡手躡腳的進來，木然的走到李乾順身邊：「陛下，查出來了。」

李乾順看著書道：「說。」

懷德道：「那三日，出入馬房的只有一個人，是渝淑宮的趙錢。奴才立即把趙錢收押起來，嚴刑拷問。」

李乾順淡淡道：「這麼快就招供了？」

懷德點頭：「涉及到太子，自然不能小視，奴才略有些手段，那趙錢求生不得，求死不能，開始還咬著牙關不說，後來奴才說了一句話，他便招供了。」

李乾順彷彿不急於知道真相一樣，淡淡道：「說了什麼話？」

懷德道：「奴才對趙錢說，他在龍興府還有兩個侄子。」

李乾順放下書，深吸口氣：「指使的是誰？」

懷德深深行了個禮，抬起眸時，眼中閃過一絲怨毒：「越王！」

李乾順站起來，雖是儘量平靜，終究還是露出猙獰，恨恨的一掌拍在御案上，啪的一聲，將御案敲得砰砰作響。

沈傲這時候驚醒過來，雙眼一張，擺正了坐姿，眼眸還有一分茫然，立即道：「陛下，我們說到哪裡了？」

李乾順惡狠狠的道：「說到有人弒殺儲君！」他的眼眸通紅，一字一句的道：「這個畜生，豬狗不如的蠢物，一母同胞，虧得朕還信任他。」

沈傲立即反應過來，此事已經查實了，他的猜測一點也沒有錯。沈傲道：「陛下是否可以赦免小王無罪？陛下應當知道，神武軍是越王的軍馬，李旦更是越王的走卒。擊潰神武軍，對陛下只有百利而無一害。」

李乾順冷笑搖頭：「殺我國族，罪無可赦！」

沈傲目光一冷，棋差一著，千算萬算，想不到李乾順最後仍然不甘休。

李乾順陰惻惻的道：「朕給你一個戴罪立功的機會，除掉越王，便赦你無罪！」

沈傲深吸口氣，這才明白李乾順手段的高明之處。這件事揭露出來，自己本可以置身事外，隔岸觀火，李乾順想必也早已預料到自己的心思，卻來個戴罪立功，等於是逼自己站到李乾順一邊，爲他充當手足。

沈楞子一輩子沒有吃過虧，最大的便宜，也被趙佶占了，今日剛從虎穴逃出來，又進了狼窩，心裡不免悲催，只是這個時候，他立即拍著胸脯道：「身為西夏國的準駙馬，誅除奸臣，小王難辭其咎，陛下但且吩咐便是，刀山火海，小婿絕不皺眉。」

這就是沈傲的陰險之處，既然木已成舟，反正要一不做二不休的，與其扭扭捏捏，還不如做出一個願意效勞的姿態，順便把這個西夏駙馬翁婿之親的關係坐實了，省得李乾順耍賴。

李乾順深深吸了口氣，霎時變得無比冷靜起來，慢吞吞的道：「那逆賊收買人心，在國族中有很大的威望，要誅除，也不容易。」

沈傲頷首點頭：「小婿也知道，越王手底下還有個龍穰衛，其他禁軍，也有不少番將是向著他的，所以要動手，就必須從容佈置。」

李乾順道：「你有什麼辦法？」

說到殺人，沈傲很有心得的道：「說難也難，現在要做的，就是先麻痹他，讓他不要起疑，陛下，那趙公公既然是他的心腹，或許可以用一用。」

沈傲頓了頓，苦笑道：「除此之外，越王這一次拿小婿來做文章，我們便將計就計，不如……」

之後的聲音，越來越低，李乾順猶豫了一下：「除去越王之後，他的羽翼和死黨該如何處置？」

沈傲淡淡笑道：「換作是小婿，辦法只有一個，他有多少死黨，我便殺多少，野火燒不盡，春風吹又生，陛下莫要婦人之仁。」

李乾順陰惻惻的頷首：「懷德，你聽清楚了嗎？」

懷德躬身道：「奴才聽清楚了，這就去辦。」

日落西山，崇文殿的文武百官已經等得不耐煩了，御審到了一半，卻是一點動靜都沒有，也不知宮中到底發生了什麼事。

再過半個時辰，宮門就要落鑰，李乾順和那沈傲再不出現，群臣只能出宮了。

正在這個時候，傳來了急促的腳步聲，卻是臉色蒼白的懷德來了。

懷德在內宮地位崇高，不少人認得他，這懷德一向淡然篤定，今日卻是臉色蒼白，一副心急火燎的樣子，進了殿，眼眸裡帶著慌張，道：「諸位請出宮吧。」

群臣竊竊私語，有人站出來道：「陛下在哪裡？那沈傲呢？」

懷德打了個冷戰，嘶聲道：「陛下詔令，所有無關人等，悉數出宮，沒有詔令，誰也不許覲見！」

這一句話嚴厲至極，群臣無奈，只好魚貫出去，從崇文殿出來，便看到幾個太監行色匆匆地朝宮門那邊疾跑，遠處，有幾個背著藥箱的御醫從太醫院向後宮方向跑去。

宮內的禁衛一下子增加了許多，穿著金甲的武士一隊隊出現，巍峨的宮城內，肅殺無比。

出了什麼事？所有人都嚇了一跳，經歷過前朝的老臣，心裡也在腹誹，這樣的場景，只有在先帝駕崩的時候才出現過，便是當今天子鳩殺太后的那一夜，也沒有這般的緊張。

「恩府大人……」幾十個漢官圍住了楊振，那兵部尚書朱祿忌諱莫深地道：「莫非出事了？」

看到一張張駭然失色的臉朝自己看過來，楊振的心裡也是咯登了一下，勉強打起精神道：「不必理會，做好自己份內的事，先出宮去吧。」

蕃官那邊，也是竊竊私語，更有幾個，突然面露喜色，不過這喜色只是一閃即逝罷了。

百官們熙熙攘攘地出了宮；越王會同宗王，帶著國族們仍然在宮門外跪成了一片。李乾正已是雙膝麻木，被兩個人扶著站起來，招來幾個蕃官問道：「如何了？」

一個蕃官低聲道：「殿下，這裡說話不方便，還是回去再計較。」

李乾正怒道：「怎麼？那沈傲還活著？哼，我與他不共戴天，沈傲不死，本王與大家一直跪下去。」

蕃官扯了扯他的衣袖，不得已，附在他的耳畔道：「宮中有變！」這四個字讓李乾正呆了一下，隨即看了身邊的宗王們一眼，正在猶豫是不是先回府再說。這時候，殿前禁軍們突然一隊隊地出來，將宮門緊緊關閉。

這個時候，距離閉門的時間應當還有半個時辰，提前半個時辰關閉宮門，這是李乾順親政以來從未有過的事。

外頭滯留的百官、宗王、國族紛紛譁然，呆呆地看到面前這堵朱漆大門重重合上，有人忍不住道：「現在是什麼時辰？」

「酉時二刻！」

沒有人再問這個問題了，都是陷入沉默。

李乾正目光一閃，這時候突然發覺，一個沈傲已經不重要了，眼下當務之急，是要明白這深宮裡到底發生了什麼事，要立即與自己的黨羽商議。

李乾正朝宗王們使了個眼色，隨即對身後的一人道：「回府。」

越王府從來沒有像今日這樣熱鬧，越王從清早到傍晚，水米未進，又跪了一天，原本回到府中，應當先吃點東西填填肚子。可是越王似乎並沒有這個心思，心急火燎地到了正殿，立即吩咐所有人不得靠近。

接二連三的訪客過來，有宗王，有蕃官，還有不少番將，這些人平時都很少來越王府走動，可是今日，卻一下子失去了顧忌似的。

越王端起一杯茶，喝了一口，勉強打起了幾分精神，這才朝方才幾個入朝的蕃官問：「宮裡到底出了什麼事？」

一個蕃官道：「到底出了什麼事，下官也不知道。陛下本是要御審，沈傲那傢伙卻說有要緊的話和陛下說，接著陛下便讓沈傲到暖閣去了。」

李乾正挑了挑眉，一臉玩味地道：「有什麼要緊的話，竟是這般神秘？」

蕃官繼續道：「後來足足等了三個時辰，暖閣也沒有傳出動靜，此後那懷德公公就心急火燎地過來了。」

懷德這個人，李乾正自然知道他的分量，繼續問道：「他也有心急火燎的時候？看來是真的出了大事了。」

「接著那懷德公公便傳了陛下詔令，驅我們出了崇文殿，從崇文殿出來的時候，下官才發現整個宮裡已經亂成一團，非但是內侍和禁軍，下官還看到幾個御醫，為首的一個，依稀像是楚太醫。」

李乾正臉色一變，驚道：「你說的是楚正風？這人最擅長的是醫治刀傷，莫非宮裡有人受了刀傷？」

蓄官道：「其他的，下官就不知道了，王爺，莫不是……」只須臾功夫，所有人彷彿都有了一個猜測，這個猜測應當是眼下最合情合理的，只是誰也沒有說出來。

沈傲要和李乾順說一件機密大事，從一開始，或許就是個騙局，待到了暖閣，趁著暖閣內無人，沈傲突然行凶，行刺李乾順。李乾順受人行刺，整個宮中自然是雞飛狗跳，不但加強了禁衛，提早關閉了宮門，便是那太醫也急促促地趕去了後宮。

眼下最讓李乾正狐疑的是，他這個皇兄到底有沒有死，就算只是受傷，這個傷，又是到了什麼樣的程度？

李乾正沉吟了一下，看向殿中諸人，慢吞吞地道：「立即叫人去從宮裡弄出消息來，本王要知道到底發生了什麼事。」

他站起來，突然生出幾分豪情：「動用所有的關係，不查出來，絕不干休。還有一樣……龍穰衛那邊，也要做好準備，莫讓賊子們有機可趁。虎威軍是不必指望了，倒是那羽林衛可以試一試。」

禁衛五軍，除了殿前衛控制在漢官手裡，虎威軍至多保持中立，羽林衛倒是可以爭取一下，再加上自身的龍穰衛，越王自信在突變來臨之時，有足夠的力量讓自己立於不敗之地。

李乾正掃了一眼殿中的宗王和蕃官、番將，道：「多餘的話，本王也不用吩咐，你們該知道怎麼做，盯緊漢官們，小心他們會有動作。」

說罷，李乾正才擺擺手，疲倦地歇息去了。

龍興府一下子變得氣氛緊張起來，皇帝已經三四天沒有召見大臣，宮門卻仍是緊閉，禁衛明顯的森嚴了幾分，據說有詔令出來，調虎威軍入宮衛戍；還有的說，虎威軍已經剷除了宋軍，有的說宋軍已經逃之夭夭，各種各樣的猜測和流言傳出去，讓坊間都不由得緊張起來。

宮裡的消息封得極嚴，不管使用任何手段，便是宮中有內應，消息也透不出來，越王已是越來越不耐煩。

這個時候，在一個夜裡，正當越王焦灼不安輾轉難眠的時候，門房卻送來了消息。

「王爺，有個公公求見！」

越王幾乎是從床榻上跳起來，赤身條條地道：「叫他進來。」

榻上的侍妾嚇了一跳，驚叫一聲，李乾正卻是不耐煩地一巴掌甩在她的臉上：「深更半夜鬼叫個什麼！」李乾正說話的聲音略略帶著顫抖，隨即趿了鞋，披了一件衣衫便由人打著燈籠去了偏廳。

來的這個小太監很是狼狽，渾身都是塵土，身上濕漉漉的，一隻腳一瘸一拐，艱難地要給李乾正行禮，李乾正擺擺手道：「你是誰？」

這個小太監確實陌生得很，宮裡的太監數百上千，李乾正也不是每個都認得。

這小太監低聲道：「是趙公公叫奴才來的。」

聽到趙公公三個字，李乾正差點要跳起來，一雙眼眸狐疑地掃了他一眼，道：「胡說，趙公公叫人來，也該是他的乾兒子，豈會讓你過來？」

這小太監急切地道：「現在宮裡亂成一團，每個人都有差事，也不是誰都可以走開，奴才和趙公公聚賭，輸了他一千多兩銀子，況且……況且……」

「況且什麼……」

這小太監猶豫了一下，道：「奴才手腳有點不乾淨，順手牽羊，拿了一些不該拿的東西，被趙公公發現，趙公公說了，只要奴才肯把一封信傳出來送到越王這裡，不但賭債一筆勾銷，也絕不告發奴才，將來還有天大的富貴……」

李乾正一時也拿不定主意，不知道這太監到底是否可信，便道：「你是怎麼出來的？」

小太監苦著臉道：「還能怎麼出來，翻牆出來的，跳下來的時候腿都摔斷了，還要泅過宮外的護城河，算是九死一生，若不是奴才身體頗爲健碩，只怕早已沒命來見王爺

了。」

李乾正見他一身濕漉漉的，腿腳又是一瘸一拐，一條褲管還流出血水來，整個人瑟瑟作抖的樣子，不由信了幾分，呵呵一笑道：「你有趙公公的書信？」

小太監什麼也不說，立即從懷中取出一封包裹了油紙的信，小心翼翼地呈到李乾正手上。

李乾正迅速地打開濕漉漉的油紙，取出了一封書信，撕開印泥，叫人取了燈過來看。只見信中寫著：「陛下垂危，殿下好自爲之。」十個字。

李乾正感覺自己的手顫抖了一下，緩緩地抬起眸來，深吸了口氣，這確實是趙錢的字跡，應當沒有錯。

李乾順垂危，此前李乾正雖然已做了這個猜測，也略略做好了準備，可是現在消息證實了，心中卻是亂成了一團。

等了這麼久，終於輪到自己了！可是眼看著朝思暮想的東西就要到手，李乾正心中卻有幾分焦躁和不安，大局未定之前，變數仍是不少，還是要小心謹慎爲上。

再一次看了這小太監一眼，李乾正淡淡地問道：「你叫什麼名字？」

「奴才叫王敬中。」

李乾正哈哈一笑，道：「盡忠，盡忠……好！你若是能盡忠於本王，本王絕不會形？」

薄待了你。」他這一笑，把先前的一點不安散去了，隨即問道：「宮裡現在是什麼情

王敬中道：「陛下現在整日都在暖閣裡，誰也不見，幾個太醫在輪番照料，後宮的嬪妃都亂作了一團，不過，除了懷德公公，其餘的人都不准進去。還有……暖閣裡據說有幾次傳出哭聲，後來又止住了，也不知爲何。」

李乾正慢慢消化著這些得來不易的訊息，至少有一點可以確認，沈傲那個瘋子確實行刺了聖上，而且李乾順的病情只怕不輕，只是爲什麼到了這個時候，還不召自己入宮？

李乾正面色一沉，深深地注視著王敬中，繼續問道：「還有嗎？」

王敬中想了想才道：「這幾日，所有的人都是忙得昏了頭，其他的事，奴才也沒有留意，奴才這一次出來，是別想再回去了，趙公公說，到時候給奴才報一個重病，暫時先在外頭躲一躲。」

他突然又想到了什麼，繼續道：「還有一件事，今日正午好像有個詔令是懷德公公代擬的，說是要召楊振、朱祿幾個人入宮。」

遺詔？……李乾正立時想到了這個詞，整個身子彷彿都要弓起來，瞪大了眼睛問道：「傳召的人中，有沒有本王？」

王敬中沉吟了一下，才道：「這還是給懷德公公磨墨的太監傳出來的，傳召的一共是三人，一個是楊振楊大人，還有一個是兵部尚書朱祿，這兩個奴才記得清楚，倒是另一個好像是什麼虎威軍的軍使，叫李……」

「李萬年！」李乾正替他說出來。

王敬中頓時頷首，道：「沒錯，就是他。」

李乾正一時呆住：「怎麼會是他？他算是什麼東西？莫非是要借用虎威軍以備不測？這個不測是誰？」

隨即，李乾正臉色大變，惡聲惡氣地道：「我這皇兄莫非是要提防自己的兄弟？怎麼？他是要立一個女皇出來嗎？」

王敬中不明就裡地問了一句：「什麼？」

李乾正並不和他說什麼，只是道：「有些事，你還是少知道的爲妙。」

王敬中偷偷看了李乾正一眼，連忙低眉順眼地道：「是，是。奴才明白，不該知道的不能知道。」

李乾正擺了擺手道：「我讓人安排你先去歇息吧，若是還想起什麼，直接來見本王。」

接著，有個主事領著王敬中退出去。李乾正叫人多點了幾盞燈，呆呆地坐在殿中良久，期間忍不住喃喃道：「自家的兄弟，他到底要提防什麼？莫非是那件事已經讓他知道了？」

隨即又自信滿滿地搖頭，事情過了這麼久又做得如此隱秘，豈會讓他知道？再者說趙錢還能遞消息出來，說明事情還沒有惡化到那個地步。

唯一的解釋，就只能是楊振這些人不知進了什麼讒言，讓他的這個皇兄昏了頭。

李乾正霍然站起來，道：「去，拿本王的名刺，到各家去叫人，所有人都要叫來，就說有要事相商。」

第六十二章 一網打盡

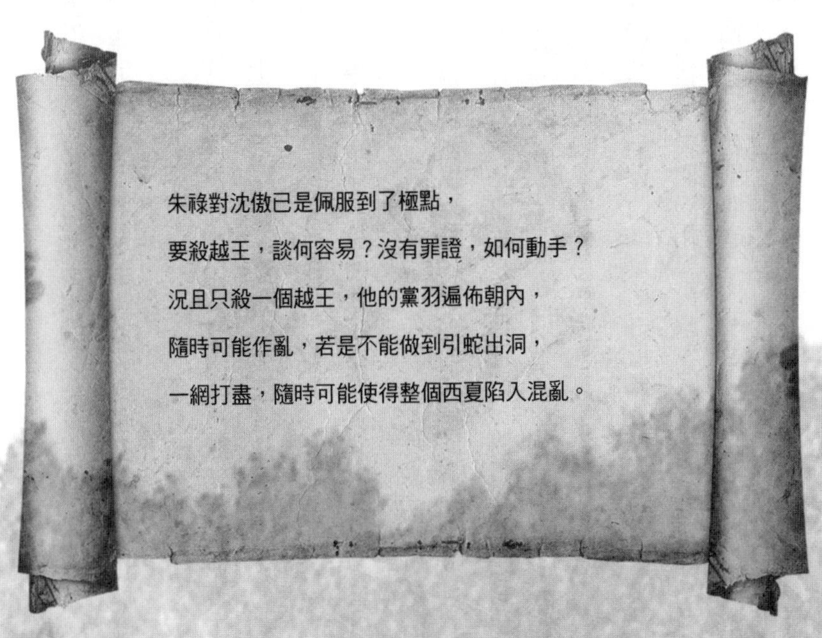

朱祿對沈傲已是佩服到了極點，

要殺越王，談何容易？沒有罪證，如何動手？

況且只殺一個越王，他的黨羽遍佈朝內，

隨時可能作亂，若是不能做到引蛇出洞，

一網打盡，隨時可能使得整個西夏陷入混亂。

這大半夜裡，漆黑的街道上只有聲聲狗吠，一頂頂小轎頂著月光到了越王府，來了一個人，門房立即便提著燈籠引人進去，足足半個多時辰過去，門口的小轎子已是將整條街道都堵滿了。

李乾正在大殿中憤慨地咆哮道：「自此之後，我國族再無立錐之地，元昊先帝打下的江山，卻要拱手落到漢兒的手裡。皇兄何等賢明，卻被這些小人蒙蔽，大夏國的忠臣義士在哪裡？祖廟和社稷該如何保存？」

李乾正咆哮了一會，才又道：「皇兄明日便欲召楊振幾個入宮，諸位可知道是要做什麼？」

這氣氛實在詭異，許多人已經猜測出一點端倪，卻沒有接話。

李乾正看了在場的人一眼，才冷笑道：「是要傳遺詔，將這江山送到一個女人的手裡。」他陰惻惻地笑起來，道：「楊振自是做他的顧命大臣，可是我等還有容身之地嗎？」

滿殿譁然，這些飽受排擠的宗室勳貴們竊竊私語起來，有人道：「漢兒殺我國族，至今還未索償血債，今日又是這樣，我們一起去宮城，向陛下陳說利害。」

「去，當然要去！」李乾正斬釘截鐵地道：「不過請諸位先忍耐一時，本王和諸位宗室親王一道請求覲見。」

這時天色也漸漸亮了，李乾正雖是一夜未睡，精神卻是極好，叫這些人在殿中等候，自己則帶著十幾個宗室乘了轎子直赴宮城。

到了宮門，立即有金甲衛士攔住，李乾正從轎中鑽出來，冷冷地道：「快讓開，本王驚聞皇兄身體有恙，特來探視。」

門口的殿前禁衛木然地道：「回越王殿下，陛下有詔令，任何人不得覲見。」

李乾正怒道：「我是天家血親，陛下胞弟，外人能見，本王為何不能見？快讓開！」

殿前禁衛仍然不動分毫，其中一個道：「陛下詔令，若無詔令不得入宮，違者殺無赦！」

這一句話讓李乾正和十幾個宗王面面相覷，這時有重重的禁衛提槍過來，圍成一道人牆。

正在這個時候，卻有兩頂轎子適時地到了宮門處，轎中分別走下兩個人來，一個是楊振，另一個是朱祿，這二人正眼也不往李乾正那邊看，便直接入宮，一旁的禁衛竟是連過問都沒有。

李乾正勃然大怒道：「漢兒能入宮，本王為何不能入？」

殿前禁衛道：「請越王殿下息怒，我等不過奉詔令行事，殿下請回吧！」

李乾正拂袖冷笑，道：「好，好……」說罷，帶著宗王們揚長而去。

越王府裡，黑壓壓的人坐在大殿上，等到李乾正帶著人回來，所有人都站了起來，紛紛道：「殿下，如何？」

李乾正冷哼一聲，一句話也沒有說。

倒是身後的吳王道：「漢兒入宮，我們這些血親宗室卻被攔在了外頭。」

「怎麼會到這個地步？」有個蕃官呆了一下，隨即憤慨地道：「陛下是糊塗了……」

這句話實在大逆不道，可是在座之人，卻有不少人暗暗點頭。

李乾順在位這麼多年，國族的利益非但沒有得到鞏固，反而日益被打壓。李乾順這樣的做法，確實對緩和民族矛盾起到了極大的作用，使得西夏各族真心依附，不再以外人自居，可是國族卻不免生出憤慨。李乾順所考慮的，是西夏的利益，但對於他們這些人來說，更多的是在乎自己的得失。如今日子越來越不如從前，在座之人都深有體會，從前他們不敢有怨言，可是今日，想到李乾順彌留之際，竟是讓漢兒去草擬遺詔，此時早已生出徹骨的寒意。

李乾正冷笑道：「皇兄不是糊塗，是受了漢兒的蒙蔽，我等身爲國族，當清君側，誅奸佞！」

眾人轟然道：「清君側！」

這般一呼百應，倒是在李乾正的意料之外，其實殿中之人大致都抱著一個心思，那便是既然皇帝快要死了，眼下這越王正是最名正言順的繼承人，此時不拼一拼，更待何時?從龍之功，一向是最大的，再者萬一真讓漢兒們挾持住了遺詔，到了那個時候，這國族就愈發慘澹了。

李乾正雄心勃勃地坐在首位，虎目逡巡著殿內之人，道：「今夜就動手，各自帶著自家的家奴一齊去宮城，事情未明朗之前，其他人都不敢動手，虎威軍會不會倒向漢兒那一邊還難說，龍穰衛、羽林衛隨本王去，羽林衛軍使可敢隨本王去？」

在殿中的一個魁梧大漢咬了咬牙道：「有何不敢？」

李乾正信心滿滿地道：「有羽林軍協助，如虎添翼，必定成功。記住，我等入皇城，並非是造反謀逆，不過是懇請陛下不要輕信奸佞之言罷了，入了皇城，不可妄殺！」

眾人紛紛應諾，約定了集結的時間和信號，便各自去準備。

待所有人都走了個乾淨，那吳王卻留了下來，遲疑地道：「王兄，鬧出這麼大的陣勢，會不會有人去通風報信？」

李乾正淡淡一笑道：「他們要去便去吧，數十萬國族站在本王身後，去和一個即將油盡燈枯的人報信還有什麼用？本王已得到準確消息，皇兄已是垂危，只怕早已口不能言，這個時候，宮中的禁衛誰肯效命？我們的敵人不過是楊振而已，有皇兄在，本王還忌憚他幾分，現在皇兄沒了，還怕他做什麼？」

吳王想了想，道：「王兄說得是，沒了陛下依仗，漢兒算什麼？」

李乾正沉吟了一下，隨即朝他招招手，壓低聲音道：「你來，我有話要吩咐你。」

吳王湊近一些，李乾正與他的關係倒是不錯，因此也沒什麼避諱。

李乾正道：「若是我們入宮，陛下恰好駕崩，該當如何？」

吳王深望了李乾正一眼，道：「自然是擁戴王兄爲我大夏之主。」

李乾正淡淡一笑，繼續道：「可是皇兄若還活著呢？」

吳王啞然，沉默了一下道：「我便和王兄說實話吧，若是陛下還活著，你我雖是清君側，實則已是謀逆作亂，到時候追究起來，都是萬死莫贖。」

李乾正道：「沒有錯，所以入宮之後，你先帶人到暖閣去，皇兄死了便罷，若是活著，就……」他朝自己的脖子做了一個用手一切的手勢，冷酷地道：「事成之後，你便是首功。」

吳王看著李乾正的動作，不由地打了個冷戰，隨即又鎮定道：「一不做二不休，也只能如此。」

二人商議定了，吳王才是離去。

國族的怒火，其實早已積壓多時，這二十年來，那一股憤憤不平，都被一個隻手翻雲覆雨的人死死壓住，動彈不得。可是今日，那個人已經日薄西山，龍興府裡，已是暗暗生出重重殺機。

國族之間立時奔相走告，這件事本就瞞不住，甚至主謀之人連隱瞞的必要都沒有。越王府車馬如龍，許多人已經明目張膽起來。

夜色瀰漫，宮城內靜籟無聲，李萬年與兵部尚書朱祿二人在城牆上來回巡視，一隊隊禁衛已經做好了準備。

李萬年為人謹慎，可是今日卻顯得格外的激動，不是宗室的他，今夜一樁天大的富貴已經擺在了眼前。

至於朱祿，只是漫不經心地走著，時刻觀察著宮城外的動靜，與楊振入宮的那一刻，他絕對想不到，一個引蛇出洞的天羅地網已經張開，他這個兵部尚書，無非是其中一個環節而已。

「翻雲覆雨！那個沈傲，到底是怎樣做到的？」

越王暗殺太子，這種事李乾順自然不肯說出來。可是當楊振、朱祿到了暖閣，看到完好無損的沈傲正漫不經心地坐在一側喝茶，而李乾順猙獰地看著兩個心腹重臣，只吐露出三個字：「殺越王」時，朱祿對沈傲已是佩服到了極點，從罪人到李乾順最倚重的幸臣，此人居然只用了幾個時辰而已。

要殺越王，談何容易？沒有罪證，如何動手？況且只殺一個越王，他的黨羽遍佈朝內，隨時可能作亂，若是不能做到引蛇出洞，一網打盡，隨時可能使得整個西夏陷入混亂。

「李軍使，越王該來了吧？」

李萬年嗯了一聲，略帶興奮地道：「不會是這個時候，應當是在子夜過後，那時候是人最疲乏的時候，越王雖然不知兵事，番將們卻是知道，所以時間一定會選在子夜到黎明時分。」

朱祿頷首點頭道：「那麼可以讓禁衛們暫且先歇息一下，本官去暖閣那邊走一趟，若是有什麼事情發生，這裡就先拜託李軍使了。」

李萬年頷首點頭道：「大人且去。」

朱祿下了城樓，徑直到了暖閣。李乾順沒有睡，暖閣裡燈火通明，楊振正在下頭作陪，朱祿走進去，朝楊振頷首點頭，交換了個眼色，隨即朝李乾順行禮。

李乾順穿著最隆重的冕服，這一套禮服，只有在告祭天地和祖廟的時候才肯穿上。他陰沉著臉，臉上猶如千古不化的堅冰，只淡淡看了朱祿一眼，慢吞吞地道：「什麼時辰了？」

「陛下，亥時一刻。」

李乾順只是略略抬了抬眼，慢吞吞地道：「快了！」

李乾順闔上目，自顧去閉目養神，今夜與二十多年前的那個夜晚何其相似，同樣是這樣的長夜裡，要對付的同樣是自己的親族，一個是自己的母后，一個是自己的胞弟。

二十多年前，他親眼看著自己的母后喝下那一杯鴆酒，沒有任何表情，今日對這胞弟，也是一樣。天家無情，誰觸動到了李乾順至高無上的利益，那個人就必須死，當年誅殺后黨，他沒有絲毫的猶豫；今日，也是如此。

李乾順闔著的雙目微微張開一線，只是略略一掃，閃露出一道精光，突然道：「宗室們也悉數和李乾正廝混在一起了嗎？」

這句話有些沒有來由，外頭的情形，早有密報傳入宮中，楊振頷首點頭：「陛下，龍興府的宗室一個也沒有落下。」

李乾順淡淡一笑道：「那就一網打盡吧，越王的餘黨，一個也不要留下！」

楊振對李乾順的性子再明白不過，這個皇帝，是少有的聖明之君，而所謂的聖明，最首要的是無情，若是用讀書人的話來說，那便是天下之人都是陛下的子民，所有人在聖明之君的眼裡都是平等的，宗室也是一樣，只要你聽話，明君可以給你足夠的好處，可是不聽話，彈指一揮，便讓你死無葬身之處。

李乾順並非是完全無情，只不過這份情，寄託的對象是太子，太子的死，令他對所謂的宗室的最後一丁點的信任都蕩然無存。

自己的母后爲了權柄，當他是個玩偶，自己的胞弟爲了權柄，可以殺自己的獨子，李乾順意識到，這個世上真正能傷害他的，只有這些；既然如此，那麼在今夜就一併剷除吧，孤家寡人又何妨？

「沈傲呢，沈傲在哪裡？叫他來！」李乾順說到沈傲時，忍不住低低地冷哼一聲，這個傢伙，在這個節骨眼上，居然還能如此輕鬆愜意，八成是跑去尋淼兒了。

想到淼兒，李乾順的心底不由地生出一絲暖意，留存在世上最後一丁點的骨肉，終於喚起了他的一絲親情。

儲香閣裡溫暖如春，外頭的屋簷下，一盞燈籠幽幽的泛著光芒，懷德紋絲不動地站在外頭，聽到閣裡的竊竊私語和綿綿情話，懷德沒有任何表情，猶如這昏暗的光線一樣，泛不起一絲波瀾。

裡頭的聲音在說：「你要多穿一件鎧甲，到時候鬧哄哄的，會受傷的。」

那大咧咧的聲音道：「能傷我的人還沒有出世，殿下，這個時候，我最需要的不是鎧甲，而是母愛。」

「母愛？……」

「我的意思是，能不能借殿下的香肩躺一躺……」

「……」

懷德忍不住恬然一笑，眉宇的冰冷終於舒展了一些，太子和公主都是他看著長大的，這樣的感情，任誰都不能抹滅，沈傲這個傢伙雖然胡鬧了一些，倒也確實是個駙馬的好人選。

暖閣裡，沈傲靜靜地躺在淼兒的懷裡，像是睡著了一樣，淼兒見他這個樣子，打量著他側過來的臉龐，那冉冉燭光之下好看的弧線，讓她也是不由得看呆了。

誰知沈傲突然張開眸子，道：「殿下嘗試過長吻嗎？很好玩的。」他眨了眨眼睛，明顯在誘人犯罪。

換做是南人，只怕早已含羞不語了，淼兒卻是咯咯笑道：「你這個時候是不是想起了自己的妻子？」

這都被她看穿？沈傲呆了一下，眼眸不經意地黯然了一些。

觸動到了沈傲的心事，淼兒莫名地生出一絲醋意，酸溜溜地道：「難道這西夏就比不過汴京？」

沈傲幽幽道：「汴京的好處實在太多，可是在這裡……」他吁了口氣，頓了一下。淼兒的眸光也黯然了一下，恍惚之間，覺得沈傲本不應該出現在這裡一樣，那笑容略略帶著幾分苦澀。

沈傲繼續道：「可是在這裡，在小王的心中，這裡唯一值得留戀的，只有殿下了。」

這種情話，也只有沈傲這般臉皮厚的人才能如此神聖地說出來，淼兒一聽，頗有些認爲自己在沈傲心中獨一無二的滋味，短暫的黯然立即變得無比歡喜。

就在這個時候，沈傲突然湊過臉來，與淼兒長吻在一起，紅燭冉冉，春光無限。短暫的時間，兩個人的嘴唇略略分開，隨即更加炙熱的貼合在一起，淼兒情動，水蛇一般的軀體與沈傲重合，低聲呢喃：「我什麼都給你……」

我愛西夏……除了那永遠沉著臉的皇帝，該死的越王，該死的國族，該死的食物，該死的天氣，該死的……

沈傲每一個細胞都在雀躍，與那種欲拒還迎和羞澀相比，西夏公主的滋味略帶幾分主動和放浪，這種放浪，夾雜著幾分靦腆，卻是全心全意的投入。

輕快地除掉了淼兒身上的衣衫，露出如羊脂般的胴體，沈傲輕輕撫摸著，猶如對待珍貴的寶玩，生怕一不小心便要砸碎。身下的人兒，美豔得不可方物，那略帶著紅暈的圓圓臉蛋，一雙炙熱的眼眸在呼喚，沈傲輕壓下去，盡享歡愉……

屋簷下，懷德聽到細微的喘息聲越來越大，靡靡婉轉，臉上不禁抽搐了一下，隨即嘆了口氣。

這時，黑暗之中，一個內侍過來，乖乖地朝懷德行了個禮，隨即道：「懷德公公，陛下請沈傲去暖閣。」

懷德壓低聲音道：「再等一等。」

這一等，足有半個時辰，那廝磨之音才漸漸消失，沈傲的聲音讓外頭的兩個人臉上又抽搐了一下。

第六十三章 勝者為王

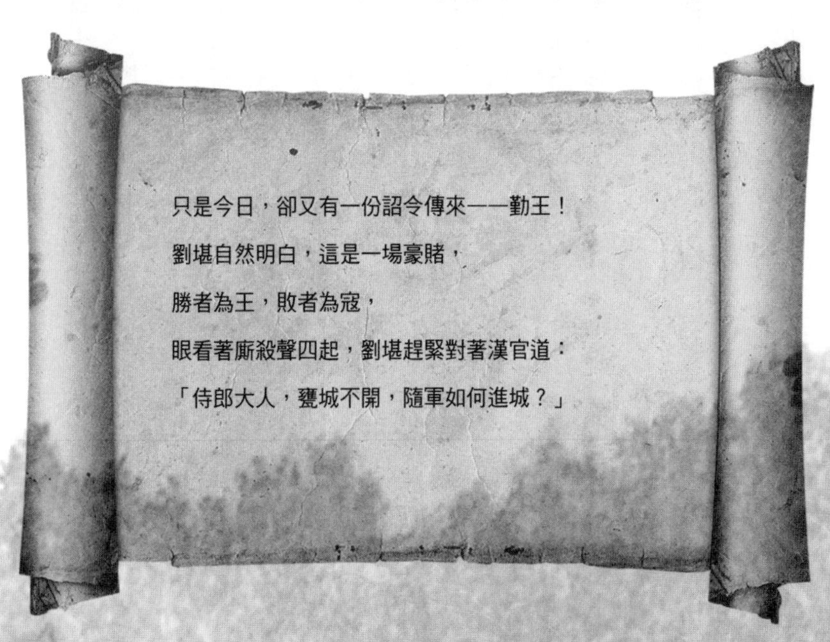

只是今日，卻又有一份詔令傳來——勤王！

劉堪自然明白，這是一場豪賭，

勝者為王，敗者為寇，

眼看著廝殺聲四起，劉堪趕緊對著漢官道：

「侍郎大人，甕城不開，隨軍如何進城？」

「殿下，我們這樣，算不算是姦夫淫婦？」

「胡說……快穿了衣衫，懷德還在外面。」

懷德終於有了幾分欣慰，至少裡面的兩個……還記得自己。

又過了一刻，沈傲才衣冠楚楚地打開門出來，淼兒將他送至門口，懷德看了他一眼，木然地道：「陛下請駙馬去暖閣。」

「馬上就去。」沈傲回應了一聲，又回到香閣中去，貼著淼兒輕輕地耳語幾聲，最後道：「等著我回來，待我爲你的皇兄報了仇。」

淼兒的臉龐上還泛著一層未散的紅暈，小巧的鼻子低低嗯了一聲，爲沈傲捋平了衣衫：「我不許有人傷害你……」這時候她終於有了幾分羞澀，垂著頭道：「這個世上，只有我能傷害你。」

沈傲尷尬地咳嗽一聲，抬起自己的手腕，可以看到清晰可見的咬痕，不由地笑了笑道：「淼兒的殺傷力實在太厲害，下次要輕一點，小心告你謀殺親夫。」

幽深的越王府裡，李乾正如熱鍋中的螞蟻，負著手團團轉著，天色已經越來越暗淡，越到這一刻，李乾正卻是越發急躁起來。

這種急躁有一種不安，更多的是一種恐懼。李乾順的手段和無情他一清二楚，二十多年前，他還是個十幾歲的少年，那個時候，長明宮裡，一隊隊金甲武士持著寒森森的長矛，當時的趙公公抱著他，看到燈火通明的宮室裡，皇兄穿著冕服，佩劍進去。

當時的天空也是這般的晦暗，月兒也是這般慘然，他聽到那個恐怖的男人厲聲道：「朕才是天子，受命於天，執掌天下……」

這一句話，他記得清清楚楚，而下一句是：「來人，請朕的母后喝下這杯酒。」

李乾正的心跳加速，喉嚨都冒起煙來，原本在他的思維之中，母后與皇兄是血脈之親，理應親密無間，可是那一夜，他才徹底明白，骨肉之情，在皇兄的心中，不過是夜壺而已，高興時拿來用一用，不高興，隨時可以一腳踹開。

那一天夜裡，數千人獲罪，國舅、勳爵，那些李乾正熟悉的面孔，都如喪家之犬一般，被小吏一個個揪出來，肆意凌辱，斬殺殆盡。只要皇兄不高興，這些曾經高高在上的人，便什麼都不是了。

李乾正沉著眉，在黯淡的燈火中，臉色蒼白如紙，這個對手的可怕，從二十多年前就已根深蒂固地深埋在他的心裡，而今日，他要去面對這個對手，就如二十多年前那樣，在甲士的簇擁之下進入暖閣，去效仿皇兄的所作所爲。

成，即高入雲端，決定萬千人的生死。敗，便作尋常百姓而不可得！

李乾正突然冷冷一笑，喃喃道：「他可以，爲什麼我不可以？我們流的是一樣的

血！」

他舉起顫抖的手，從腰間抽出一柄劍來，叮的一聲，長劍發出吟聲，端詳著長劍，用手指去輕輕摩擦劍鋒，雙眉一緊，整個人變得冷酷：「就用這柄劍，和你做一個了斷！」

「王爺。」一個主事悄無聲息地進來，低聲道：「各家都已經準備好，龍禳衛和羽林衛也已出發。」

李乾正端著劍，道：「有多少人？」

主事道：「各家的奴僕，還有不少國族的青壯，以及各王府的護衛，不算上龍禳、羽林，也有三萬人。」

李乾正冷冷一笑道：「走！」

李乾正不再遲疑，提著劍，陡然想起了自己的先祖，帶著滿腔的熱血，一路穿過重重的殿宇，附近的王府護衛見狀，紛紛簇擁過來，等過了門房的時候，李乾正的身邊，已是黑壓壓的到處都是綽綽人影。

李乾正騎上馬，後隊的護衛步行尾隨，過了幾處街角，便看到一隊隊人流從四面八方湧過來，有人驚呼道：「是越王。」接著便跟在李乾正的隊伍後頭。一路過去，在李乾正的身後，已經不下萬人。

到了御道，吳王和幾個宗室王爺也分別帶了千人過來與李乾正會合，人群更是浩大，堵住了各處街道。

「王兄，羽林衛和龍穰衛已經待命，請王兄下令，立即便可攻城。」

李乾正冷笑一聲道：「攻心爲上。」

這時的李乾正，自信滿滿，心裡忍不住說：「皇兄，你老了。」他打馬朝宮城過去，前面的人潮自動地分出一道人流出來。

巍峨的宮城前面流淌著一條護城河，宮門緊閉，暗暗有幾處燈火傳出，宮外的動靜，已經讓宮內發現了端倪，有人在宮樓上問：「下面是何人？竟敢深夜在宮前放肆！」

李乾正打馬到了護城河邊，極目望向那黑暗中的紅色宮牆，大聲道：「越王在此，叫李萬年來打話。」兵部尚書控制的殿前衛自然不能招納收買，可是這個李萬年，或許還可說動。

宮樓上一陣騷動，接著，便有個披甲的人佇立在宮樓上，探出牆來道：「李萬年在此，越王有何見教？」

李乾正信心滿滿地道：「陛下垂危，李軍使身爲國族，豈可爲虎作倀，和漢兒一道謀奪我國族基業社稷？李軍使若肯放本王入宮，讓本王面見皇兄，本王保你富貴！」

李萬年哈哈一笑，隨即隱入黑暗，回答越王的是一個聲音：「放箭！」

嗤嗤……似乎早有準備一般，數千支利箭鋪天蓋地、居高臨下地飛射下來。

「該死！」李乾正立即打馬回奔，倉皇而逃。只是那些簇擁在他身邊的王府護衛畢竟跑不快，驟然間便有數十人中箭，慘叫一聲，有人撲通落入護城河中。

「李萬年，本王不殺你，誓不爲人！」狼狽不堪的李乾正回望著宮樓方向，厲聲大喝，隨即道：「攻城！」

「殺！」無數人飛快向宮城湧去，好在宮城的護城河設了石橋，若是吊橋，只怕連靠近的機會都沒有。

宮城上無情地射下一支支利箭，立即有人中箭倒在血泊中，無數人朝石橋彙聚，恰好給了城樓上的禁衛時機，半數的箭矢均是朝石橋方向激射，一時傷亡慘重。

龍禳衛和羽林衛立即做出反應，派出了弓箭手朝城上漫射，不過一方是居高臨下，一方卻是仰射，雖是讓城上的禁衛有了幾分顧忌，卻終究威懾不足。

李乾正這時候才發現了一個問題，原以爲宮城內的禁衛也是國族，如今那個可怕的男人已是命在旦夕，只要自己喊話，必然一呼百應，誰知這些禁衛卻是這般頑固。宮城高大巍峨，要強攻，只怕沒有三五日也別想破城，自己畢竟是謀逆，雖說口裡說得冠冕堂皇，可是他知道，時間拖得越久，對他越是不利。

「如之奈何？」李乾正鐵青著臉，叫來幾個番將。

羽林衛軍使道：「殿下放心，末將已叫人去營中取石炮和火油過來，有了這些攻城利器，五個時辰之內，定能起到奇效。」

李乾正頷首點頭，總算放寬了心，道：「要快，切莫耽擱。」

龍興府只有一座甕城，這甕城占地不小，負責衛戍和儲存軍械。甕城裡一座營盤已點起了燈火，大帳裡，一個穿著鎧甲的男人負手焦灼地等待著，而下首位置，則是一個漢官慢吞吞地喝著茶。

宮城方向的喊殺聲已經傳了過來，那漢官笑吟吟地道：「劉指揮，該是你們隨軍出場了。」

所謂的隨軍，大致和大宋的廂軍地位差不多，黨項人人口不多，禁衛分爲五軍，加起來也不過兩萬五千人，除了這些，拱衛京畿一帶的就只剩下隨軍了。

隨軍都是由漢人充任，人數卻是不少，足足七萬人，這些軍馬分散在京畿附近，大致有一萬餘人駐紮在這甕城，因此又叫甕隨軍。甕隨軍的戰力在隨軍之中算是高的，不過在這龍興府，大多數時候卻不擔負作戰，主要是修橋鋪路，或者給禁衛們充當輔助罷了。

一般情況之下，禁衛軍要出營演武，都是先下一個軍令到甕隨軍這裡，甕隨軍則負責先去演武的場地搭好大營，運輸糧草、軍械供他們使用。有時也會擔負一些外圍警戒之類的任務，雖然人數不少，大多數時候卻很容易令人遺忘。

在這大帳中來回走動之人，便是甕隨軍指揮使劉堪，劉堪算是老將，太后當政時期，屢屢對宋用兵，他立過不少大功，在宋人眼裡是個漢奸，可是對禁衛五軍來說，卻也是可有可無的人。

只是今日，卻又有一份詔令傳來——勤王！

劉堪自然明白，這是一場豪賭，勝者為王，敗者為寇，眼看著廝殺聲四起，劉堪趕緊對著漢官道：「侍郎大人，甕城不開，隨軍如何進城？」

甕城相當於一座小城池，一座門連通城外，一座門連通內城，一到夜裡，通向內城的城門便會關閉，劉堪之所以這樣問，其實是一種試探，要開內城的城門，除非出具詔令、兵部以及御圍內六班直的文引。若是陛下對這場叛亂當真有準備，這些手續自然信手拈來，早就準備好了。可要是宮裡被打亂了陣腳，這深更半夜的，又怎麼拿出這麼多手續來？

這漢官乃是兵部侍郎，笑吟吟地道：「指揮使放心，都已準備好了，喏……你看看。」袖子一抖，除了一份詔令，還有兵部開具的文引，另一份則是御圍內六班直的印信，一樣不差。

劉堪拿起詔令略略看了一眼，果然是李乾順手書，且行書大方得體，一點也不見亂象，這便證明，所謂陛下垂危的消息根本就是子虛烏有，另一方面，也說明李乾順早有準備。

他如老狐狸一樣呵呵一笑道：「既如此，劉某深受國恩，豈能袖手旁觀？大人少待，末將這便去點齊軍馬，開赴皇城。」

侍郎搖頭道：「不是叫你去皇城。」他頓了頓，笑道：「是去拿下各處城門，還有羽林衛、龍穰軍的營地，此外，圍住越王等宗師王族的府邸。」他站起來，面無表情地道：「至於其他的，自有人去料理。」

時間一點點過去，整個叛亂漸漸顯得有些可笑起來。

宮城之下，一個個憤怒的叛軍前仆後繼地向宮城發起攻擊，通往宮門的石橋上，已是屍積如山，無數的羽箭射下來，叛軍好不容易冒著箭雨衝過了石橋，到了宮門之下，卻又是傻了眼。

宮城高五丈，從牆根向上望去，連盡頭都看不到，可是沒有攻城器械，衝車又過不了狹隘的石橋，雲梯倒是嘗試過，可惜帶來的雲梯不過三四丈，對付大多數城牆不在話

下，可是對這宮城卻是無可奈何。

眼看過去了兩個時辰，天色已經微微發亮，越王已是急得團團轉，揪住一個番將，怒吼道：「石炮在哪裡？爲何還沒有送來？」

這番將一臉沮喪，期期艾艾地道：「殿下……大營被襲，隨軍奪走了……」

李乾正狠狠地跺了跺腳，方才還是躊躇滿志的他，突然發現事情並沒有他想像中的那樣簡單；看到大多數的叛軍已是精疲力竭，只能大聲地叫道：「快，拿下宮門！」

這一句卻是徒勞。這時候，一騎飛馳的戰馬馱著一名王府護衛過來，高聲大叫：「越王，越王在哪裡？」

「什麼事？」李乾正高聲大呼。

「越王！」護衛大哭起來：「隨軍將王府圍了，世子帶人要衝出去，已被隨軍射殺，他們衝進了王府，四處殺人……」

李乾正呆了一下，猶如一盆冰水澆在頭上。

那護衛大哭著繼續道：「非但如此，這些隨軍說奉詔令行事，王妃幾人被收押起來，可是七個小殿下都給當場格殺了。」

李乾正不由自主地生出寒意，喃喃念道：「都殺了？他們是他的親侄兒啊……」

那護衛情急之下，竟是大吼出來，周圍的人都聽了個一清二楚，一個個面如死灰，那些隨軍能殺去越王府，自然也能……

護衛像是受傷頗重，大口喘著粗氣，繼續道：「小人還聽其中一個隨去的漢官說，越王殺一個，陛下要用十倍、百倍來償還！」

李乾正臉色大變，這時候突然意識到，自己落入了一個圈套，他打了個冷戰，差點要站不住，咬了咬牙道：「不必理會，繼續攻城，拿下宮城，便是一樁富貴！」

幾個宗王的眼眸裡卻是不約而同地現出恐懼，各自叫了心腹的護衛立即打馬回府。

天已拂曉，淡淡的薄霧籠罩著宮城，初露的曙光落在琉璃瓦上，折射出妖異的光芒。

叛軍攻城更急，甚至是李乾正也坐在馬上親自爲他們鼓舞士氣，他已孤注一擲而不能回頭了，瘋狂地大吼著：「皇上已經駕崩，漢兒封鎖了消息，拿下宮城，保住國族的社稷！」

城頭上仍是箭如雨下，突然，在淡淡的薄霧之中，一個隱隱約約的身影顯露出來，用著那所有人都熟悉的聲音道：「誰說朕死了？」

這一句話聽不甚清，可是有人聽見了，不由地愣然了一下，接著什麼聲音都不敢發出了。

那聲音繼續道：「造反作亂，誅滅九族，爾等好大的膽子，朕對你們可有虧欠？爲何做賊？」

這句話卻是所有人都聽見了，叛軍們一時呆住，看到宮城上隱約出現一個人影，雖然看不到表情，卻足以讓所有人打起哆嗦。

已經有叛軍嚇得魂飛魄散，他們之所以肯和越王作亂，是深信李乾順瀕臨垂危，這個人已經沒有了威脅，可是現在，當這個主掌他們生死榮辱數十年的人活生生地出現時，許多人不由地雙膝一軟，竟是跪了下去。

最先跪下的居然是吳王，吳王嚇得戰戰兢兢，竟是一下子癱了過去，口裡居然還在叫：「臣弟萬死……」

李乾正此時更明白，一切都是圈套，弒殺太子的事已經暴露，到了這個地步，只能一路走到黑了。他冷聲大叫道：「他是假的，是漢兒的傀儡，陛下已經死了，快，拿下宮城！」

這般一叫，雖是士氣跌落到了谷底，叛軍們一陣茫然，卻還是加緊了攻勢。

李乾順淡淡一笑，從女牆中退出來，朝身後的沈傲道：「朕已給了他們機會，可惜，他們偏要自尋死路。」

沈傲笑道：「陛下，接下來看小王的了。」

李乾順頷首點頭道：「去吧，提他們的頭來見朕。」他疲倦地緊了緊身後的披風，道：「朕乏了，先去歇一下，擺駕。」

沈傲到了宮門之後的一塊闊地上，在那裡，一千名騎軍校尉已經集結完畢。校尉早已入城，穿的是西夏軍的軍服，夾雜在虎威軍中一齊混進來。李清坐在馬上，朝沈傲行了個禮：「王爺。」

沈傲翻身上馬，厲聲道：「隨本王殺出去，宮城之外，所有人格殺勿論！」

宮門陡然大開，叛軍先是一喜，隨即驚愕地發現，黑壓壓的馬隊出現在他們面前，沒有聲息。

「是宋軍騎兵！」有人叫。

這五個字，足以令所有人爲之變色，從前的宋軍，在西夏人眼中只是個笑話，可是自從他們擊潰了金國鐵騎，以一當十徹底擊潰了六千西夏禁衛，這時候提及宋軍騎兵，已經足夠讓所有人駭然了。

現在，這支馬隊上的騎兵已經抽出了森然的長刀，雖仍是沉默，卻足以讓這些疲憊的叛軍再生不出任何勇氣。

「殺！」一千鐵騎呼啦啦地脫韁而出，跑在最先的本是沈傲，可是很快便被李清取代。

馬蹄狠狠地敲擊著地磚，轟隆隆聲中，所有人如風一般疾馳出來。一路所過，戰馬衝擊力豈是步卒所能抵抗，頃刻之間，衝到宮城下的叛軍便被撞飛，面對鐵騎，一旦撞翻，結局只有一個死字，隨後而來的戰馬毫不猶豫地從他們身上踏過，立時化作了肉泥。

迅速衝過石橋，接著是御道，就在叛軍還未反應過來的時候，一千鐵騎便風馳電掣的在叛軍之中撕開一條口子，犁出一道道血路。緊隨其後，又有兩千餘騎禁衛衝出來，不給叛軍任何喘息之機。

沈傲在馬上大口地喘息，方才踏馬過去的感覺，有驚無險，騎兵衝鋒的刺激確實能讓所有男人爲之癲狂，放馬過去，耳畔只有嗚嗚的風聲，根本不需要砍殺，遇到的敵人直接放馬撞過去，自己所要做的，便是不斷地用馬刺去刺激戰馬，令戰馬繼續保持奔馳狀態。

沈傲在馬隊的中央位置，撞的人並不多，只有一個而已，可是那砰的一聲悶響，接著是骨骼碎裂的脆響，再之後有個人飛出去，還未等他反應過來，被撞飛的人已經在他身後數丈、

李清大吼一聲：「撥馬，再衝一陣！」所有人調撥馬首，沈傲在他們面前，連個新兵都不如，還好他身邊有幾個護衛隨時看護，倒也不至出什麼亂子。

經過一年的操練，再加上幾次的戰鬥，校尉們經驗十足，趁著叛軍還未回過神來，

立即擺出了衝鋒隊形，隨著旌旗，猶如一把尖刀，狠狠地扎入叛軍中去。

叛軍徹底地崩潰了，雖有四五萬之眾，卻是如草芥一般被驅趕逐殺，自相踐踏。

其實若在光天化日之下去衝龍禳衛和羽林衛的軍陣，沈傲這一千騎兵，便是能撕開分割他們，只怕也未必能全身而退。可是面對這四五萬人，騎軍校尉卻沒有任何負擔，這些人中有家奴，有護衛，有軍馬；騎軍一衝，軍馬想要結陣自保，可是家奴們卻已經亂了，不等騎軍來衝，龍禳衛、羽林衛便被家奴、護衛們衝散；彼此之間一旦混亂，便是踐踏的開始，有的地方稀稀疏疏，有的地方卻是人潮洶湧，莫說是反擊，便是連潰逃都不能夠。

來回衝殺了四五陣，無數的屍體已經堆積出一條條血路，宗王們各自逃散，一些見機不妙的著官也不見了蹤影，熙熙攘攘的人群反倒自相殘殺起來，為了逃命，甚至有人對堵在前方的人毫不猶豫地拔刀相向。

越王身邊的護衛也早跑了個乾淨，這個曾經不可一世的王爺，此時卻是狼狽不堪，被一個逃兵用力推開，跌落地上，還未等他站起，一隊騎兵已經排山倒海一般衝過來，從他身上踩過。

馬蹄下的鐵片狠狠地踩在他的腰上，讓他動彈不得，哀號了幾聲，也無人顧及他一眼。這個時候，一個人打馬過來，不是沈傲是誰？

大局已定，他便在混亂中勒馬閒庭信步，也沒有哪個亂兵敢靠近，再加上潰逃的人太多，方才還熙熙攘攘的地方，一下子變得冷清起來。騎兵們已經四處追擊出去，肆意斬殺亂兵。

沈傲沒有忘記自己的使命，笑嘻嘻地打馬尋到了李乾正，看了他一眼，漠然笑道：「越王好興致，來人，押他進宮。」

對這越王，沈傲一點凌辱的興致都沒有，就他這點兒道行，放到汴京去，早給人踩死了不知多少次了，也就是在這龍興府還能蹦躂幾下而已。

幾個校尉下了馬，將越王收押起來，而沈傲在前打馬帶路，徑直入了宮城。

暖閣裡，越王忍著劇痛匍匐在地上，事情敗露，已是萬念俱灰，可是這時候，求生的本能卻讓他燃起了一分希望，他顫抖著，偷偷看了一眼高高坐在軟榻上的皇兄。

李乾順慢吞吞地喝著茶，卻不去看越王，只是對沈傲道：「這麼快？」

沈傲淡笑道：「烏合之眾，再耽誤，就要下雨收衣服了。」

李乾順聽到暖閣外隱隱傳出的悶雷，這天色說變就變，他恬然一笑道：「這一趟你立下了大功，朕行賞，自然少不了你的份。不過，眼下當務之急是立即肅清逆賊餘黨，朕就交給你去辦了。」

沈傲心裡明白，李乾順之所以不親自動手，無非是假手於人，讓他來做這個壞人罷了。

沈傲微微一笑，頷首點頭道：「陛下慧眼如炬，一眼便看出了小婿的特長，痛打落水狗，小婿倒是頗有心得，陛下拭目以待就是。」

李乾順哈哈一笑，很是歡愉的樣子，等一杯茶盞喝完了，目光才落到李乾正的身上，那笑意頃刻之間煙消雲散，變得無比的猙獰起來。

一個人從發自內心的大笑到猙獰，原來可以變得這麼快，這個速度，連沈傲都自愧不如。沈傲在一旁坐看好戲，心裡想，這個未來的老丈，果然不是個能用常理來度之的傢伙。

「抬起頭。」李乾順的聲音冰冷得猶如萬年堅冰，臉上露出一絲冷冽的笑容。

李乾正膽戰心驚地抬起頭來，不敢去直視李乾順的眼睛，擠出一點笑容道：「皇兄……」

李乾順突然笑了，道：「你不說，朕還忘了你是朕的胞弟呢！起來說話吧。」

李乾順的話讓李乾正的求生欲望更增幾分，卻是不敢站起來，磕了個頭道：「皇兄恕罪，臣弟萬死，臣弟只是受了別人的蒙蔽，吃了豬油蒙了心……」

李乾順淡淡一笑道：「畢竟是自己兄弟，你不必怕，朕不會讓人殺了你，否則傳出

去，不知道的，還道朕薄情寡義，來，先站起來。」

李乾正聽了這話，心放下了一半，顫顫巍巍地站起來，還不忘道：「臣弟多謝……」

砰……李乾順手中的杯盞卻是呼嘯一聲砸到了李乾正的頭上，李乾正話說到一半，便啊呀一聲，捂住了眼睛，那杯盞在他的眼窩處彈跳一下，隨即跌落在地，碎成了數瓣。

李乾正眉眼被茶盞一砸，捂住傷痛，一下子栽倒。

李乾順冷冽地道：「拿來！」

懷德從耳房中快步過來，手裡拿著一個小錘，轉交到李乾順手裡，手中拿著小錘的李乾順快步上去，踩住李乾正的小臂，毫不猶豫地砸了下去。

一聲悶響，小錘砸在李乾正的手掌上，李乾正淒厲大叫，瘋狂地道：「饒命，饒命……」

李乾順獰笑地道：「饒命?太子恭順，喚你一聲皇叔，你為何不饒他一命？」說罷，又舉起錘子狠狠地敲向李乾正的腦袋，李乾正悶哼一聲，此時已經有些暈暈沉沉了。

李乾順再也沒有了君王的威儀，一下子騎在李乾正的身上，手中的小錘不斷地敲擊，一下……兩下……三下……

沈傲在旁看得心驚膽跳，心裡忍不住道，算你狠！

這樣生生砸人的場景，縱是沈傲看多了廝殺，見慣了血腥，此時也不忍去看了，將眼睛別到他處，耳畔只響起一聲聲越來越微弱的哀嚎……

一炷香過去，那哀嚎終於停止，李乾順又狠狠地砸了幾下，才拋下錘子，慢吞吞地站起來。沈傲回過頭去看，地上的李乾正早已氣絕，而李乾順則是沒事人一般撣了撣身上的灰塵，朝懷德淡淡地道：「拖出去，餵狗！」

沈傲趁機道：「恭喜陛下大仇得報，太子殿下沉冤得雪。」

李乾順喘了幾口氣，才拍了拍沈傲的肩道：「好好對朕的女兒。」

這句話若是別的時候說出來，絕對會讓人以爲是一個即將嫁女的父親對另一個男人託付愛女的慰藉之詞。可是在這個剛剛殺了自己胞弟的君王口中說出來時，沈傲卻感覺到一種強烈的威脅。

沈傲呵呵笑道：「陛下放心。」

李乾順已經恢復了原樣，慢吞吞地道：「餘黨一定要肅清，不能留下後患，你立即去辦吧，隨軍營朕交給你去調遣，走脫了一個，拿你是問。」

沈傲心裡明白，這是暗示自己放手去做。隨軍營共有一萬人，而且詔令已經頒到京

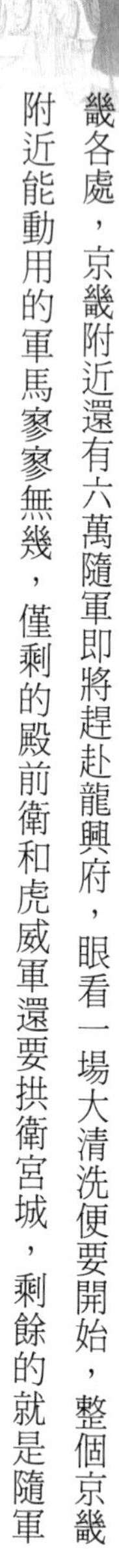

畿各處，京畿附近還有六萬隨軍即將趕赴龍興府，眼看一場大清洗便要開始，整個京畿附近能動用的軍馬寥寥無幾，僅剩的殿前衛和虎威軍還要拱衛宮城，剩餘的就是隨軍了。

李乾順這句話，不啻是將宮城以外的所有軍馬交付到了沈傲的手上。沈傲呆了一下，卻也心安理得地接受，未來的西夏駙馬，只怕已算是這個孤家寡人最親近的人之一了吧，宗室和國族已經背棄，除了沈傲，還有誰可以信任？

沈傲行了個禮，急匆匆地去了。

李乾正的屍體已經清理乾淨，暖閣裡又恢復如初，李乾順瞇著眼，對一旁的懷德道：「看住他，下一道密詔給隨軍的指揮使，若是他也敢圖謀不軌，劉堪可以先斬後奏。」

懷德頷首點頭，這一次，李乾正不過是試探沈傲而已，若是沈傲敢有絲毫不良企圖，莫說是這西夏駙馬，便是想活著走出龍興府也是絕不可能。

親生母親如此，胞弟如此，李乾正的疑心病已經越來越重，豈會輕易放手將軍權放出去？給予沈傲七萬隨軍的指揮全權，無非是看他會不會上演一場和越王一樣的把戲而已。若是學了越王，大不了再殺一個奸賊，若是他沒有異心，便可以得到信任。

懷德道：「奴才這就去。」

第六十四章 抄家系統

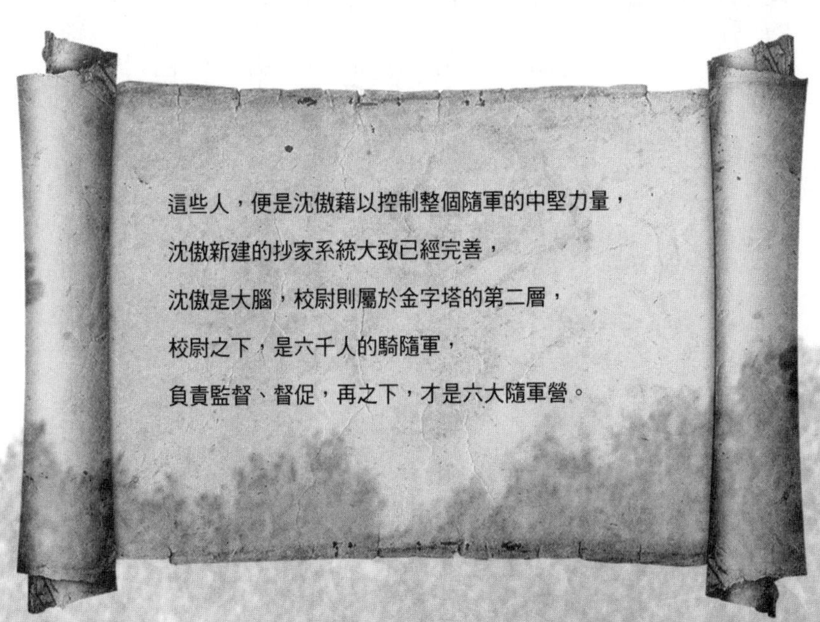

這些人，便是沈傲藉以控制整個隨軍的中堅力量，

沈傲新建的抄家系統大致已經完善，

沈傲是大腦，校尉則屬於金字塔的第二層，

校尉之下，是六千人的騎隨軍，

負責監督、督促，再之下，才是六大隨軍營。

得到調令，各路隨軍不敢有絲毫懈怠，立即開拔，他們的駐地有的在城外，有的是在附近的城鎮，距離都不遠，因此一日功夫，六萬隨軍已經集結，再加上一萬騎隨軍，足足七萬人在城外和甕城駐紮已畢。

七個隨軍指揮使紛紛到了一處大營，他們即將要見的，乃是近來聲名赫赫的西夏準駙馬，那個傳說中殺人如麻的男人。

沈傲的大名，早已隨著他的「胡作非爲」肆意傳播，再沒有人敢輕視，便是殿前衛和虎威軍這種精銳的禁軍見了他也是心驚膽顫，更遑論是這些隨軍指揮？

待指揮使們進了大帳，看到沈傲時，也是一時呆住，傳說中的那個人，竟是一點看不出武夫的樣子，反倒像個書生，身材並不高大，體型也不壯碩，臉上沒有殺伐，只有如沐春風的笑容。

「都坐。」沈傲和善得猶如一隻未經世事的小羊羔，臉上的笑容更盛，朝他們擺了擺手。

指揮使們終於鬆了口氣，看來坊間的流言當真不能盡信，這沈傲也不過如此。大家一下子輕鬆起來，分別落座。

沈傲淡淡笑道：「龍興府的事，想必諸位已經知道，越王膽大包天，辜負聖恩，竟敢滋生叛亂，陛下是什麼樣的人？百年難遇的明君，彈指一揮間便弭平了叛亂。眼下急召諸位入京，一是增強龍興府防務，這第二嘛，便是要剷除越王餘黨。諸位辛苦了，小王這一趟接了詔令，便是要帶大家立些功勞，雖說詔令中令你們聽小王節制，可是小王才疏學淺，自知自己的本事也就這幾分斤兩，所以還要諸位鼎力協助一下。」

沈傲站起來，朝大家抱了個拳，笑得更是開懷，道：「拜託諸位了。」

指揮使們紛紛回禮，心裡卻生出些許不以為然，原來傳說中那個殺人如麻的惡煞，竟是個菜鳥，早知如此，還擔心個什麼？

沈傲繼續笑嘻嘻地道：「大家也很辛苦，本來呢，小王是想擺一桌酒宴，為大家接風洗塵的，只是眼下還有要緊事辦，等清除了越王餘黨再補上吧。不過呢……」沈傲呵呵一笑，又道：「本王行事，從來不會讓下頭人吃虧的。」

他朝身邊的李清打了個眼色，李清點頭，捧出一個小箱子擺在沈傲的案前，沈傲將小箱子的蓋子掀開，霎時一疊疊的西夏交子露出來，沈傲笑吟吟地道：「這裡是十四萬貫交子，在坐的共是七人，每人拿兩萬交子去，小小心意，不成敬意。」

兩萬一綑的交子都是疊好了的，一疊足有一尺高，西夏交子貶值得快，雖說是兩萬，其實能值一萬貫就算不錯了，可是一萬兩銀子卻也算是一筆巨富，這是沈傲的前期投資，自己咬了牙，叫人拿了錢引去兌換的。

指揮使們一時面面相覷，這個煞星居然這麼好說話，這麼快就送錢來了。沈傲的不良印象，在他們的腦中立即顛覆了乾乾淨淨。但即使送錢，在大家心裡，對他仍不免有些輕視。

沈傲道：「劉堪劉指揮使參與平叛，甕城隨軍立下大功，你先來做個表率，先來領吧。」

劉堪不可捉摸地笑了笑，也不客氣，走上前去，取了一疊厚厚的交子，道：「謝王爺。」雖是稱謝，口氣中卻沒有太多的恭敬。

有了劉堪打頭，其餘的指揮使一個個站起來，各自領了一份回去，也都是稱謝，卻大多都是捏著鼻子說出來的。

沈傲自始至終都是熱情洋溢，等到最後一個指揮使過來領的時候，沈傲的笑容突然不見了，那指揮使伸出手，正要把最後一疊交子取走，沈傲卻用手一壓，按住了交子，抬起眸來，笑吟吟地道：「且慢。」

這指揮使頗有些怒意，道：「怎麼？」

沈傲淡淡地道：「交子自然要給你，不過給之前，本王有一句話要問。」

指揮使見沈傲說變臉便變臉，冷哼一聲道：「王爺但問無妨。」

沈傲慢吞吞地道：「你叫孫有才對不對？」

指揮使頷首點頭：「正是。」

沈傲漠然一笑道：「那麼本王要問你，你的隨軍駐紮在京郊五十里外的龍祥縣，在各路隨軍中也算是近的了，你的隨軍之中，有馬三千兩百餘匹，駱駝一千九百餘頭，又不用攜帶糧秣軍械，爲何陛下的詔令中限你們一日抵達，其他距離八十里處的隨軍都到了，孫指揮使的隨軍卻還耽誤了一個時辰？」

孫有才沒有想到沈傲早已打聽了他的底細，依然不以爲然地道：「行軍途中，稍有些差池也是常有的事，晚一兩個時辰也算不得什麼。」

「算不得什麼嗎？」沈傲咯咯一笑，陰惻惻地看向其他指揮使，這些指揮使也並不當回事，都是端坐不動。

孫有才道：「這是自然，往常便是遲了一日半日也是有的，這是常規。」

沈傲噢了一聲，道：「可是這詔令之中明明是叫你一天抵達，晚了一個時辰，也不是一天之內，是不是？」他突然站起來，冷笑道：「這算不算是抗詔不遵，欺君罔上？」

孫有才可不怕沈傲，他是兵油子出身，什麼樣的上司沒有見過？立即道：「王爺嚴重了，這交子，末將不要便是，說這些做什麼？」

沈傲帶著冷笑打量著孫有才，拿起那疊交子，笑吟吟地道：「給，當然要給，不過不是給孫指揮使。」

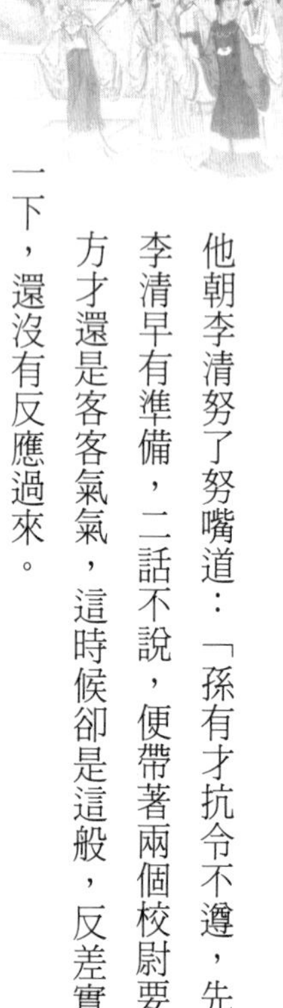

他朝李清努了努嘴道：「孫有才抗令不遵，先拿下！」

李清早有準備，二話不說，便帶著兩個校尉要撲上去。

方才還是客客氣氣，這時候卻是這般，反差實在太大，帳中的幾個指揮使都是呆了一下，還沒有反應過來。

倒是那孫有才畢竟是行伍之人，冷哼一聲，按住腰間的刀，一把將刀拉了出來，大喝道：「本官乃隨軍指揮使，誰敢動我？」

沈傲急忙地向後退了一步，大叫一聲：「抗令不遵不說，居然還敢拿刀行凶，威脅國際友人兼西夏駙馬，不必客氣了，格殺勿論！」

孫有才剛剛要拔出刀來，李清等人更快，紛紛長刀出鞘，還未等他反抗，李清已是兇悍地挺刀橫衝過去，一柄長刀狠狠地扎入了孫有才的腹部，孫有才淒厲大吼一聲，後退一步，後面兩個校尉一手扶住他，另一隻手挺刀前送。

血氣瀰漫，三個血窟窿汩汩流出血來，孫有才悶哼一聲，人已癱了下去。

沈傲拍了拍手，口裡罵道：「混賬東西，給你三分顏色就敢開染坊，給臉不要臉！」接著若無其事地道：「拖出去餵狗。」

文官倒也罷了，這些西夏的漢人武官，在沈傲眼中都是實打實的漢奸，西夏與大宋屢屢戰爭，這些人是最賣力的，否則也不會被黨項人抬舉到這個程度。這種人殺了也就殺了，一點心理負擔都沒有。

兩個校尉將孫有才的屍首拖出去，地上的血漬卻來不及擦拭，殷紅一片。其餘六個指揮使看了，都是森然，尤其是方才沈傲那一句漫不經心的「給你三分顏色」，令他們感覺後脊有些發涼，不知這沈傲到底說的是孫有才，還是指桑罵槐。

只是方才對沈傲的輕視之心瞬即一掃而空，指揮使們這才意識到，眼前這個人，可以輕易地決定自家的生死。

沈傲又換上笑臉，朝大家道：「諸位，得罪了，本王眼下還有些事要辦，請諸位少待。」語氣客氣至極，卻讓劉堪幾個不敢怠慢，劉堪連忙道：「王爺客氣。」「對，王爺太客氣了，有什麼事，吩咐就是了，這個請字，末將萬萬擔不起。」

沈傲呵呵一笑，雙眉一皺道：「把孫有才的隨軍將佐都請來，一個都不許落下，快去。」

須臾功夫，數十個武官一頭霧水地進來，隨後，又是一隊隊校尉出現，都是帶著刀，一臉殺伐。

沈傲淡淡地道：「數一下人頭，總共多少人報上來。」

李清道：「一共是六十七人。」

沈傲頷首點頭，將這兩萬貫交子放在桌上：「每人拿一份，讓他們收拾了東西，立即給本王滾出隨軍營去，從此以後，孫有才的隨軍由本王接管！」

一人大致三百貫，對於尋常的軍官來說可是一筆不小的財富，這些武官還沒明白怎麼回事，卻是叫他們立即滾出去，這便意味著差事一下子沒了，可是卻有一筆錢鈔補償，倒也不差。尤其是一些底層的武官，本身油水就不多，拿了這筆錢，回家去買幾十畝地也不差。

可是對高級一些的武官來說，卻是等於砸了人的飯碗，像他們這樣的階級，隨便剋扣一些，一年也有這個數，這點錢就想打發，你算老幾？

幾個高級武官立即鼓噪道：「王爺，我等犯了何罪？爲何裁撤？」

沈傲淡淡一笑道：「詔令叫你們一日之內趕到龍興府，孫有才抗令，已被本王斬殺，你們這些武官也有連帶之責；怎麼？還問起本王來了？拿了錢，趕快滾！」

幾個高級武官勃然大怒，更有幾個孫有才的心腹，聽到孫有才死了，見到自家人不少，紛紛道：「王爺欺人太甚，難道就不怕軍中嘩變嗎？」

這時，校尉們已經開始抽刀了，李清冷哼一聲道：「我家王爺的命令沒有聽清楚嗎？滾！」

「不滾又如何？」

沈傲抿了抿嘴，笑道：「殺！」

「殺！」校尉們早已抽出刀來，輕車熟路，朝那幾個鼓噪的武官斬去，手起刀落，血氣瀰漫之中，便有幾個人失去了頭顱。

這麼一下，整個大帳立即安靜下來，劉堪和幾個指揮使也不敢閒著，一個個道：「王爺手下留情，這些狗才敢對王爺無禮，自是萬死莫贖，打發他們去了便是，何必和他們見識。」

沈傲森然地看了劉堪幾個，冷笑道：「這裡也有你們說話的份？」

指揮使們嚇了一跳，這傢伙，還真是傳說中的那樣說翻臉就翻臉啊，剛才還笑嘻嘻的說要大家鼎力協助，現在連說話的份都沒了。他們聰明地閉上了嘴，遇到這種煞星，再多說一句，說不定當真拿刀架到自家的脖子上，何必要逞強？

沈傲朝這些武官看過去，一字一頓地道：「還有誰不服？」

頓時鴉雀無聲，雖有幾個武官忿忿不平，可是看到出頭鳥的下場，早已嚇得臉色蒼白，哪裡還敢說不服二字？

等了片刻，見無人回應，沈傲擺了擺手道：「都滾出去，李清，你帶人去軍營接收他們的軍馬，老弱都裁撤掉，上下的軍官都從校尉中選拔。」他頓了一下，又道：「再帶一筆錢，裁撤的人該給的撫恤，一分也不要少他們的，誰要是敢多說什麼，殺無赦！」

李清拱了拱手，帶著幾隊校尉去了。

其餘的校尉也清理了帳中的屍體，紛紛退了出去。

帳中只剩下七個人，沈傲又恢復了笑容，道：「勿怪，勿怪，好了，現在我們談正經事。」

指揮使們一個個豎著耳朵，挺直了腰，一點都不敢怠慢，遇到這樣的人，一點點不恭和疏忽都可能要搭上身家性命，倒是那劉堪胸口貼身藏著宮中的詔令，還能有著幾分氣定神閒，不過這份密令到底有幾分用處，劉堪這時候已經沒有太大的把握了。

沈傲肅容道：「越王謀逆，餘黨甚多，陛下的意思是一併剷除，這些人有宗王，有國族，有禁衛，你們怕不怕？」

劉堪道：「既是逆黨，又有什麼可畏的？」

沈傲淡淡一笑道：「造反是抄家滅族的大罪，滅族的事交給你們來辦，抄家這種雜務就交給本王，各營現在都分出一塊區域來，在各自區域之內行事。抓到了亂黨，也不必急於斬殺，先逼出他們的同黨來再一併料理，其餘的事，就不勞諸位了。」

沈傲突然冷冽地掃了指揮使們一眼，道：「不過本王有言在先，誰要是敢帶兵在城中恣意胡爲，那就莫怪本王心狠手辣了。便是越王的餘孽，隨軍也不得擅自抄沒，否則以謀逆罪論處。」

劉堪幾個臉色大變，現在回想起來，這沈愣子哪裡是什麼好心給大家發錢？原來是把大頭給賺去了，兩萬貫和抄家的油水比起來，真是蒼蠅肉都算不上。

可是方才的場景又歷歷在目，孫有才死得冤枉，這一點大家都知道，可是要是不聽話，說不準下一刻人家就要冤枉你了。

劉堪想了想，雖說身上有密詔，可是人家畢竟是未來的國婿，又是大宋的王爺，手裡頭還有一支軍馬，真要鬧，八成還是自己吃虧，只好道：「王爺吩咐，末將豈敢不遵？」

其餘的人都是看著劉堪，見他低了頭，也都紛紛道：「遵令。」

沈傲繼續道：「那就各自去準備吧，切莫耽誤了。」

從沈傲的大帳中出來，劉堪幾個彷彿從生死之間走了一遭，一個指揮使忍不住嘆了口氣道：「此人只怕不好相處，還少不得要折騰弟兄們的。」

劉堪淡淡一笑道：「我倒是覺得這位新駙馬好相處得很，你沒看他方才的手段？他這是在殺雞嚇猴，先拿了一個指揮使來立威，卻也是他的本事。方才駙馬爺是要告訴我等，若是聽話，自然是他好我們好，說不準將來還有好處。可要是不聽話……」

幾個指揮使頓時明白了，一個道：「不聽話就是那孫有才的下場？」

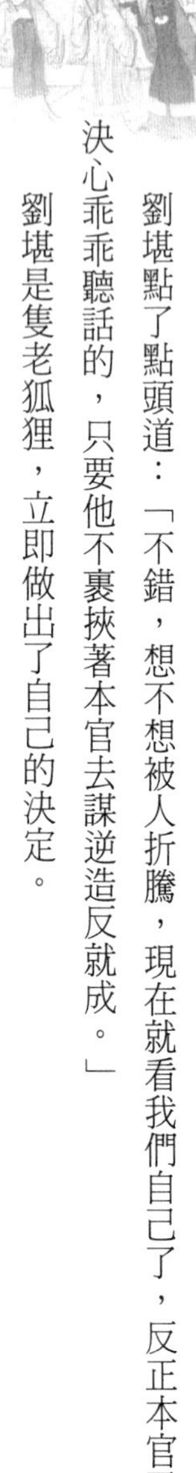

劉堪點了點頭道：「不錯，想不想被人折騰，現在就看我們自己了，反正本官已是決心乖乖聽話的，只要他不裹挾著本官去謀逆造反就成。」

劉堪是隻老狐狸，立即做出了自己的決定。

其他幾個指揮使若有所思，立即明白了這個道理，紛紛道：「連劉將軍都這般，我等難道還敢違拗嗎？只怕還不夠他去砍呢。」說罷，各自散了。

孫有才的隨軍營人數大致在一萬一千左右，可是老弱不少，李清帶著一隊校尉過去，將那些過了歲數和身體孱弱的都剔除了出去。如今這支隨軍群龍無首，也無人敢說什麼。況且李清這一趟還帶著錢來，剔除出去的，每人二十貫錢，說多不多，說少不少，勉強還能置辦些生業，再者，當兵吃糧本身就不是什麼好營生，那些被剔除出去的，拿了錢反倒歡欣鼓舞。

做隨軍的官就不說，可是當大頭兵的卻是苦得不行，平時操練雖然少，可是雜務多，說好聽點是兵，說難聽點就是苦役，專門去伺候禁衛老爺的，再者軍餉又低，上下剋扣一下，連吃飽肚子都是個難題，若不是實在沒處營生，誰肯做這等賤業？

如此一來，這隨軍便只剩下了六千餘人，立即便有六七百個校尉補充進去，從十人隊的小隊官到營官，全部由校尉佔據，接著便是拉了馬來，設立馬棚，總算把這群隨軍變成了馬上的步兵。

馬的問題是最好解決的，羽林衛和龍穰衛已經崩潰，遺留的戰馬不少，悉數抄沒，送到這裡來也足夠了，而且那些馬都是彪悍的戰馬。

當日正午，李清便開始訓話，說來說去無非是兩個字，聽話。不聽話的，自有辦法去處置，接著便是操練，不過這操練也是不同，都是輪著操練的，一半拉出去抄家，另一半留在營裡操練，到第二日再輪換一下。

北人善馬，這千里無人煙的地方，一路都是廣袤的平原，出行沒有馬是萬萬不行的，所以這些隨軍雖然戰力低下，對騎術稀裡糊塗，可是騎馬倒還將就。

按著校尉的辦法，所謂的操練，其實就是讓他們坐在馬上，不管任何時候都不許下馬，走路是騎馬，快跑也是用騎馬，吃飯也是如此，隨軍們雖是怨聲載道，可是當李清當場斬殺了幾個開小差的隨軍之後，大家立即不敢違令了，再者說，小隊官日夜和他們待在一起，連偷懶的機會都沒有，便是上個茅廁，也有規定的時間，耽誤一分也要軍法處置。

所以不管是營中操練還是外出巡視、破家的，都是騎在馬上行事，這些人，便是沈傲藉以控制整個隨軍的中堅力量，沈傲新建的抄家系統大致已經完善，沈傲是大腦，校尉則屬於金字塔的第二層，是骨幹，校尉之下，是六千人的騎隨軍，負責監督、督促，再之下，才是六大隨軍營。

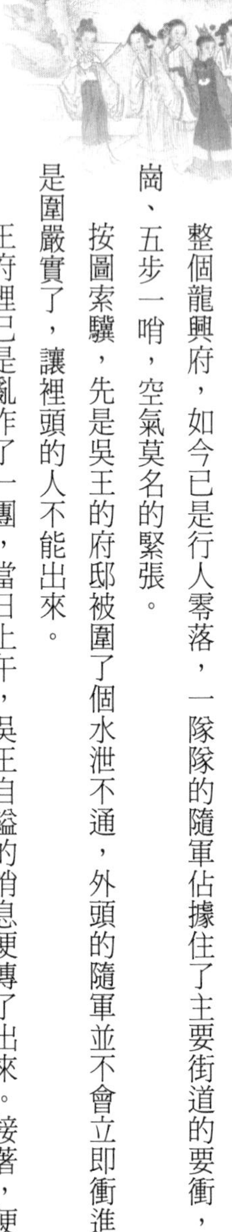

整個龍興府，如今已是行人零落，一隊隊的隨軍佔據住了主要街道的要衝，三步一崗、五步一哨，空氣莫名的緊張。

按圖索驥，先是吳王的府邸被圍了個水泄不通，外頭的隨軍並不會立即衝進去，只是圍嚴實了，讓裡頭的人不能出來。

王府裡已是亂作了一團，當日上午，吳王自縊的消息便傳了出來。接著，便有一隊馬隨軍在校尉的帶領下到了這裡，衝進府去，尋到了吳王的屍首。

吳王府上下一片哀號，可惜這時候，這些粗魯的軍漢什麼也不說，立即將府內的護衛、家奴悉數拿下，家眷也全部下獄，博士開始領著帳房進去登記財物，能搬走的直接裝車，不能搬走的也都上了封條，記載入案。

這個樣子，倒不像是抄家，說是搬家更貼切一些。

下獄的人立即被嚴刑拷問，到底還有誰參與了那日的政變？不說，便是鞭撻，招供之後，才給他一個痛快，接著便按著招供的線索立即趕赴另一家去。

整個龍興府立即淪爲地獄，歷來興大獄也未必有今日這個聲勢，一些老人想起了二十多年前的那樁大獄，規模只怕也未必比今日更浩大。

唯一可取之處就在於這裡沒有亂兵，二十多年前的時候，一千多人獲罪，兵丁四處拿人，破門騷擾必不可少，不知牽累了多少無辜的人。這次雖說拿捕的人更多，可是只要沒犯過事的，卻無人去觸碰。

之所以如此，還是歸功於街頭上的騎隨軍，這些手臂上繫著紅巾的騎軍猶如督戰隊，但凡有兵丁恣意亂爲的，直接帶走，帶走之後，人便再也看不到了，反正誰也不知去了哪裡，多半已是死了。

據說有個指揮使親自去爲一個犯事的小武官求情，竟被那未來的駙馬爺一個杯盞砸過去，還說了一句：「狗東西，當本王的軍法是兒戲嗎？」

那指揮使灰溜溜地回去，卻是連聲都不敢吱一下，心裡在抱怨，可是誰都知道，這位沈煞星實在惹不起，被他打了一頓，也沒什麼丟人的。

規矩立下來，所有人按著規矩去做就是，只是這一趟牽連的人實在太多，大致將宗室、蕃官、國族都清掃了個乾淨，到了這個地步，國族已是苦不堪言，想不到落到這個田地。

宮裡是一點動靜也沒有，李乾順每日雖然會得到奏報，也會在後宮中聽到有人求情，但李乾順只是淡淡一笑不予理會。

太子的死，一直是個秘密，只存在於李乾順的心中，這次大獄更像是復仇，而國族的叛亂，也讓李乾順更加明白，他這個皇帝不是黨項人的皇帝，而是西夏皇帝，黨項人敢作亂，李乾順就會毫不猶豫地將他們剷除掉。

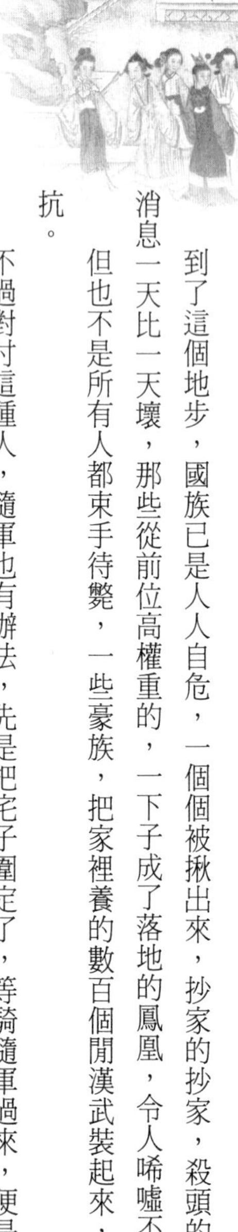

到了這個地步，國族已是人人自危，一個個被揪出來，抄家的抄家，殺頭的殺頭，消息一天比一天壞，那些從前位高權重的，一下子成了落地的鳳凰，令人唏噓不已。

但也不是所有人都束手待斃，一些豪族，把家裡養的數百個閒漢武裝起來，準備反抗。

不過對付這種人，隨軍也有辦法，先是把宅子圍定了，等騎隨軍過來，便是射箭放火，任何人不許放出，所有人全部活生生燒死。沈傲爲此還興致勃勃地題詞：「功夫再高，也怕箭燒。」

三日功夫，大致已有九千多人被揪出來，不過顯然還早得很，沈傲也不急，他最在意的是抄家的清單估價，七千多戶，抄出來的錢財可不少，竟高達九千多萬，換做是別人，自然是倒吸口涼氣，可是沈傲見了，卻是忍不住地罵一句：一群窮鬼。

這九千多戶可都不是小門小戶，其中宗室就有十幾家，還有蕃官也是不少，撈到的這點錢和泉州巨富相比，只有一點零頭，實在叫人心灰意冷。

反正在西夏，沈傲也不客氣，自家挪用了價值七八百萬的黃金，其餘的悉數上繳上去。

抄家，本來就是有耗損的，只不過這個耗損被沈傲壓到了最低，所以這麼大筆數目報上去時，反而讓宮裡大感意外。

抄家的事只怕沒有三兩個月也辦不下來，所以沈傲並不心急，反而對新接收的騎隨軍頗爲上心，這支軍馬名義上雖然不屬於自己，可是實質上已經屬於自己的武裝，至少李乾順知道了也並沒有說什麼，反而是放任他去做。

李乾順那個老狐狸，沈傲自然明白他的心思，眼下國族已經不可信任，那麼西夏必然得要練出一支軍馬來，沈傲既然要練，他自然大開方便之門。再加上沈傲即將成爲西夏的駙馬，算是最親近的人，雖然少不得防範，可是一支軍馬倒也不必太避諱。

沈傲明白，這支軍馬等於是李乾順送給了自己，只是缺一個資格而已。

騎隨軍要操練，而騎軍校尉雖然已經有了臨戰的經驗，可是帶兵經驗不足，這時候可以趁機實習，如何凝聚人心，如何操練部屬，如何令人信服，這些都是可以歷練的。再加上騎隨軍本就是漢人，語言相同，習慣也相近，並沒有多少隔閡。

沈傲擬定了操練的大致細節，這時候，西夏宮中傳來了消息——李乾順召見。

對這個未來老丈人，沈傲實在不願意和他有太多的接觸，這人的個性和沈傲有許多相同的地方，最相似的就是隨時能翻臉不認人，一旦成爲他的敵人，便立即斬草除根，絕對不會念及絲毫的舊情。

伴君如伴虎，沈傲在趙佶那裡感受不到，趙佶這個君，更像是個老朋友，和他耍一點心眼，鬧一鬧玩笑，他不過一笑而過，不會在意。可是李乾順這樣的人，卻讓沈傲深刻感覺到那種隨時朝不保夕的感覺，心裡大是感嘆，還好自己是宋人，是大宋的蓬萊郡王，否則在這李乾順的朝中廝混，不知得要有多少心眼才能保身。

第六十五章 議政王

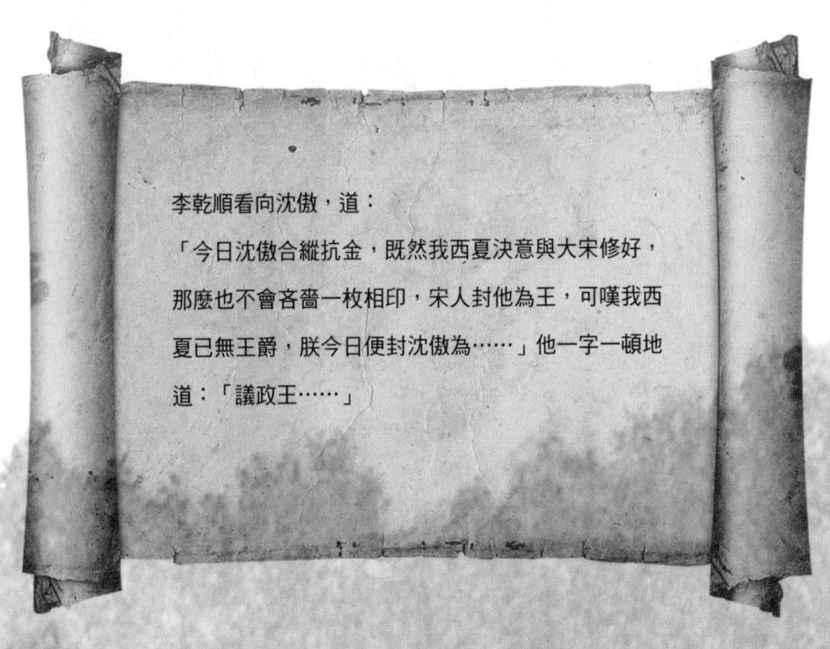

李乾順看向沈傲，道：

「今日沈傲合縱抗金，既然我西夏決意與大宋修好，那麼也不會吝嗇一枚相印，宋人封他為王，可嘆我西夏已無王爵，朕今日便封沈傲為……」他一字一頓地道：「議政王……」

已經接近年關，天氣愈發冷冽，鵝毛大雪連續下了三天，沈傲不得不穿了厚實的裘衣，踩著積雪出了門。

打馬到了宮城，卻恰好撞到了楊振。楊振見了沈傲，立即笑吟吟地打招呼，對沈傲的手腕，楊振算是見識到了，頃刻之間，從一個滔天大罪的罪人竟立即變成了整個西夏炙手可熱的人物，萬千人的生死竟都掌握在他一人的手裡。

沈傲笑吟吟地過去，道：「楊大人近來健碩了不少。」

楊振呵呵一笑，與沈傲並肩進宮，一面道：「心寬方能體胖，這龍興府有了王爺，老夫也就寬心了。」說罷便問起株連的事。

沈傲道：「要徹底剷除只是時間的問題，拷打一個，擬出一份名單再去抓人，一直抓到招供不出爲止，再過一兩個月，大致就可以結束了。」

楊振道：「王爺就不怕這些人胡亂攀咬，牽連到無辜？」

沈傲臉色變得冰冷，道：「一方面會有人去查實，另一方面……」他冷冷一笑道：「就算是牽連幾個也不打緊，楊大人，和你說實話，眼下鬧到這個地步，其實陛下也清楚，國族與宮裡已到了勢同水火的地步了，陛下的心思，楊大人會不明白？」

楊振若有所思地點了點頭，他只是不明白，是什麼原因令李乾順居然有這般大的魄力，竟是對整個國族下手。

楊振當然不會知道，太子的死，牽扯到的不止是一個越王，還有越王身邊的不少蕃官和宗王，這些人本該對李乾順忠心耿耿，可是偏偏他們卻做了李乾順決不能原諒的事。接下來，越王一呼百應的叛亂，讓李乾順變得完全冷酷無情，這才痛下殺手。歸根結底，還是太子的死導致了李乾順的心性大變，李乾順對太子的死有多悲痛，對那些宗室和國族就有多痛恨。

沈傲淡淡一笑，自然不能將謎底揭出來，只是問：「陛下急匆匆地召見，不知發生了什麼事？」

楊振正色道：「老夫方才也在想這個，陛下最是循規蹈矩，什麼時候召見大臣、什麼時候入寢都有定制，從未出過差錯。按說，除非發生天大的事，這個時間應當是下午入寢的時候，怎麼突然召人入宮？」

沈傲笑道：「罷了，去了就知道。」

沈傲和楊振一塊到了暖閣，內侍進去稟告，接著請二人進去。李乾順陰沉著臉，坐在軟榻上，在他的腳下，一個炭盆像是有踢翻過的痕跡，看到沈傲進來，勃然大怒道：「你做的好事！」

在見李乾順之前，沈傲心裡還有幾分不安，可是劈頭蓋臉地便訓斥一句，反倒讓他一下子變得無所畏懼了，他娘的，我又不是你的臣子，哪裡輪得到你來教訓？便是那個真正的陛下，也絕不會擺出這種臉色來……

沈傲抬起眼睛，直視著李乾順，恬然道：「小王做的好事實在太多，比如扶老太太進城門什麼的，只是不知國主說的是哪一件？」

從前還稱陛下，現在又改稱國主了。

李乾順怒氣沖沖地瞪著沈傲，沈傲桀驁不馴地與他對視，暖閣裡立即變得有些劍拔弩張，一旁的楊真尷尬地咳嗽一聲，道：「陛下息怒。」

李乾順冷哼一聲，才緩和了臉色，道：「來人，賜坐。」

沈傲和楊振分別坐下，李乾順才道：「餘黨的事如何了？」

沈傲見他示弱，也見好就收，道：「還要再費一些時日，三兩月內才能一網打盡。」

李乾順頷首點頭道：「靡耗的時間多了一些，不過謹慎也沒有錯。一步步來吧。」他頓了頓，繼續道：「朕打算從隨軍中拔擢出一支禁衛來，你那支騎隨軍從此更名為驍騎衛，充作禁衛吧。」他恬然一笑道：「放心，朕不是要和你搶東西，那驍騎衛上下仍由你的校尉帶著，李清便敕作驍騎衛軍使，你這一趟立下了大功，朕還沒賞你，不過你是宋人，倒是讓朕為難了。」

李乾順深深地看了沈傲一眼，目光才落在楊振的身上，道：「楊愛卿，兩國賜予一人官銜，古時可有先例？」

楊振猶豫一下道：「先秦提倡合縱的蘇秦，倒是身負過六國的相印。」

李乾順看向沈傲，道：「昔日是六國合縱攻秦，今日是沈傲合縱抗金，既然我西夏決意與大宋修好，那麼也不會吝嗇一枚相印，宋人封他爲王，可嘆我西夏已無王爵，朕今日便封沈傲爲……」他目光一閃，一字一頓地道：「議政王……」

沈傲愣了一下，議政王，這三個字的分量絕對不輕，王爵倒也罷了，爵位發展到現在，大多已變成了虛職，其中尤其以大宋的王爵最是悲催，今日說是郡王，可是傳給子嗣時立即便要遞減，而且王爵反而約束最多，若不是沈傲精明幹練，只怕早已做了閒雲野鶴。可是現在，李乾順居然拋出了個議政王的魚餌出來，前面加了「議政」二字，後面又是敕封爲王爵，兩相疊加，只怕在這西夏已成了一人之下、萬人之上的最炙手可熱的人物。

李乾順看著沈傲，道：「從今往後，一切奏疏均擬爲兩份，一份送入宮，一份快馬急送議政王。」

楊振眼眸中也忍不住地露出駭然之色，陛下這樣做，又有什麼用心？莫非是要用議政王的身分籠絡住沈傲，令沈傲棄宋而入夏朝？雖說奏疏的決定權還在李乾順的身上，

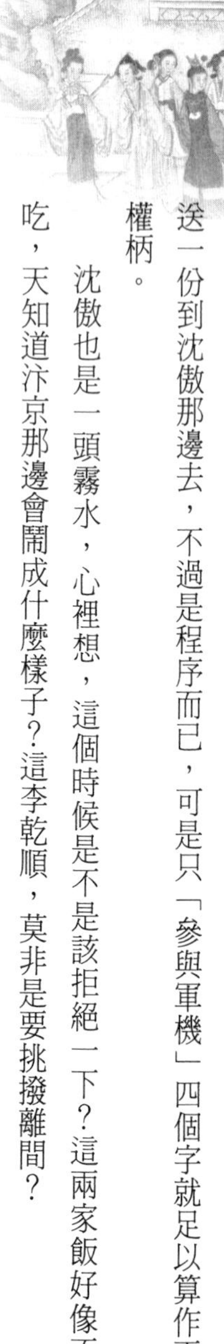

送一份到沈傲那邊去，不過是程序而已，可是只「參與軍機」四個字就足以算作天大的權柄。

沈傲也是一頭霧水，心裡想，這個時候是不是該拒絕一下？這兩家飯好像不太好吃，天知道汴京那邊會鬧成什麼樣子？這李乾順，莫非是要挑撥離間？

隨即又是釋然，趙佶對自己信任有加，這一次來本就是爲了破壞金夏和議，自己算是成功完成了任務。再者這麼做，對大宋也有好處。只是李乾順莫非也瘋了，給一個外臣這般大的權柄？

李乾順繼續道：「楊愛卿不是說要建武備學堂嗎？邯鄲學步固然不好，可是該效仿的還要效仿，不過不能叫做武備學堂，就叫明武學堂吧，其餘的，全部效仿大宋先例，先把架子搭起來，議政王……」

沈傲回過神來，道：「請陛下示下。」

沈傲的現實，今日算是暴露無遺，有好處就叫陛下，沒好處就翻臉，直呼國主，短短一炷香時間，這稱呼又改了，且叫起來朗朗上口，一點緩衝都不需要，臉不紅氣不喘，居然還叫出了感情。

李乾順倒是不理會這個，慢吞吞地道：「武備學堂是你建的，這明武學堂的司業，也就擔負給你了。」

沈傲又是愣了一下，一個新創的驍騎衛落在自己手裡，如今又是一個明武學堂，這兩個都算是軍事力量，假以時日，會是什麼模樣，沈傲心裡一清二楚；李乾順的這番舉動，倒有些培養接班人的意味，莫非自己這個駙馬……

李乾順見他一頭霧水，才淡淡地道：「淼兒有喜了！」

這句話直如晴天霹靂，令沈傲一下子無所適從，他的第一個反應就是：這個孩子是哪個王八蛋的？殺他全家！不過隨即呆了一下，想起越王作亂那一夜，他一時克制不住自己的衝動，原以爲自己穿越之後，身體有些毛病，誰知……

李乾順冷笑一聲，才又道：「所以不能再耽擱了，朕已選定了日子，三日之後立即大婚。」說罷，他又笑了起來，難得地展露出一絲笑容：「這個孩子，流的是朕的血脈。」

沈傲大喜之下，還不忘腹誹一番：「你的血脈只占兩成，老子占了五成，該是我的血脈才是。」不過這時候也不好潑李乾順的冷水。

李乾順嘴唇哆嗦了一下，目光中閃動著光澤，激動地道：「若是男兒，這個男兒便以李爲姓，朕封他做皇太孫，他將是大夏未來的國君。」

沈傲呆了一下，道：「陛下，小王並沒有入贅的打算，這兒子該姓沈才是。」

李乾順蠻橫地道：「姓沈有什麼好？該姓李，只有李姓才是國姓。」

沈傲呆住了，尼瑪的，生個兒子容易嗎？你說姓李就姓李？沈傲立即爭辯道：「子隨父姓，這是亙古不變的道理，既是我的孩子，自然姓沈！」

李乾順皺起眉，似要發作，一旁的楊振見了，心裡先是一喜，隨即叫苦，這二人的性子都是一樣的，不肯吃虧，這般吵鬧下去，好事都要變成壞事，立即作出一副笑吟吟的樣子道：

「恭喜陛下喜得皇孫，恭喜議政王喜得貴子，這孩兒將來必是天之驕子，又何必為了這個爭持？老夫說句公道話，」他捏著鬍鬚，慢吞吞地道：「這孩子還是姓李更為妥當，議政王將來必然枝繁葉茂，而陛下膝下無人相伴，議政王便是看在翁婿之情的分上，也該慰藉一下。」

沈傲心裡大罵：「你這也叫說公道話？這真是公道的沒天理了。」

李乾順見沈傲還要說，立即笑吟吟地道：「楊愛卿說得不錯，朕晚年淒涼，膝下又無子嗣，哎……」說著，不由地嘆了口氣，一副無限淒涼的樣子。

沈傲這才覺得自己似乎上當了，先給了個議政王，之後才拋出這個，還想再爭辯一句，那李乾順面容一緊，道：「大婚之後，還要籌辦明武學堂，議政王實在辛苦，不過，朕還有一件事要交給議政王去辦。」

李乾順吁了口氣道：「到時你和淼兒新婚燕爾，朕也不想將你們拆開，不過眼下淼兒身懷六甲，只能留在西夏產下子嗣再說，但是年後你必須返宋。」

沈傲早有返宋的打算，一直留在西夏，身分實在有些尷尬，雖說屢屢上奏疏給趙佶，說自己如何如何身在夏營心在宋，可是這麼久沒回去，不說家裡還有嬌妻，那朝廷裡風雲變幻，又有蔡京如鯁在喉，實在放心不下。

只是原本是想帶走淼兒，可是看這個樣子，只怕淼兒和未出生的孩子都要留在這西夏了，他呆了一下，也只得承認，這是最好的辦法，長途跋涉，現在的淼兒豈能吃得消？

沈傲頷首點頭道：「小王也有這個打算。」

李乾順道：「只是你這一趟返宋，朕要讓你做欽差。」

「欽差？」沈傲覺得自己的思維，實在很難追上李乾順的進度。

李乾順頷首點頭道：「不錯，大夏既決心與宋議和，那麼訂立新的盟約必不可少，議政王對宋廷最是熟知，正好給你一個方便，朕欽命你去和宋人草擬交換國書，以修萬世之好。」

沈傲更是無言以對，來的時候他是大宋的使節，回去時居然又成了西夏的使節？這還不算，既然是欽命去議和，大宋負責西夏事務的就是自己這個鴻臚寺正卿，難道玩左右互搏？左腦和右腦談判的把戲？這一碗水又該怎麼端平？李乾順就不怕自己把西夏賣

了？

隨即一想，立即體會到了李乾順的陰險之處，這西夏將來就是沈傲家的，沈傲再如何個賣法，總不會把兒子的江山賣出去，所以這一次欽命去談，自己肯定不會讓西夏吃虧，至少在實質上不會虧本。

可是趙佶對自己的恩德和厚望，卻讓沈傲一時又踟躕了，自己就是宋人，沈傲也一直以宋人自居，讓自己去侵害大宋的利益，他是萬萬不肯的，西夏議政王遇到了大宋蓬萊郡王，這還叫人活嗎？

沈傲呆坐了許久，眼看李乾順與楊振頗有深意地對視一眼，沈傲咬了咬牙，且不管他，到時候再說吧。

再看著李乾順，沈傲當真是恨得牙癢癢，道：「陛下當真讓小王總攬議和大權？」

李乾順慢吞吞地拿起桌上的一杯茶盞，笑吟吟地道：「你是議政王，代表的便是大夏，議和之事，朕悉數託付給你，絕不食言。」

從宮裡出來，沈傲真不知是喜是憂，不過有了孩子，終歸是好事，原想去看看淼兒，可惜李乾順卻是板起臉，說是天色不早，打發他出去。

想起婚禮將近，還是讓淼兒好好歇一歇才是，沈傲也沒說什麼，只是突然冒出個小東西，讓他有點無所適從。

「要有父愛，要積陰德了。」沈傲深吸了口氣，有一句話在他心裡一直耿耿於懷，叫「生兒子沒屁眼」。「咳咳……」沈傲想到這個，覺得有點難爲情，好像自己做的好事似乎並不多，又一次提醒自己：「要多積陰德啊。」接著便是傻樂，有個小傢伙也不錯，喜滋滋地騎上馬。

幾個校尉見王爺這個樣子，都圍上來問：「王爺，出了什麼事？」

沈傲笑嘻嘻地道：「我要和西夏公主成婚了，把消息放出去，再找幾個帳房來，準備記賬。」

沈傲痛下決心，以後不再貪污受賄，不過收禮應當不在那個範疇，議政王成婚，對象還是公主殿下，那些漢官總得扒一層皮出來，這也算是替天行道了。

打馬回到鴻臚寺，詔令也隨之到了，無非是敕封議政王，責令督辦明武學堂，此外敕李清爲明武學堂教頭、驍騎衛軍使，其餘人等也各有封賞。

接了詔令，李清不禁地瞪大了眼睛，他這個軍使倒也罷了，只是……大宋的蓬萊郡王，西夏的議政王，這算是怎麼回事？

沈傲和他對視一眼，道：「看著本王做什麼？」

「王爺打算留在西夏……」李清期期艾艾地問。

沈傲正色道：「本王身為漢臣，死為漢鬼，自然還是宋臣。」

「可是……」沈傲苦笑道：「人家要封賞，我又能有什麼辦法？權當是兼職吧。」

李清也不再說什麼，沈傲與李清交談了半個時辰，無非是明武學堂的事，其實這件事辦起來也簡單，按著武備學堂的章程去辦就是，反正西夏這邊已經沒有了阻礙，也無人敢和沈傲硬碰，需要什麼，下一個條子自然各方給予方便。

眼下這時正在風口浪尖上，沈傲說誰是反賊，誰就是反賊，手握這天大的權柄，巴結都來不及，誰敢駁他的面子？

一連下了幾張條子去，一面是讓兵部拿五官的花名冊來，一面是讓禮部曉諭四方，招募生源，除此之外，龍興府衙門那裡也下了條子，叫他們選好學堂地址，這明武學堂建起來，將來就是沈傲未出世的孩子所掌握的力量。

凡事一旦沾親帶故了，自然就更要賣力一些，況且，天知道李乾順能活多少時候，到時候他一駕崩，孩子又還小，沈傲這個議政王八成要晉級成攝政王，更要操心勞力了。

「可憐天下父母心啊。」沈傲愜意地端著茶盞，時不時發出感嘆，讓下頭那些跑得累死累活的李清等人聽了之後，臉都要抽搐起來。

這個爹倒做得舒服，有什麼事吩咐就是，最可憐的還是他們，什麼事都要親力親爲，上午去了驍騎衛佈置校尉的操練課業，下午還要爲明武學堂的事上下奔波，夜裡也不得閒，還要處置白日抄家的事，一樁樁一件件辦下來，至子夜才能睡，可是拂曉不到就要起來督促驍騎衛的操練。

兩三天不到，幾個教頭、博士明顯消瘦了幾分，再加上沈傲的婚事，雖說宮裡大多已經料理，可是身爲男方，總得要有點準備。

這些事，沈傲雙手一攤：「大宋的婚禮禮儀我都不懂，更遑論是西夏，李老兄是西夏人，這件事就由你來主張。」

說是主張，其實就是叫李清跑腿，李清這雄赳赳的漢子，睜著一雙熊貓眼，一副萎靡不振的樣子，痛苦地應下來。

沈傲吩咐之後，一雙清澈的眼眸霧水騰騰地眺望著窗外，打了個哈欠：「本王累了，先睡一會兒，待會兒還有許多事要做。」

公主的婚禮實在來得太快，原本以爲是要拖延到年後，畢竟這婚禮非比尋常，不管是宮裡還有各部都有東西要準備，再者，這時候城內的血腥還未過去，實在不宜成婚。可是當消息放出去，所有人才知道來得竟是這樣地快。

抄家仍在進行，街面上依然冷清，完全看不到喜慶的氣氛，國族惶惶不安，自身不保，生怕被人攀咬上，更沒有這個心思。相對於大多數漢民來說，這場婚禮倒是頗爲新鮮，雖然李乾順收服了漢民的心，使得他雖不爲國族支持，卻得到了漢人的擁護，可是誰都知道，漢人終究還是漢人，身上的血液任何人都不能改變。從前的公主都是嫁給國族，今日倒是頭一遭嫁給了一個漢人。

再加上沈傲被敕議政王，許多人心裡就有了計較，宗王都如豬狗一樣的殺了，這西夏的江山莫不是要落入漢人的血脈手裡？可若是這樣，這西夏還是黨項人的西夏嗎？豈不要變成第二個大宋？

這件事議論很多，且越這樣猜測越是蹊蹺，更有人從婚禮的日期中，猜測出公主八成是有喜了，否則又如何會這般倉促的行事？選定的日子雖然也算是吉日，卻不是大吉，而且按照國禮，婚前的一個月，六禮就該送上去，可是據說六禮還是詔令出來之後，沈傲才急匆匆送過去的。

送完六禮三日之後就成婚，換作尋常百姓家倒也罷了，可是換作了公主下嫁，就有點異常了。再者，當今天子是什麼人？最重視的就是國禮，一切都以禮爲先，怎麼會犯這個糊塗？

看來真有龍子了，據說宮裡的御醫只要診斷一下脈象，便可得出肚子裡孩子的性別，若是猜測得不錯的話，這孩子一出生，便是未來的儲君。

漢人突然發覺，轉眼之間，整個西夏發生了天翻地覆的變化，從前不可一世的國族，一下子惶惶如喪家之犬，漢官日益增多，據說要興辦的武備學堂，大多也是招募漢人子弟，雖說也有治下回鶻，吐蕃人以及黨項人也可以加入，只是其中最緊要的一條——功名，卻讓所有人望而生畏。

若說經商，或許漢人比不過回鶻人，比不過西域的番商，若說勇武，只怕也比不過吐蕃和黨項人，可是說起讀書，各族只怕是望塵莫及，只這一條，便幾乎斷絕了許多人的希望。

到了臨近婚禮的時候，街面上總算有了幾分人氣，其中又以漢人最多，江山都是漢人的，西夏將來若改個國號也該是小宋，膽戰心驚了這麼久，也不見有漢人遭殃，怕個什麼？

沈傲則是在這個時候的黃昏打馬到了一處巍峨的府邸——越王府。

這座宅院已經佈置一新，金漆牌匾上寫著「議政王」三個大字，一切的使喚奴僕和護衛也都換了一批，如今這裡已經是沈傲的產業了。

要成婚，總不能把公主接到鴻臚寺去，沈傲不要這個臉，李乾順還要，如今越王府空置下來，自然就順手賞給了沈傲。

這越王府占地極大，是宮城以外最大的建築，沈傲由一個不知從哪裡來的主事迎進去，一路上不知過了多少道儀門和長廊，才終於到了正殿，沈傲心裡得到了極大的滿足之餘，也就安心住下。

至於門房已經開始了彙報了，誰家送了賀禮多少，擬成了足足一冊的書籍，現在送賀禮的，都不是明日有機會來赴宴的人，大多都是沒什麼身分的富商，商人是最現實也是最敏感的，立即感受到了這議政王的炙手光芒，雖說禮物送過來不一定能聽個響，至少混個臉熟也好。

沈傲隨手翻閱了一下，淡淡一笑道：「可憐天下父母心啊。」下頭的人一頭霧水，這和父母有什麼干係？卻也不敢去問。

接著，便是一個個來稟告明日成婚的事，無非是洞房佈置得如何，酒宴如何，沈傲哈欠連連，道：「你們自己去辦，這種事不必來問本王。」

此後是宮裡來的太監，是來教沈傲禮儀的，沈傲耗了半個通宵，總算是記全了，不由苦笑，每一趟都是如此瑣碎，真是辛苦啊，哎！

第二日拂曉，沈傲便起了床，穿了大紅的蟒袍，接著就是等待，要迎親，得過了正午才能去，可是該準備的都要及早，就怕鬧出了笑話。

今日驍騎衛休假一日，連抄家的事都暫時停止，便是街面上的隨軍也都安分起來，各部衙門也都停止辦公，一切都是爲了這樁婚事的舉行。

李清帶著休假的校尉們過來幫忙，沈傲將李清叫進去，問些操練和抄家的事。李清臉色蒼白道：「王爺，刀兵見血的事，今日還是不要說的好。」

沈傲想了想，頓時笑了起來，站起來按住腰間尙方寶劍的劍柄，道：「好，就你顧忌得多。」接著吁了口氣道：「殺了這麼多人才得來今日，不容易啊。」

這一趟西夏之行，回顧起來，還真是大殺四方，到現在殺戮還未停止，此時回想一下，連沈傲都覺得不可思議。

李清苦笑道：「王爺，今日不說這個。」

沈傲雙手一攤，道：「不和你說這個，還能說什麼？莫非老李還有興趣和本王研究詩詞歌賦，行書作畫？」

李清瞪起了眼睛，道：「王爺太瞧不起卑下了，卑下難道就不能和王爺探討些文雅的事？」接著，他捲起袖子道：「卑下這便寫一張行書出來，祝賀王爺新婚之喜。」他的臉上頗有幾分顯擺之色，想來上夜課的時候，當真學了幾分本事。

沈傲饒有興趣地瞇著眼道：「本王就給你一個班門弄斧的機會。」

李清已熟知了沈傲的性子，二人的關係也已經很熟稔了，除了公務，其餘時候開幾句玩笑也無妨，便立即做出一副雄赳赳的樣子道：「王爺，讓你看看吳下李清。」

說罷，李清走到書桌旁，沈傲幫他磨墨，他提筆蘸墨之後攤開一張紙來，寫了「天作之合」四個字，才拋了筆道：「王爺以爲如何？」

沈傲見了他的書法，頓時呆了，忍不住道：「倒是真有幾分樣子。」

李清的字自然登不得什麼大雅之堂，卻勉強還算端正，至少達到了童生的水準了。

沈傲喜滋滋地道：「好字。李老哥能不能幫幫忙，再寫一幅字。」

李清呵呵一笑，信心十足地道：「王爺要卑下寫什麼？」

沈傲凝重地道：「便寫吾非贅婿罷！」

李清愣了一下，道：「王爺，寫這個會不會有些此地無銀三百兩的意思？」

住的是人家的，吃的也是人家的，說得難聽一點，就是六禮，也是宮裡置辦了送過來再送回去的，沈傲還真有幾分贅婿的樣子，就差捲舖蓋搬進宮了。

沈傲臉色一板，道：「這是讓人不要生了誤會，如若不然，不如再寫一句，誰敢誤會，殺你全家如何？」

李清縮了縮脖子，苦笑道：「王爺慎言，不要再喊打喊殺了。」

沈傲呵呵一笑，滿是無辜地抬起清澈的眸子，駐足負立道：「習慣了，都是給你們這些丘八帶壞的，快寫！」

第六十六章 反戈一擊

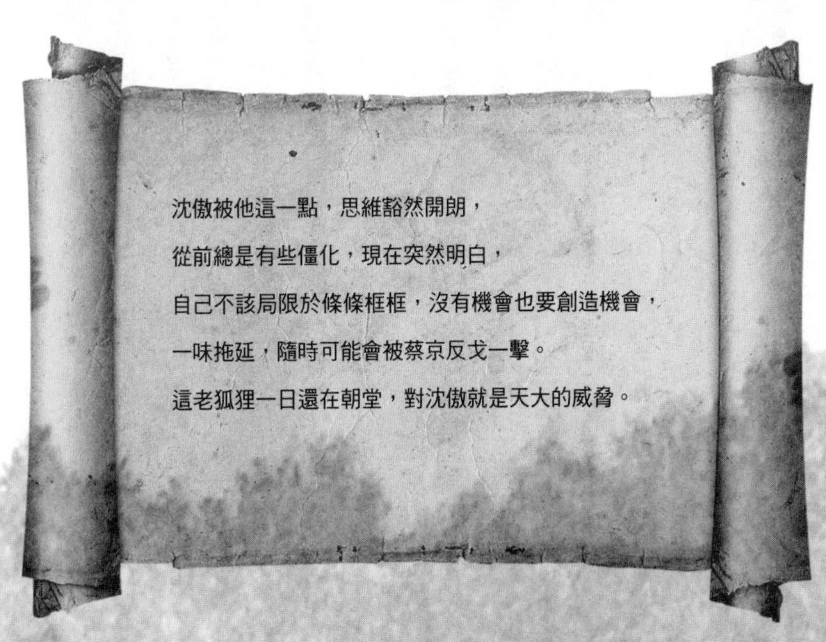

沈傲被他這一點，思維豁然開朗，
從前總是有些僵化，現在突然明白，
自己不該局限於條條框框，沒有機會也要創造機會，
一味拖延，隨時可能會被蔡京反戈一擊。
這老狐狸一日還在朝堂，對沈傲就是天大的威脅。

議政王府已是停滿了轎子和車馬，賓客終於來了，滿朝上下，只要沒有涉及到越王的，如今都是濟濟一堂，便是侍郎這樣的顯貴，也只能尋個偏僻的地方落座，其餘的人只能隨便加個凳子，泡上一壺茶去。

沈傲只出去和楊振幾個會了面，一直捱到正午，迎親的隊伍才啓程，沿途上有不少人圍看，沈傲見慣了這種場面，早就習以爲常。

到了宮裡，按禮是不能進入的，得等公主的鳳駕出來才能按原路返回，等了一盞茶功夫，宮裡便傳出喧鬧的聲音，一行人簇擁著鳳駕出來。沈傲暈頭轉向地由人牽著馬，再折返回去。

這一次婚禮實在倉促，卻是盛況空前，沈傲喜歡熱鬧，並不代表他喜歡被人當猴子一樣去生出熱鬧來。所以臉上雖然掛著微笑，臉頰卻是抽搐不止。

回到府邸，賓客們自有人伺候，就算招呼不周，也無所謂，還能怎樣?也不看看這裡是什麼地方，輪不到你撒野，給你湊熱鬧的機會已經很給面子了。

拜過了天地，便是沈傲最熟知的事了，在一陣陣恭賀聲中拉著紅繩的一頭，便帶著淼兒往洞房裡去。

洞房佈置得很是喜慶，紅燭冉冉，各種用具都是簇新的，其中不少更是御用之物，沈傲揭開淼兒的頭蓋來，看著這鵝脂一般油滑的圓圓臉蛋，那嬌小可愛的小鼻尖兒，還有那高高拱起的眼睛，二人對視了一眼，隨即笑了起來。

沈傲握住淼兒的手，道：「我聽說西夏國有一個美麗的公主，她有個圓圓的臉蛋……」

淼兒嗔笑道：「爲何我聽說這公主的臉蛋卻是尖尖的，像荷葉一樣尖？」咦，居然面不改色，看來這公主和我倒是頗有幾分夫妻相。

沈傲心裡腹誹了一下，猶如吞下一個雞蛋，梗著脖子承認道：「對，她有像荷葉一般削尖的臉蛋，還有吹彈可破的肌膚，有一雙霧水騰騰的大眼睛，更有一張新鮮欲滴的櫻桃小口。」

淼兒笑嘻嘻地道：「然後呢？」

沈傲將淼兒的柔荑握緊，才道：「她還有……」沈傲盯住淼兒鼓鼓的胸脯和蠻腰，大致估量了一下，取了最大値道：「還有渾圓的胸脯和纖細的瘦腰。」

淼兒咯咯一笑道：「你的樣子爲什麼像是在說謊？」

「有嗎？」沈傲很震驚，脫口而出道：「殿下能不能先讓爲夫說完？」

淼兒抿著唇，矯正了坐姿道：「你說。」

沈傲繼續認真地道：「巧兮倩兮，令人一望傾心。我還聽說，這個公主端莊大方，仿如墜落凡塵的仙子。」沈傲深吸口氣，又道：「如今她已做了我的妻子，我做出了一個艱難的決定。」

淼兒嗯了一聲，大眼睛微微顫動，似在鼓勵沈傲說下去。

沈傲湊近她，道：「我決心生生世世陪在她的左右，一起在不冷的夜裡看月亮，不熱的夜裡數星星。」

「完了？」淼兒問。

沈傲呼出一口氣，道：「暫時只想到這麼多，你知道，爲夫很純潔的，一向不喜歡和女孩兒說這些情話，便是聽了都覺得要起雞皮疙瘩，想一想都覺得可怕，所以黔驢技窮，只有這麼多了。」

淼兒笑吟吟地道：「你的樣子還是像在說謊！」

沈傲立即覺得自己受了天大的委屈，道：「這是什麼話？讀書人會說謊嗎？君子至誠這句話聽說過沒有？」

淼兒眨了眨眼睛道：「你是君子嗎？」

沈傲立即舒展了腰肢，整個人變得無比高大起來：「爲夫謙虛一句，若是爲夫不是君子，這世上熙熙攘攘的人就都是小人了。」

說罷，沈傲猴急地上床去，邊道：「來，來來，快躺下，讓我瞧瞧你的肚子。」

淼兒頗有些羞澀地道：「這有什麼好瞧的？剛剛才有的身孕，什麼都看不出。」

看著沈傲那期待的表情，淼兒不由地嫣然一笑又道：「好啦，我也有話和你說。」

沈傲愣了一下，道：「莫不是這孩子不是我的？」

淼兒啐了一句，道：「早知道你是個負心人，不是個好東西，這種話，虧你說得出口。」

沈傲立即吁了口氣，道：「幸好，幸好，殿下不知道，在沈某人的家鄉，故事裡的情節大多都是這樣的。」

淼兒瞪大了眼睛道：「你們宋人都說我們大夏是蠻邦，爲何我覺得你們大宋才是。」

沈傲無言，岔開話題道：「殿下要和我說什麼？」

淼兒伸出手來：「來，握住我的手。」

沈傲依言握住，閉上眼睛。

淼兒咯咯笑道：「聽說宋國有個呆子，生得又醜又壞。」

沈傲大聲抗議道：「人怎麼會生得壞！」

淼兒道：「你不要打岔，你……啊，不，宋國的那個呆子本來就生得壞。」

沈傲滿腹委屈地道：「我欲將心向明月，奈何明月滿溝渠，殿下，我說的都是你的好話。」

「你先聽嘛。」淼兒繼續道：「家裡還娶了五六個妻子，這個呆子壞透了，偏偏本公主卻喜歡他，懷了他的孩子，蒼天在上，本公主一輩子也不會遺棄他，爲他生下孩子，和他廝守一起，永不分離。」

沈傲張眸：「那個呆子是誰？爲夫現在妒火中燒，現在就帶人去砍翻他！」

淼兒咯咯笑道：「這個呆子就是你！」

沈傲滿腹委屈地道：「我又不醜又不壞，我人很好的。」

淼兒咬著唇，笑吟吟地道：「你壞的樣子才令人喜歡。」

原來是這樣，沈傲恍然大悟，他吁了口氣，可惜今夜卻只能做個柳下惠了。

忙亂了一日，二人都是累了，沈傲也不敢碰觸她，怕動了胎氣，二人合床睡下，一夜嘰嘰喳喳，也不知說了多少話才睡下。

第二日沈傲起來，洗漱一番，叫人好生照料淼兒，才出了府邸，眼看年後就要回京，可是許多事卻還要張羅，時間不等人，一身勞碌命。

先是打馬到了明武學堂的校址，這裡原本是龍穰衛的大營，此時龍穰衛已經覆滅，自然也就空了下來，門面已經整修過，裡頭校舍、講臺、校場一應俱全，倒也不缺什麼，挑選的博士、教頭也都來了，李清大清早已經和他們見過，沈傲過去時，這些人都來見禮，除了一個吐蕃人和一個回鶻人之外，其餘的都是漢人，所以也不生疏，沈傲勉勵一番，便開始討論招募校尉的細節。

其實招募校尉在大宋已經有了成例，不過在西夏，標準卻不得不放寬一些，大宋讀書人多，秀才遍地多如狗，而在西夏，能考中一個秀才已是十分了不得的事了，反覆商酌了一下，大致有了細節，欠缺的就是施行了。

沈傲這個司業，其實也就是個甩手掌櫃，真正的事還得李清去做，好在李清這個人做事穩妥，對西夏也頗為熟稔，又是經驗豐富，所以做起來很有條理。

沈傲真正要見的，是一批匠人，西夏國立國不過數十年，可是這數十年裡，在武備方面卻表現不差。其中讓沈傲最感興趣的東西，是旋風炮、西夏劍、長臂弓這三樣東西。

其實長臂弓、旋風炮都是漢人發明的，比如旋風炮，遠在三國時期便已經發明了。西夏人在這個基礎上推陳出新，所製造出來的長臂弓，比尋常的弓箭遠出三成的距離。只不過這種長臂弓製造起來頗為繁瑣，西夏並不富庶，所以只有少數貴族才使用佩戴。

至於那旋風炮，其實就是石炮，雖說談及不上先進，卻也有長處，這時候的火炮還不夠成熟，石炮恰恰彌補了火炮的缺點，西夏人將石炮的特長發展到了淋漓盡致的地步，倒也可取。

最厲害的還是西夏劍，西夏劍在大宋頗受推崇，甚至有專門販賣西夏劍的商人，沈傲到了西夏，也叫人拿來試過，鍛造水準絕不在倭刀之下。

若說倭刀適合步戰，那麼這種長達八尺的長劍可以算是馬戰的犀利武器，爲了適合馬戰舉握，西夏劍的劍柄極長，且兩刃很是鋒利，韌性十足。這種優點恰好彌補了騎兵使用馬刀和長矛的不足。

騎兵衝刺時，若使用的是馬刀，並不能發揮衝刺的效果，不斷揮舞，反而影響到馬軍的戰力。而長矛卻也有其短處，若是矛身採用鐵器，整個長矛就會變得笨重，增加戰馬的負重。可若用木質的矛桿，往往又容易衝刺時飛掉矛頭，也不容易對敵人進行穿刺。

偏偏這西夏劍長度雖比長矛短了幾分，卻是鋒利無比，劍身尖細，又不容易折斷，既輕盈又有穿刺力，且又方便握舉，絕對是大宋騎軍最優良的騎兵制式武器。

龍興府幾十個最優良的工匠都來了，議政王有請，頗讓他們吃了一驚，又是害怕又是興奮，等到見了沈傲，看到沈傲一臉人畜無害的笑容，這些匠人才放下了心，紛紛朝沈傲行禮。

沈傲如沐春風地道：「不必多禮，這一趟請你們來，是有事相求，都坐下說話吧，來人，奉茶！」

匠人們呆了一下，議政王有事相求，倒是不知是什麼事，便聽沈傲呵呵一笑道：「本王喜歡做一點生意，不知諸位可知道蘇杭和泉州？」

莫說是西夏人，便是遠在萬里之遙的大食人，就算不知道蘇杭，至少也是知道泉州的，大家紛紛點頭。

沈傲道：「本王呢，在那裡有幾座工房，卻缺少巧匠，可有人願意爲本王效力嗎？」

沈傲的工房還真不少，都是專門供應軍隊所需的，利潤不錯，比如儒刀和火炮，一方面朝廷在生產，沈傲的工房也會加以研究改進。沈傲的錢多，不在乎這點開銷，西夏人的長處值得學習，更何況這些匠人本就是漢人，談不上什麼胡服騎射。

工匠們聽了，面面相覷，背井離鄉，總是有些不願，卻又不敢反對，沈傲的凶名他們是知道的，拒絕了他，誰知道會有什麼下場？

沈傲漫不經心地道：「廢話不多說，每個月五十貫錢，包食宿，願意去的，到時候隨本王走，不願意的也不勉強。」

五十貫……這一年便是五百貫，在西夏，這筆錢足夠買下百畝的田地了，至少能買近千頭羊，如此算一下，去那裡做個十年八年，便可衣錦還鄉。這個價碼的確讓人心動。

沈傲淡淡一笑道：「還不肯，那就每個月六十貫，不過先說好，去了那裡，你們便是師傅，每年要培養出二十個熟練的徒弟來，多培養出一個，再給一百貫的賞錢，到了那裡，不用怕有人欺負你們，只要報上我的名字，處處有你們的方便。你們若是願意攜家帶眷，也由著你們。」

「我願意。」到了這個份上，再不點頭，就要錯失良機了，這麼高的價錢，一個月比現在一年賺的還多，還有什麼好考慮的？

有人起了頭，其餘人也紛紛附和起來，只有幾個還有些猶豫，苦笑著道：「王爺，我等只怕要再想想。」

沈傲喝了口茶，道：「慢慢地想，不急。」安排人叫他們下去，願意的先簽個名，不願意的也留個名刺給他們，什麼時候肯了，再來拜見。

沈傲有些疲倦地坐下，眼看再過一個月便到年關，過了年就得返宋，這時候再忙，也得抽出身去陪一陪淼兒。淼兒心情也略略有些低落，新婚燕爾，分別在即，若不是肚子還有個孩子寄望，真不知如何是好了。她性子雖然有北人的颯爽，卻終究還是個女人。

沈傲別無他法，便轉移她的注意力，一本正經地教她胎教，淼兒開始只當是沈傲胡說，笑吟吟地道：「胎兒還在肚子裡，你在外頭做什麼，他又怎麼知道？」

沈傲正色道：「雖是在肚子裡，可是母子相連，休戚與共，若是母親心情平靜，胎兒也就安分，可要是母親煩躁，母體心跳加速，血液增快，胎兒自然也就異常了。」

淼兒聽了將信將疑，但凡做母親的，這時的心思和李乾順一樣，都是寧殺勿縱，此刻也不得不信沈傲的話，便問：「那如何胎教？」

沈傲道：「既是沈大才子的孩子，自然要懂行書作畫，尤其是作畫，要從娘胎裡教起，不如我教你作畫吧，你會畫了，孩子在娘胎裡也能學去幾分。」

淼兒咯咯笑道：「看你樣子就像是撒謊。」

沈傲呵呵一笑道：「夫妻要相互信任，爲夫何苦騙你？再者說了，作畫最能陶冶心性，心性好，孩子在肚子裡也恬然。」

淼兒想了想，道：「作畫我倒是會，父皇從前教過我一些，就是畫得不好。」

沈傲躍躍欲試：「女不教，父之過也，你畫得不好，是因爲你父皇水準不夠，如今有天下第一畫師在此，你還怕什麼？」

淼兒皺起鼻子道：「下一趟我進宮去，把你方才的話和父皇說。」

沈傲訕訕一笑道：「淼兒不會說的，夫妻一體，說些閒話也鬧到外頭去，豈不是讓人笑話？」

說罷，沈傲叫人拿了筆墨，當真教淼兒作畫。他作畫的心得不少，這時候賣弄出來，令淼兒十分佩服，忍不住好奇地道：「你這般年輕，爲何懂得比國學院的老博士還多？」

沈傲心裡暗笑，自己的理論，是千百年無數名家心得體會的匯總，放在這一千年前，足以驚豔四座，只是這時候免不得賣關子：「這便是胎教的重要，想當年……」

他裝作一副老於世故的樣子回憶道：「爲夫還在娘肚的時候，便受這胎教了，所以方能比別人知道得多一些。」

淼兒一臉不信的樣子，咯咯笑道：「你又說謊，還在娘胎的事，你也記得？」

沈傲老臉一紅，訕訕道：「依稀有些印象。」

淼兒當即認真學起畫來，將注意力轉移到作畫上去。

明武學堂的招募已經開始，第一期只招了五百人，馬軍、步軍各一半，至於其他的科業，暫時沒有開設的必要。

其他的瑣事，沈傲一律撒手不管，到了年前的時候，天空又下起鵝毛大雪，沈傲帶著淼兒到窗臺前，朝外頭的雜役道：「下雪了，大家快收衣服。」

踩在雪地裡的雜役一陣驚愕，便看到沈傲和淼兒在窗臺前笑，沈傲揮了揮手道：「你們不必忙活了，都回自己的房裡歇了吧，每人到庫房裡領二十斤炭火，不要凍著了。」

淼兒披著厚重的大髦，頭上戴著一頂針織的帽子，朝沈傲道：「我現在都不知道你是好人還是壞人了。」

沈傲摸了摸鼻子，看到外頭紛揚的雪景，道：「我是個不太壞的壞人。」

淼兒道：「你是個不太呆的呆子。」

沈傲愣了一下，道：「結果還是呆子對不對？」

淼兒擁入沈傲的懷裡，笑嘻嘻地道：「從前，總希望有個大英雄來做自己的丈夫，這時候巴不得是個呆子了。」說罷幽幽地道：「你什麼時候會回來？」

沈傲的心情與窗外被大雪壓彎的樹枝一樣低落，道：「明年下雪之前，我會來看你和我們的孩子，那時，我會把你們母子都接到汴京去。」

淼兒搖頭，一雙眼眸霧水騰騰地道：「我不能離開父皇，父皇身邊只有一個淼兒，可是夫君身邊，卻有六七個淼兒。」

沈傲刮了刮她的鼻子，道：「這是什麼理論？」

淼兒失笑道：「淼兒定律。」定律兩個字是和沈傲學的，淼兒沒幾下就記住了。

沈傲嘆了口氣，道：「不如我們出去堆雪人吧？」

淼兒瞪大了眼睛道：「堆雪人？原來我的夫君還是很呆的呆子。」

沈傲笑呵呵地道：「呆子就呆子，你在這兒看，我去堆。」

他取了個皮護手和手套，一深一淺地走了出去，就在窗臺外的闊地前，笑嘻嘻地滾了雪球，叫人拿了鏟子，只半個時辰，便堆出三個雪人來，兩大一小，最大的那個，胖乎乎的顯得很是可愛，略小的那個圓圓的臉，圓圓的眼睛。

淼兒倚在窗臺前大叫道：「應該是荷葉一樣的尖細下巴。」

沈傲大口地吐著白霧，身上已落下紛紛揚揚的積雪，笑呵呵地道：「削尖了，雪人就垮了。」

正中那個最小的雪人，只有三個拳頭高，臃腫可愛，兩根樹杈做的手恰好牽住了兩旁的雪人，沈傲給它畫了個大咧咧的嘴，像是在朝淼兒笑一樣。淼兒托著下巴探出窗臺道：「難看，難看，快回來，要著涼了。」

沈傲回到房裡，淼兒要去給沈傲搬炭盆來，沈傲道：「我自己來。」搬了兩個小錦墩，叫淼兒也坐到炭盆前。

淼兒道：「那雪人，我不許別人弄壞了，要一直留著。」

沈傲心裡說，它們終究會融化的，可是口裡沒有說出來，笑吟吟地道：「那就讓它們永遠陪著你。」

淼兒幽幽笑道：「呆子，它們會融化掉的。」

沈傲一本正經地道：「它們化了才好，身體相融在一起，永遠都分不開了。」

淼兒眨了眨眼，道：「看來你還不是很呆。」

轉眼便過了年，大雪仍在紛揚，三個雪人卻是日漸臃腫。有一日，淼兒從窗臺望過去，大聲叫道：「快看，孩兒長大了。」

沈傲從榻上翻身趿鞋去看，原來一夜的積雪堆砌起來，恰好落在雪人身上，自然那小雪人不知大了多少，只是面目和身體已經看不清了。他笑了笑，只穿了內衣的身子縮成一團：「好冷，我繼續睡一會兒，下次不要一驚一乍的，會凍壞為夫的。」接著，快跑著縮回榻上的被窩去。

淼兒也回到榻上：「我們的孩兒將來也會這樣，有小山一樣的體格，像淼兒一樣的聰慧，永遠平平安安，做一個有為的君主。」

只是，沈傲早已打起了呼嚕。

淼兒俏臉一板，手伸到被窩裡去，沈傲啊呀一聲，被她冰涼的手一探，立即大叫道：「我們的孩兒將來一定不會娶一個刁蠻的公主！」

年關已過，淼兒漸漸覺得不安，沈傲也沒說什麼，再多的安慰也無濟於事。

雪停了，豔陽當空，淼兒倚在窗臺發呆，對沈傲道：「你看，雪人們交融在一起了。」

沈傲去看，雪人果然不見了，只剩下一灘雪水，沈傲淡淡一笑道：「你看，誰也分不開它們了。」

他穿戴得差不多了，便帶著校尉入宮辭行，一路上，大街顯得多了幾分生機，抄家行動已進入了收尾階段，四萬多人被揪出來，悉數伏法。

到了宮門，禁衛們不敢攔他，沈傲直接打馬進去，在一處駐馬停下，遠遠看到懷德過來。懷德淡淡一笑道：「恭賀王爺新婚之喜。」

沈傲深望了懷德一眼，知道他雖仍是板著個臉，可是這句話卻是真摯的。沈傲頷首回禮道：「公公可好？」

懷德一面引著沈傲往暖閣走，一面道：「托王爺洪福，咱家好得很。」隨即又道：「陛下前幾日染了傷寒，年紀大了，再沒有從前的精力了，天氣這樣冷，又遇到越王的事。」

沈傲嗯了一聲，等進入暖閣時，才現這個心狠手辣的皇帝確實老了幾分，滿臉病容，精神倒還不錯，朝他頷首道：「坐下說話。」

沈傲坐在早已安排好的錦墩上，道：「陛下，眼看就要開春，小婿以為再不能耽擱，該及早回程了。」

李乾順道：「時候是不早了，再不回去，小心遭人算計。」他慢吞吞地繼續道：「蔡京的身子骨還硬朗吧，朕有一句話要送給你，此人不除，你在大宋一日不算穩固。」

李乾順對大宋的事情倒是很瞭解，沈傲淡淡一笑道：「小婿正有此意，只是還尋不到好的契機。」

李乾順咳嗽兩聲，一旁的內侍立即拿了一件狐裘披風來要給他披上，李乾順怒道：「朕不要這個，拿回去。」

李乾順的語氣之中有幾分倔強，抬眸道：「不要去等契機，沒有契機，那就自己去製造出來，你們不是說破家縣令、滅門知府嗎？這麼小的芝麻官都懂得的事，你爲何不懂？」

沈傲被他這一點，思維豁然開朗，從前總是有些僵化，現在突然明白，自己不該局限於條條框框，沒有機會也要創造機會，一味拖延，隨時可能會被蔡京反戈一擊。這老狐狸一日還在朝堂，對沈傲就是天大的威脅。

他淡淡一笑道：「謝陛下指教，小婿明白了。」

李乾順不無欣賞地看了沈傲一眼，道：「若說果決，朕與你不相上下；若說聰慧，你在朕之上；可是若說手段，你還欠缺了幾分火候，慢慢來，朕在龍興府看你手段如

何。」

沈傲心裡想，李乾順說出這番話，倒是頗有些培養接班人的意思，略略思索，便知道他已有了託付身後事的打算，雖說身體還未到那個地步，卻是及早做好安排了。

沈傲鄭重其事地道：「請陛下拭目以待。」接著冷笑一聲，又道：「總該有個了斷了。」

李乾順呵呵一笑，盯住沈傲道：「若是敗了，就回西夏來，即使天下都沒有你的容身之處，西夏卻足夠你容身。」

沈傲嗯了一聲，將這沉重的話題撇開，轉而道：「陛下，小婿走了之後，淼兒還要請陛下照顧，在此拜託……小婿告辭。」

從宮裡出來，突然覺得李乾順和自己有頗多的共同語言，甚至兩個人在某些方面很相像。忍不住地搖了搖頭，兩個人越是相像，反而更難相處。

府裡已經收拾好了行囊，沈傲早已上疏，請求暫將六百校尉和李清留在西夏，趙佶也點了頭，只讓沈傲回去。沈傲再也按捺不住，這時竟是恨不得插上翅膀去見趙佶，回去見蓁蓁、若兒、安寧幾個，可是淼兒在這邊也難割捨，心下爲難，卻也不得不硬著心腸準備離開了。

「淼兒，明年開春之前，我一定會來，有你在這裡，這兒便是我的第二個家，我會回家的。」沈傲騎上馬，迎著朔風，朝門房處那個披著披風的女子大喊。

淼兒倚著門房想衝出來，卻被幾個丫頭拉住，這是沈傲的吩咐，怕她著了寒，動了胎氣。

淼兒只有放聲大叫道：「你不回來，這孩子從此再不認你。」

沈傲在馬上打了個冷戰，西夏的女人，連說話都和別人不同。

沈傲故作瀟灑地一笑，對著身後的四百個校尉道：「走。」

數百匹馬慢吞吞地踩著雪印漸行漸遠，淼兒這時卻冷靜下來，對左右的僕役道：「中門不許關上，他不回來，就開一輩子。」

她走了幾步，摸了摸已經有點鼓出的肚子，又道：「去知會驍騎衛和明武學堂，若是遇到了什麼事，就來告訴我，他們不會受人欺負的。」

淼兒的眼角裡含著淚，聲音都哽咽了，雙肩微微地顫抖著，卻是無比堅強地邁著蓮步到了臥房。推開窗戶，一股冷風灌進來，窗外的雪水已經化盡了，滲入了地底，淼兒看著那原本擺著三個雪人的地方，喃喃地道：「它們會永遠在一起。」

第六十七章 用心良苦

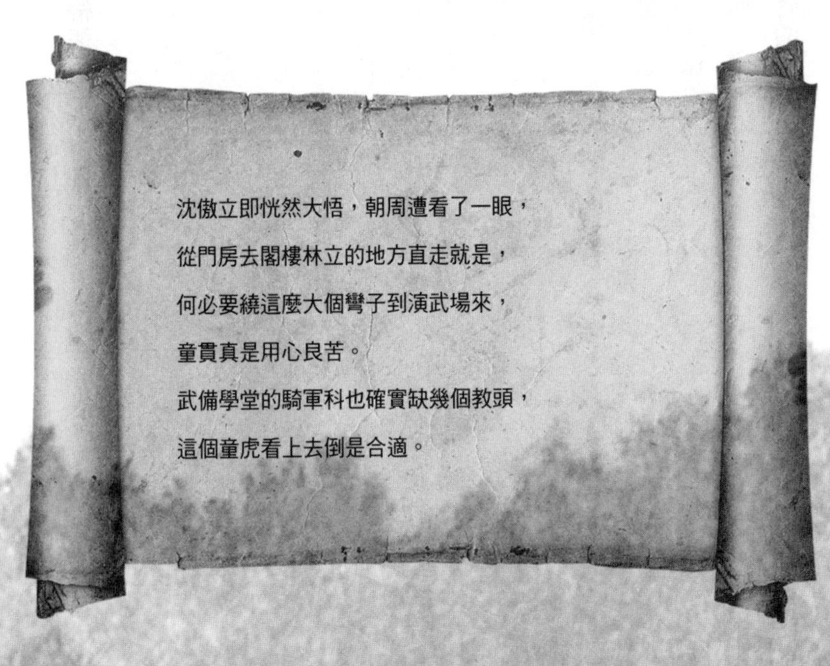

沈傲立即恍然大悟，朝周遭看了一眼，

從門房去閣樓林立的地方直走就是，

何必要繞這麼大個彎子到演武場來，

童貫真是用心良苦。

武備學堂的騎軍科也確實缺幾個教頭，

這個童虎看上去倒是合適。

打馬到了城門，李清帶著一干校尉在這裡早已等候多時，兩隊校尉混在一起，沒有人出聲，默默地道別。

李清來到沈傲的身邊，道：「沒有王爺，就沒有卑下，再造之恩，卑下粉身碎骨也要報答，王爺且去，卑下一定練出一支明武校尉和驍騎來，什麼時候王爺要用，隨時可以向王爺效忠。」

沈傲呵呵一笑道：「有什麼事，寫信快馬送過來。」

李清重重點頭道：「其他的也不說了，王爺趕路要緊，卑下送王爺一程。」

一千多校尉一起出了龍興府，一直送了三十多里，沈傲對默不作聲的李清道：「回去吧。」

李清沉默了一下，才道：「卑下等王爺回來。」接著咬了咬牙，大叫道：「集合！」

六百名校尉立即列成三縱，肅然朝沈傲看去。

李清鄭重地道：「王爺保重。」

六百校尉一齊道：「王爺保重。」

沈傲最受不得這種場面，撥馬道：「走。」

一路上原路返回，來時的場景彷彿還歷歷在目，可是只半年不到，回程時已是物是人非，這一趟回去，頂著攝政王和駙馬的招牌，沿途所過的州縣官員都是出城款待，不敢有絲毫怠慢。便是關隘中的番將，不管對沈傲是否有什麼仇怨，也都是乖乖出來見禮。

時過境遷，沈傲還是那個沈傲，卻從一個普通國使變成了西夏第二號的人物，事關他的流言到處都是，至少有一點可以肯定，這個人得罪不起，他的逆鱗，更是不能觸碰。

不必風餐露宿，幾乎是走到哪裡吃到哪裡，一切的酒肉、馬料都有人供應，轉眼間半個月過去，馬隊便抵達了龍州。

龍州已經十分靠近三邊了，再走一天，便可直抵宋境。當天，沈傲仍然在這裡暫歇，只是從前的那個也力先見了他，卻是恭順了許多。

仍舊是一場宴會，也力先作陪，殷勤之至。也力先心中很不安，議政王第一次入夏，便受了他的刁難，雖說也力先吃了虧，可是萬一這煞星惦記起了自己，那就是天大的罪過，依著沈傲的性子，還真有殺他全家的可能。

也力先舉起杯盞的手甚至感覺有些不聽使喚，他擠出一絲笑容，在燭影下，很是恭順地道：「王爺在上，卑將滿飲此杯，一是向王爺賠罪，二是爲王爺接風。」

說罷，一口飲盡，一雙眼睛直勾勾地盯著沈傲，若是沈傲也滿飲一杯，那麼此前的事也就了了，可要是不喝，多半那件事還不能善了。

沈傲呵呵一笑，對左右道：「賠罪？賠什麼罪？將軍什麼時候得罪了本王？」他淡淡一笑，舉起酒杯來，道：「倒是將軍盛情款待，讓本王很是汗顏，叨擾了諸位，莫怪。」說著，沈傲也滿飲一杯。

也力先不由地鬆了口氣，笑道：「王爺不計前嫌，末將少不得再敬一杯酒了。」

這一夜，賓主盡歡，沈傲醉醺醺地回到住處。

一夜醒來，也力先已經過來問安了，沈傲將他叫到屋子裡去，道：「你們這龍州有多少軍馬？」

也力先答道：「足足有五千人，附近還有兩萬隨軍。」

沈傲頷首點頭道：「太多了，將來只怕要縮減也不一定，將來宋夏重歸於好，你這個邊將只怕要閒置了。」

也力先想了想，苦笑道：「閒置也好，廝殺了這麼久，殺敵一千，自損八百，倒不如安安生生地過幾天太平日子的好。」

沈傲呵呵一笑道：「好好做吧，或許什麼時候有借重你的地方，本王知道，你也是一員驍將，否則這邊關要害之地也輪不到你這非宗室的國族來守著。你一定聽說了本王的許多閒話，本王確實殺了許多宗室，可是你要明白，這些人犯上作亂，已是萬死不足惜了，不要生什麼怨氣。」

也力先頜首點頭道：「末將明白。」

熙河重鎮已經不如從前那般緊張了，雖然各部仍然按時巡視，遍佈的斥候依舊放出去，只不過三邊的警惕已經越來越放鬆，所有人都知道，戰爭打不起來了。

據說沈傲已成為西夏國的駙馬，被敕為議政王，乍聽這個消息，三邊不敢相信，趕緊加派了細作去打探，結果還是汴京最先確認了消息。因為一封沈傲親自書寫的密奏已經送到了趙佶的御案上。

三邊不禁傻了眼，議政王是個什麼東西？真是聞所未聞，可是只聽「議政」兩個字，就已是很了不起了。不管怎麼說，宋夏議和已經成了定局，從前還不時會出現幾場衝突，現在雙方都很有默契的約束邊軍儘量不要挑釁，一些國境附近極容易產生衝突的地段也突然安靜下來。

這個變化來得太快，令人一下無所適從，不過有一點可以確信，戰爭已經距離這裡越來越遠，甚至極有可能這裡會成為互市的重要通道和地點。

就如捱子口，雖稱作口，卻是一處廣袤的平原，是宋夏之間爭奪的焦點，雙方圍繞這個爭議地區可謂寸步不讓，宋軍之所以不肯放棄，是因為這裡距離熙河實在太近，又能屯駐大量軍馬，更有幾處水源，一旦讓西夏人奪去，整個邊關的防務就會出現一個巨大的缺口。

西夏人也不肯放棄這裡，正因爲是平原，宋軍不能修築城塞，便是修築，西夏人也可以中途騷擾，教他們無法繼續。這裡的水草豐美，最適合放馬，西夏邊鎮的戰馬不少，可是水草豐茂之處卻是少之又少，若是從龍興府運來馬料，損耗又實在太大，加上這裡又是戰略重地，所以西夏人也時常在這裡出沒。

這個地帶，可說是宋夏兩國紛爭最激烈的所在，宋軍巡邏的軍馬每個月會來這裡走三遭，西夏人也一樣，除了必要的斥候，還有不少軍馬試探性的出現，甚至會護送牧民過來。

仇人相見，分外眼紅是一定的，彼此的衝突不斷，今日宋人占了點便宜，下一次就是西夏找回了面子，每個月若是不在這裡死上幾個人，邊關的將佐還會以爲是不是下頭有人瞞報了傷情。

可是就在三天前，一場衝突再次發生，宋人死了三個，西夏則是兩死兩傷，原本這麼大的事，肯定是要伺機報復的，換做以往，兩邊都會安排更多的人手上去，不拼出個死活不甘休。

在這個節骨眼上，身爲監軍，童貫正在踟躕不決，到底是吃下這個悶虧還是以牙還牙？這種衝突，其實上頭的人嚴令禁止也吆喝不住，不管衝突是哪邊起來的，在往日，大家都是不問原由先打一頓再說。只是現在這個時間點似乎有些不妥，這也正是童貫最頭痛的地方。

奇怪的事情發生了，西夏人竟是先有了動作，他們派人去了捱子口，但不是報復，而是將宋人的屍首送回來。童貫當機立斷，立即叫人交割了屍首，此外，還將一個西夏的細作放了回去。西夏見童貫讓步，便也許諾會放回幾個宋人細作。

直到這時，大家才鬆了口氣，看來這仗是真打不下去了。

童貫立即寫了一封奏疏上去，大致的意思是，邊關這邊是不是該和西夏正式接觸一下，眼下好不容易出現了轉機，若是不一起約定，立下個規矩，只怕將來還會有衝突。

寫完了奏疏，斥候來報，西夏人派出一支軍馬往熙河過來，人數竟在一千以上，悉數都是騎兵。童貫嚇了一跳，立即吩咐各部做好準備。

接著又是一個消息傳來，這支馬隊並不是來廝殺的，而是護送議政王返宋的，只是開路的先頭軍馬。

這個陣仗，聽起來都嚇人一跳，開路就一千多人，那本部該有多少人，左右翼又會有多少？只怕不在萬人之下，這種排場除非西夏國主親自來大宋，其他人只怕也未必能享受到，議政王果然非同凡響。

童貫立即派出馬隊，表面上是迎接議政王，另一方面也有監視西夏人的意思，以防有詐。接著便是召集眾將，開始佈置起來。

蓬萊郡王、西夏議政王肯定要在熙河落腳，撇去他在西夏的身分，沈傲對童貫來說也是一個大人物，決不能有絲毫怠慢。更何況，蓬萊郡王有大功於國，此去半年不到，竟是解除了大宋困擾數十年之久的外患，童貫也不得不好生伺候著。

派了人去和沈傲接觸，果然傳回了消息，西夏人將沈傲送到了捱子口，在那裡迎接的宋軍便將沈傲接了手，西夏人則原路折返回去。

熙河城門大開，各營指揮、將佐紛紛到齊，會同童貫，總算把沈傲盼來了。

沈傲一臉風塵，疲倦的下馬朝童貫拱手：「麻煩童公公弄出這麼大的陣仗。」

童貫鄭重其事的道：「王爺這番話就見外了，我等邊關的將士得知王爺的義舉，日夜盼與王爺相見，若是咱家不擺出這個陣仗，只怕下頭非要嘩變不可。」

沈傲呵呵一笑，深望了童貫一眼，這個太監很複雜，怎麼說，明明是個太監，卻長了鬍子；明明是個閹人，卻能領軍打仗坐鎮一方，十幾年來談不上什麼赫赫戰功，至少從未讓西夏人占了便宜，且飽受邊關丘八的信服。這樣的人，只怕若不是歷史上吃了遼人的大虧，又謊報軍情，以及花石之類狗屁倒灶的事，只怕也算是鄭和一般的人物。

隨著童貫入城，童貫已備好了酒席，沈傲滿是倦意的道：「這酒宴就罷了，童公公，不是本王駁你的面子，實在是鞍馬勞頓，不願再拋頭露面，就請公公先給本王安排住處吧。」

童貫淡淡一笑，也不勉強：「既如此，那麼王爺先請。」

沈傲的住處就在童府，這是一處占地不小的建築，可是裡面卻不奢華，倒是有一處不小的武場，童貫引著沈傲在武場外圍走著，便聽到遠處一陣廝殺聲。

沈傲止步看向武場，只見武場之內，一個渾身重甲的漢子手提著大刀，帶著七八個騎士一齊在武場中馳騁，他一個口令，後頭的騎士立即轉換隊形，一下是一字陣，一下是箭矢陣，一下子又是各自散開，呼嘯一聲重新聚攏。

「射！」為首的騎士在風馳電掣中大呼一聲，以極快的速度彎弓搭箭，朝向校場外圍的靶場呼啦啦連續飛射三箭，竟是都中了紅心，他身後的騎士聽了他的呼喚，立即呈一字走馬燈似的隊形在靶場附近轉悠，張開弓，向靶心齊射而去。

沈傲瞇著眼，對那為首的騎士起了興致：「此人是誰？」

童貫頗有深意的看了沈傲一眼，笑吟吟的道：「王爺，此人是舍侄童虎，王爺應當是見過的。」

沈傲略略一想便有了印象，從前確實是見過一面，只是印象不深。不由道：「好弓馬，是個人才，後頭的那幾個騎士都是他操練出來的？」

童貫笑意更深：「讓王爺見笑了，舍侄在邊軍領的就是騎軍，功勞倒是立下了不少，這幾個都是他一手調教出來的親衛。眼下宋夏戰事就要停了，童虎本是閒不住的人，在家裡還不安生，偏要在這裡打打殺殺，衝撞了王爺，請王爺恕罪。」

沈傲抿了抿嘴，看到那童虎騎在馬上如狼似虎的身姿，慢吞吞的道：「男兒當如此。」隨即打了個哈欠：「本王乏了，還是先去歇了吧。」

童貫眼眸中閃過一絲失望，咬咬牙，突然跪下：「王爺，咱家有個不情之請。」

沈傲皺著眉，負著手道：「童公公這是做什麼，有什麼話，起來再說。」

童貫卻不起來，道：「咱家只有這麼一個侄兒，最是心疼不過，他這人雖是莽撞，卻有一身好功夫，在邊鎮又立下過些許戰功，眼下西夏戰事已停，再留在三邊也不會有什麼出息，就請王爺收留一二，便是去武備學堂做一個校尉，咱家也絕無怨言。」

沈傲立即恍然大悟，朝周遭看了一眼，從門房去閣樓林立的地方直走就是，何必要繞這麼大個彎子到演武場來，童貫真是用心良苦。李清和兩個教頭、博士如今留在了西夏，武備學堂的騎軍科也確實缺幾個教頭。沈傲對教頭的選擇標準很是苛刻，除了要弓馬嫻熟，更要有領軍作戰的經驗，沒有實打實的功勞，是別想摸到邊的，這個童虎看上去倒是合適。

沈傲淡淡笑道：「童公公費了這麼多功夫，原來只是爲了這個，也罷，童虎的檔案拿來我看看。」

童貫站起來，臉色頓時舒展，道：「王爺，都已經準備好了，教王爺見笑，請王爺過目。」

果然是早有預謀，什麼都準備妥貼了，就等沈傲拍板。童貫從袖子裡抽出一張文檔遞到沈傲手裡，沈傲一看，上頭有兵部和樞密院的大印，還有邊鎮的勘合，果然是一份功考記錄，不過應當是前兩年的。

他略略看過，隨即笑了起來：「年紀雖然輕了一些，倒是真有幾分本事，這個人，本王要了，過幾日隨本王去汴京，給個教頭，往後如何，就全看他自己的造化了。」

童貫喜滋滋的道：「謝王爺抬舉。」隨即朝校場那邊的童虎招手：「虎兒，過來見過蓬萊郡王。」

童虎猶豫了一下，飛馬過來，直到數丈外才鷂子翻身似的下馬，頗有賣弄的意思，朝著沈傲下拜道：「末將童虎見過王爺。」

若說是半年之前，雖是童貫推崇，童虎對沈傲卻是不以為意，對什麼武備學堂更是不屑一顧，邊鎮生活都是一刀一槍廝殺出來的，沈傲便是位高權重，校尉就算是天子門生又能如何？教他去跟沈傲，他是一百個不願意。

可是沈傲在西夏的作為讓他大是吃驚，斬殺金國皇子不說，一千校尉殲滅西夏六千禁軍，這個本事，別說他童虎，整個邊鎮也尋不到第二個有這膽量的人。

西夏禁軍的實力，身在邊鎮的童虎豈會不知，都是以一當十的勇士，而沈傲區區一千人，居然在沒有一個人傷亡的情況之下，一夜之間將他們斬殺殆盡，這份狠勁和本事，讓他對沈傲和武備學堂刮目相看。從前還是童貫逼著他去給沈傲效勞，後來反成了他整日纏著童貫引薦了。

他大膽的看了沈傲一眼，鄭重其事的道：「末將略懂一些弓馬，願爲王爺鞍前馬後，請王爺恩許。」

沈傲呵呵一笑：「到時候若是犯了武備學堂的軍規，可莫怪本王不給你叔父面子，起來吧，過幾日隨本王回京。」

萬歲山升騰起淡淡的薄霧，年關雖然剛過，可是喜慶還沒過去，趙佶在年關時操勞了十幾天，今日總算得下閒來。在這萬歲山的曙光亭遙遙望著遠處的景致。

蔡京一臉晦暗的坐在亭中，飲著從泉州送來的武夷茶。

天下貢茶何其多，可是偏偏近來趙佶也愛上了這武夷茶，蔡京是福建人，從前也鍾愛武夷茶的色香，只是這極品貢茶飲入口中，卻是苦澀不已。因沈傲愛喝武夷茶，這武夷茶才成了宮中最常喝的茶水。

趙佶眺望了許久，這裡風大，將他的衣衫吹得飛了起來，楊戩給趙佶送了一件外衣過來披上，趙佶緊了緊衣衫，慢吞吞的道：「這裡還是比不過廬山，萬歲，萬歲，卻沒有登高望遠的感覺，早知如此，就不該靡費這麼多銀錢去堆砌這俗物了。」

蔡京聽了，眉眼一挑，臉色更是有些蒼白。汴京無山，便是丘陵也不常見，趙佶又酷愛山水，苦於不能出京，那時蔡京投其所好，上疏請趙佶建一座別院，用巨石和泥土堆砌出一座山來，這才有了今日的萬歲山，這個工程很是浩大，靡費也是不少。也正是因爲這個投機，讓趙佶龍顏大悅，對蔡京信任有加。

萬歲山本就是蔡京提議，又是他身體力行督造出來的，只要山還在，趙佶就會念他一分好，只是想不到趙佶竟會說出這句話，雖然只是無心之言，甚至並沒有責怪蔡京的意思，可是蔡京卻知道，再也不能留住趙佶的心了。

當沈傲讓趙佶見識到了更廣闊天地的時候，萬歲山又算什麼？只是……蔡京苦澀一笑，這座山自然不算什麼，可是對蔡京，卻是等若性命的大事，陛下已經厭倦了花石綱，如今又厭倦了這萬歲山，自己的那一點伎倆，不知什麼時候會被厭倦。

在陛下心裡，一旦他厭倦了你，莫說是眼下的顯達，便是性命能不能保全，也是個未知數。蔡京呆坐著，心情無比的複雜。趁著趙佶佇立眺望的功夫，將往事過了一遍，他有些不明白，不知是不是年紀大了，還是人老變得糊塗了，他實在想不通，沈傲憑的

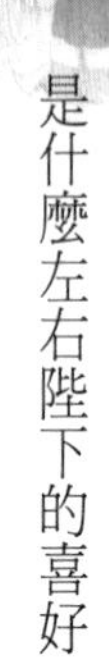

是什麼左右陛下的喜好。

蔡京邀寵的辦法十分直接，也是最有效的，無非投其所好而已，趙佶要什麼，不需要開口，蔡京已經知悉了他的心意，縱是禍國殃民、靡費無度，他也給予滿足，絕不打絲毫折扣。而沈傲呢？

他呆呆的坐著，被山風一吹，立即打了個激靈，腦子突然一片空明。他爲政數十年，何等聰慧，從前沒有想過，今日一想，似乎琢磨到了答案。沈傲給的是一個更廣闊的天地，在那裡，顯然更加精彩。

就如一隻井底之蛙，蔡京的辦法，是這隻蛙兒寂寞時，便弄出月光給牠，這隻蛙兒饑餓時，便餵之以蚊蟲。可是沈傲卻不同，他將蛙兒從井底帶出來，帶牠看更精彩的世界，時至如今，蛙兒還會再留戀那井底的月色和蚊蟲嗎？

蔡京心底悲涼地嘆了口氣，忍不住想，若是二十年前，老夫還可和那沈傲有一戰之力。可是現在……，他已經老了，或者說，他已經沒有時間再去佈置，再去和沈傲邀寵。他必須趁著這口氣還在，做好精心的佈置，不除去沈傲，蔡家永無翻身之日。

晨風習習，拂過這漫山的花草，帶著幾許迷人芬芳，晨霧中的萬歲山宛若仙境，遠處偶有鶴鳴聲傳來，內侍們則是躡手躡腳的在花叢中穿梭，採摘晨露。

趙佶突然回過眸來，帶著些許的悵然，坐回亭中，問楊戩道：「沈傲的奏疏裡說年後就要啓程返宋，爲何現在還沒有消息？那傢伙是個粗枝大葉的人，他沒有上疏過來，三邊難道一點消息也沒有？去查一下，看看會不會漏了什麼。」

楊戩呵呵笑道：「陛下，都查過兩遍了，或許今日明日就會有消息來，陛下放心便是。」

趙佶只好嘆口氣：「罷罷罷，其實朕也不急，倒是安寧三天兩頭入宮來。明裡是來見太后和朕，其實朕知道，她也在探聽消息，巴巴的掐著日子，若是再沒有消息送去沈府，朕這個做父親的也不好交代。」說罷朝蔡京道：「蔡愛卿，福建路的武夷茶如何？」

蔡京淡笑道：「陛下，微臣便是興化軍人，這武夷茶喝了幾十年，自是清香無比的。」

趙佶驚愕的道：「朕竟是忘了，蔡愛卿是福建路人。」隨即哂然一笑：「……過兩日，朕送一些貢茶到蔡府去。」

蔡京笑道：「謝陛下恩賜。」

正在這個時候，有人快步過來，遠遠的朝楊戩擠眉弄眼，楊戩低聲道：「陛下，奴才去看看。」朝那內侍走過去。

過不多時，楊戩回來，興沖沖的道：「三邊有消息了，童貫送來的奏疏。」

趙佶哈哈一笑：「說曹操曹操便到，拿朕看看。」

接過奏疏，趙佶迫不及待的打開，興奮道：「果然是那沈傲的消息。」這奏疏洋洋數千言，趙佶一路看過去，很是仔細，足足半晌才抬起眸來：「原來是真的。」

蔡京問道：「陛下，什麼是真的？」

趙佶將奏疏合上，道：「沈傲被西夏敕爲議政王，此外，西夏國主令他出使。」他呆了一下：「去的時候，朕讓他出使，回來的時候，他又成了西夏的國使，古之蘇秦亦不過如此吧。」

楊戩趁機道：「這也是爲了大宋好，奴才聽說，沈傲爲了宋夏議和，九死一生，在西夏人的眼皮子底下斬殺了金國皇子，稍稍不慎，只怕就回不來了。」

趙佶眉飛色舞的道：「這才叫忠心耿耿，盡心竭力。馬軍校尉也教朕刮目相看，先是擊潰了金國騎兵，此後又擊潰了六千西夏禁衛，又爲西夏國主弭平了越王之亂，我大宋立國百年，以往都是契丹鐵騎、西夏鐵騎教我大宋無可奈何，今日卻讓他們見了我大宋鐵騎的厲害。」隨即道：「西夏國主不知懷了什麼心思，如今也設明武學堂，竟是讓沈傲做了司業，此外又將一支禁衛軍交給他。」語氣之中，頗有些酸溜溜的。

蔡京淡淡一笑，道：「老臣有句話，不知當講不當講。」

趙佶將奏疏封還給楊戩，道：「送回去。」楊戩本想聽蔡京說些什麼，此時頗有些遺憾的接過奏疏，遠遠走開。

蔡京趁機道：「老臣聽說，西夏國主無子，又遭遇內亂，宗室悉數剷除，而沈傲與西夏公主已經完婚，據說西夏公主已有身孕。」他舔了舔乾癟的嘴唇，繼續道：「這西夏的儲君，只怕要落在沈傲未出世的子嗣身上。」

趙佶道：「這樣也好，從此之後，西夏與我大宋再無兵戈，朕也少了一樁心事。」

蔡京淡笑著搖頭：「西夏國主李乾順便是看準了這個，所以才許了沈傲高官厚祿，尤其是這議政王，待那李乾順登天之時，只怕要變爲攝政王了。」

趙佶微微頷首：「以父親的身分攝政，倒也有些意思。」

蔡京深望趙佶一眼道：「可是老臣不明白，沈傲到底是宋臣還是夏主，沈傲雖是貴爲蓬萊郡王，可是與李乾順給予的厚祿相比，實在寒磣了幾分。」

趙佶深思一下：「他這一趟立下大功，朕該立他爲親王才是。此事還要母后那邊點頭，朕待會兒去打聽一下母后的心思。」

蔡京淡笑著道：「陛下，便是親王，只怕也不夠了。」

趙佶皺眉：「你繼續說。」

蔡京悠悠道：「陛下，功高蓋主，沈傲已經賞賜不動了。」

趙佶怒道：「胡說八道，蔡愛卿，你糊塗了。」他霍然而起，道：「沈傲為大宋立下了這麼多大功，這些話，以後不必再說，你告退吧。」

蔡京彷彿早已知道趙佶此時會有這樣的反應，倒是並不覺得驚異，起身道：「陛下，老臣告退。」顫顫巍巍的由內侍引著下了山。

曙光亭裡只剩下趙佶一人愣愣發呆，「功高蓋主」四個字實在刺眼，可是蔡京說的……好像也有一點點道理。他心裡想，莫非這一次沈傲回來，當真是以西夏臣子自居，要來和朕議和的嗎？

趙佶想了想，口裡喃喃道：「不會，朕不會看錯人。」欣喜之中突然增了幾分陰鬱，一天的好心情，竟是一下子化為烏有。

趙佶佇立在曙光亭上，眺望著遠方愣愣發呆，楊戩躡手躡腳的走過來，道：「陛下這是怎麼了？」

趙佶突然回眸問道：「沈傲會不會背叛朕？」

楊戩嚇了一跳：「陛下多慮，蓬萊郡王忠心耿耿，斷不會背棄陛下。」

趙佶哈哈一笑，道：「朕也有信心，那麼，拭目以待吧。」

第六十八章 陳情書

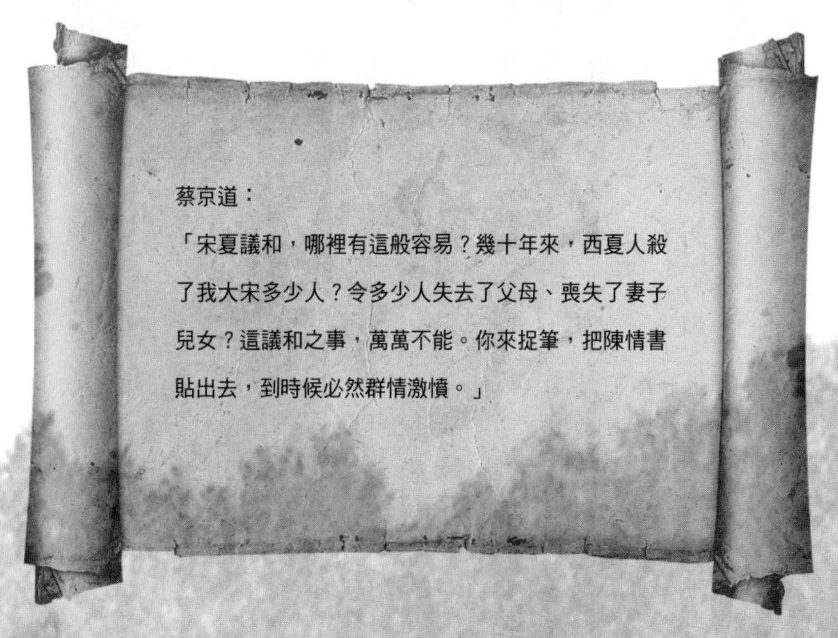

蔡京道：

「宋夏議和，哪裡有這般容易？幾十年來，西夏人殺了我大宋多少人？令多少人失去了父母、喪失了妻子兒女？這議和之事，萬萬不能。你來捉筆，把陳情書貼出去，到時候必然群情激憤。」

蔡京顫顫巍巍地從宮裡出來，宮門的一頂小轎子等候多時，蔡京回望了一眼巍峨的宮城，淡淡然地呢喃道：「是時候了。」他鑽入轎中，道：「回府。」

以往從宮裡出來，不需吩咐，都是直接往門下省去，這一句回府，倒是讓轎夫們有些驚愕，雷打不動的規矩，今日竟是變了。轎夫們也不再說什麼，四平八穩地抬起轎子，朝蔡府行去。

到了蔡府，蔡京由人扶出來，到了門房時道：「去把絛兒和行兒叫來。」

蔡絛已經去兵部公幹了，門房立即去叫，蔡絛在兵部得了消息，也是微微愕然，父親今日是怎麼了？他一頭霧水，卻是淡淡地叫來個主事，只說自己有些雜事，叫他先看著，說罷，便打道回府。

蔡家人大多數已回了興化軍老家，偌大的宅院裡，只剩下蔡京和蔡絛一房，還有一個蔡行，拄著拐杖到了這裡，從前那個倜儻的少年，眼眸中多了幾分陰霾和怨毒，他將拐杖放在一邊，一屁股坐定，看了上首紋絲不動的蔡京一眼，才端起桌几上的茶盞去喝。

茶水並不是蔡家平時喝的武夷茶，蔡行眉頭微微一皺，蔡家一向是喝武夷茶的，喝了一輩子，已成了習慣，怎麼說換就換？

蔡京坐在上首淡淡一笑道：「行兒身體好些了嗎？」

蔡行眼眸中閃過一絲冷冽，語氣冰冷地道：「身體是好了些，可是心疾卻是久治不癒。」

蔡京搖著頭笑了笑道：「那件事，忘了吧，心裡滋生了怨恨，人就難免會失去判斷，所以君子能忍常人所不能忍，修身養性才是最緊要的。」

這一句安慰話，蔡行只是點了頭，心裡卻是不以為然。

蔡京繼續道：「我已經為你選了一樁婚事，是欽天監監正的女兒，柳小姐年齡和你相若，生得也是端莊得體，性子醇和，也是讀過書的。」之後他的聲音不經意地道：「只是患了些許的眼疾，倒是不妨事……」

蔡行難得地打斷了祖父的話，道：「祖父，這婚事我不要。」他咬了咬牙道：「清河郡主不是還沒有嫁嗎？只要她沒嫁，孫兒就還有機會。」

機會……蔡京笑得有幾分苦澀，在別人眼裡，蔡行已經娶過親了，娶的是清河郡主的丫鬟，如今是沈傲的義妹，雖說早已拿了休書去，從此一刀兩斷，可是天家也斷不會將清河郡主再下嫁給蔡行，否則就真要顏面喪盡了。就是剷除了沈傲，也絕無可能！

蔡京看了執拗的蔡行一眼，心裡嘆息，大丈夫能屈能伸，這個道理，自己不知和子侄們說了多少遍，可為什麼偏偏就沒有人聽得進去？心裡悵然，只好道：「好吧，你自己拿主意。」

蔡行道：「祖父這時候不是要去門下省公幹嗎？爲何今日卻是提早回來了？」

蔡京臉色霎時變得凝重起來，淡淡地道：「等條兒來了再說。」

蔡行心知出了大事，這世上能令蔡京失態的人，除了沈傲還有誰？想到沈傲，蔡行的臉色變得不可捉摸起來，從沈傲進入國子監開始，二人似乎就成了對頭，蔡行這般的人物，原本應當是鶴立雞群，可是遇到了沈傲，便連連遭人奚落，處處受他壓制。如今身子還被沈傲打成了殘廢，又添了一筆奪妻之恨，蔡行對沈傲的仇怨，已經到了不共戴天的地步。

蔡行深深地吸了口氣，手不經意地按在了自己的瘸腿處，傷痛已經不見，可是那種屈辱卻令他幾乎不能自持。

蔡京只是瞥了蔡行一眼，卻是什麼也沒有說，專心去喝茶。清河郡主的婚事被破壞，已經讓蔡京明白，走到這一步已是不可避免，既然如此，只能押上自己的身家性命了。

蔡條終於回來了，急促的腳步聲由遠及近，跨過門檻，朝蔡京躬身行了個禮，才坐到一邊，道：「發生了什麼事？」

蔡京捋鬚，看到蔡條一雙眼眸炙熱地看過來，慢吞吞地道：「沈傲不日就要回京，此人位極人臣的時候到了。」

蔡絛臉色一變，道：「真恨不能讓金國人宰了這個狗賊，如今卻讓他安然回來，據說還成了西夏的議政王，這天大的功勞，又落到了他的頭上。」

蔡行咬牙切齒地道：「不如讓死士半途劫殺了他。」

蔡絛呆了一下，看了蔡行一眼，呵斥道：「胡說，他身邊有四百校尉，沒有三千人也別想設伏擊殺，三千人的動靜，憑什麼掩人耳目？」

蔡京也是厲聲道：「行兒，你是越發不像話了。」

蔡行抿了抿嘴，獰笑道：「說笑而已，祖父不必見怪。」

蔡京不再理會蔡行，沉聲道：「老夫的時日已經不多，沒有時間再從容佈置了，要保全蔡家，只能拚一拚。」他的語氣驟然嚴厲起來：「不除沈傲，闔家不寧。」

蔡絛臉色頓時變得猶豫，而蔡行卻大是興奮起來。

蔡絛遲疑地道：「父親……此時姓沈的如日中天，蔡家如何是他的對手？」他咽了口口水，若是在一年之前，聽了蔡京的話，只怕早已躍躍欲試，可是自出仕以來，沈傲剪除政敵的手段令人生畏，況且如今已是身爲郡王之尊，又是駙馬，深得聖眷，哪一樣都是蔡家不能比擬的。

便說眼下的新黨，也已經大不如前，投機取巧之徒紛紛轉換門庭，其餘的幾個新黨大老也被沈傲一一剷除，蔡家固然還有一呼百應的聲勢，可是動了沈傲，舊黨必然群起而攻之。

蔡京淡淡地道：「你不必怕，老夫已經有了主意，要除沈傲，其餘的辦法都沒有用，唯有一樣，便是他是皇子，也必死無疑。」

「謀反？」蔡行心直口快地將蔡京要說的話說了出來。

蔡京呵呵一笑道：「離謀反也差不離了，自古以來，功高蓋主之人都是什麼下場？位極人臣而不知收斂的人是什麼下場，你們可曾記得？」

蔡絛仍是沒有信心，憂心忡忡地道：「可是陛下的爲人，天下人都知道，要讓陛下猜疑沈傲，只怕比登天還難。」

蔡京捋鬚，慢吞吞地道：「世上無難事，只要有心人，現在恰好是一個絕好的機會。」他慢吞吞地站起來，顫顫巍巍地在廳中踱步，顯得有些焦躁，又有幾分激動，一字一句地道：「西夏議政王來宋，抓住這個，就有機會。」

蔡絛呆了一下，隨即醒悟，沈傲現在有兩個身分，一個是蓬萊郡王，一個是議政王，若是以蓬萊郡王的身分，那麼就是趙佶的臣子，這自然沒有問題。可是若是有心人去造勢，弄出一個議政王來宋，會是什麼樣子？

蔡京淡淡地道：「先離心再離德，行兒，交代一件事給你去做。」

蔡行不由地精神一振，支耳傾聽。

蔡京道：「大街小巷都要貼上陳情書，宋夏議和，哪裡有這般容易？幾十年來，西夏人殺了我大宋多少人？令多少人背井離鄉？令多少人失去了父母、喪失了妻子兒女？三邊白骨皚皚，這議和之事，萬萬不能。你來捉筆，把陳情書貼出去，到時候必然群情激憤。」

蔡行想了想，立即肅然起敬，祖父這一手果然厲害，宋夏之仇雖然及不上宋遼，可是這些熱血的文章一作，必然引起轟動，那些不明就裡的人，少不得要鬧一下。

蔡京繼續道：「諮議局那邊，也要把這事鼓動起來，其實這個也簡單，只要坊間熱議，諮議局的讀書人肯定也會鬧。要鬧，索性就鬧大一些，叫幾個人去煽風點火，多造造聲勢，要讓他們知道，沈傲不是蓬萊郡王，而是西夏的議政王，離了心，一切都好辦了。」

蔡絛苦笑著搖頭道：「父親，從前清議也曾煽動過，結果被那沈傲幾下子就打翻了，現在諮議局未必敢說沈傲的是非。」

蔡京淡淡一笑道：「真正厲害之處就在這裡，讀書人越是害怕，就越會生出怨恨，這些人雖是讀得幾句詩文，卻都是蠢物，腦子一熱，就什麼都敢說了。自然，單憑他們是不成的，還要有一個人站出來幫襯一下。」他放聲道：「來人。」

一個主事躡手躡腳地進來：「老太爺請吩咐。」蔡京慢吞吞地道：「你親自去一

趟，把西夏國使李諢請來。」

主事領首點頭，立即去了。

蔡京眼眸閃爍，道：「這個李諢，也是西夏宗室，聽說沈傲在龍興府盡誅西夏宗王，這李諢算是運氣好，因爲在汴京才倖免於難。這個人……」

蔡京幽幽一笑道：「可以用一用。」

蔡絛見蔡京一副篤定的樣子，忍不住道：「父親，孩兒還是不明白，請父親大人賜教。」

蔡京擺了擺手，疲倦地道：「你不必明白，按著我的話去做就是。」

蔡絛只好點頭，道：「孩兒知道了。」

蔡京嘆了口氣，顫顫巍巍地從廳中走到大門，扶著門邊過了門檻，一雙渾濁的眼眸看著這幽深的宅邸，吁了口氣，幽然地道：「沈傲，看老夫的手段如何？」

從三邊出行，再一路南下，沈傲因爲急著回京，因此所過之處即使都是盛情款待，卻不多稍作停留。

沿途的春意已是越來越明顯，馬隊一路奔馳過去，最先開路的是精神奕奕的童虎。童虎的加入，對沈傲來說既是一個生力軍，另一方面也是一場交易。童貫將童虎交到沈傲的手裡，更像是一個投名狀，而這個交易的內容是，童貫願意唯沈傲馬首是瞻，締結成盟友，成爲繼舊黨、楊戩之後的另一個強大助益。而沈傲也必須保證童貫的好處，更重要的是，將童虎培養出來。

童貫對政局的影響遠遠及不上楊戩，更及不上舊黨，雖有幾分聖眷，可是在沈傲眼裡不值一提。不過，有一樣東西卻是楊戩和舊黨所無法擁有的，那便是邊軍的影響力。大宋幾大邊鎮，近百萬邊軍，不管是否隸屬三邊，都對童貫頗多敬意，或者說，在這個圈子裡，童貫已是大老級的人物，聲望極高。

將來武備學堂的校尉肄業後要插入禁軍和邊鎮去，若是沒有人照看一下，單靠沈傲的大名壓著，那些與校尉理念完全不同的丘八們或許不敢明目張膽地排擠，可是小動作自然不可避免，沈傲鞭長莫及，再大的本事也分身乏術，而有了童貫的力量就不同了，打個招呼，便能令大家睜一隻眼閉一隻眼，捏著鼻子認了。

這種影響力不止是靠地位，更是靠高明的手腕所成，童貫的長處就在這裡，做太監，他能融入到太監裡去，安安分分地做好一個出色的太監；做壞蛋，他能摻進汴京一夥去，做一個有前途的佞臣，殺人放火什麼缺德事都比別人幹得多。最後叫他去監軍，他居然也能勝任，搖身一變就成了大碗喝酒大口吃肉的粗漢，一下子抓住了丘八們的軟肋，打成一片不說，據說還收了上百個義子。這些義子都是陣亡將領的遺孤，買賣雖然沒了，情分還在，所以邊軍幾乎將童貫看成了最值得尊敬的太監，奉若神明。

「這王八蛋要是混入文藝青年裡去，豈不是要把本王的風頭也搶了。」沈傲對童貫的表現，不得不打心裡讚嘆。

還好童虎也很爭氣，不是像高衙內那樣的貨色，一身騎射功夫確實叫人心服，這一路過來，他安排斥候在前探路，選擇宿營地都很有經驗，甚至有些行軍的知識，連其他幾個教頭都暗嘆不如。

更重要的是這傢伙看地形很準，加上又想在沈傲身邊賣弄，所以時不時打馬在沈傲身邊出現。某日路過一處山谷，便手指過去，說此谷可設伏兵，不過這山谷附近應當沒有水源，伏兵最多堅持兩日云云。

沈傲的心裡暗暗道：你這烏鴉嘴，真要招來伏兵，本王先宰了你祭旗。臉上卻是笑吟吟的，鼓勵他道：「若要從這裡過去，可以用什麼辦法破了谷內的伏兵？」

童虎大是興奮，一張國字臉上泛著紅光，聲若洪鐘地道：

「王爺，要破它也容易，這山谷呈的是葫蘆狀，伏兵必然埋伏在兩側的山林之中，若是遇到伏兵殺出，只需爲將者挺身出來穩住軍心，再組成車陣，將車設在外圍，裡頭佈置矛手、弓箭手抵禦即可。若是有騎軍，可立即衝擊隘口，奪了那裡，進可攻，退可守，只要堅持兩日，伏兵必潰，到時掩殺過去，便能反敗爲勝。」

沈傲噢了一聲，一副受教的樣子，隨後道：「若是沒有車呢？」

童虎呆了一下，才道：「行軍打仗，這麼多軍械、糧草，豈能無車？」

沈傲道：「本王說的是假如。」

童虎便正色道：「這也容易，沒有車陣，雖是艱難了一些，但是將矛手置於周邊，同樣可以抵禦，只是傷亡難免大一些，能否堅守，就看爲將之人能否與士卒們同甘共苦，身先士卒了。」

沈傲淡淡地道：「若是連矛手都沒有呢？」

童虎又是呆了一下，不由自主地瞪大了眼睛，想必極想破口大罵，只帶一隊弓手出來，你打個屁仗？可是蓬萊郡王畢竟是郡王，更是童虎的頂頭上司，罵是不敢罵的，童虎臉上的肌肉不由地抽搐了一下，道：「巧婦無米，便是吳起再生，又如之奈何？」

沈傲勝利了，喜滋滋地想：賣弄什麼？內行還想糊弄我這外行？行軍打仗的本事，本王不如你：可是指鹿爲馬、顛倒是非，胡說八道的本事，你及得上我這內行嗎？

童虎這一次吃癟之後，就遠遠地不敢靠近，不敢再去騷擾沈傲了。

沈傲見他這樣，又怕冷了他的心，招手叫他打馬過來。恰好馬隊途經一處丘陵，便問他：「在這裡廝殺對陣，如何殲滅等若的敵人？」

童虎虎軀一震，眼眸中閃閃發光，王爺親自詢問，這是何等光榮的事？立即道：

「丘陵對陣，最忌的是讓敵人占住高處，所以必須先以騎軍搶佔丘陵，再依靠丘陵佈陣，如此，勝算便可增添一分。」

沈傲頷首點頭，一邊摸著戰馬的鬃毛，一邊問：「若是沒有騎軍呢？」

又來……童虎咬牙切齒地道：「那便將陣列設在丘陵附近，若是賊軍上了丘陵，可立即教弓手射殺，我軍搶佔不到，自然也不能讓賊軍搶了去。」

沈傲望著遠處的丘陵，頷首點頭道：「不錯，讓他們不能依仗丘陵佈陣也是個好方法。可是若連弓手都沒有呢？」

童虎悻悻然地敗退，留了一句：「卑下去看看斥候有什麼消息。」便落荒而逃了。

轉眼，汴京已是越來越近，過了前方一處渡口，再行五十里便可抵達汴京，沈傲心情一陣激動，真想大喊：「汴京，我又回來了！」終於還是冷靜下來，人困馬乏，只好一邊叫人先去通報，一邊就地安營，歇息一夜再趕路進京。

文景閣裡也是一陣忙碌，幾個大臣都被召入閣中候命，等到趙佶龍行虎步地進來，眾人一齊行禮，趙佶紅光滿面，興致盎然地壓了壓手道：「坐下說話，不必多禮。」

等到趙佶落座，所有人才欠身坐下。左側端坐的是蔡京，蔡京的精神顯得有幾分頹喪，越顯得老態龍鍾。右側則是衛郡公石英、祈國公周正以及禮部尚書楊真。

四個人目光都落在趙佶身上，趙佶爽朗地道：「沈傲回來了，就在城外，明日正午就能到。這一趟出使，他也算是勞苦功高，拼了性命，總算爲我大宋掙了那西夏公主回來。朕不會薄待了他，今日叫你們來，便是商議出迎的事。」

石英淡淡地笑道：「蓬萊郡王回京，是天大的喜事，該慎重對待才是，請陛下拿出個章程來，好叫臣下們張羅。」

趙佶笑道：「朕打算親自出迎，如何？」

禮部尙書楊真猶豫了一下，卻是舔了舔嘴，什麼也沒說；石英和周正也都沒有反對。御駕出迎雖說隆重了一些，可是趙佶既然高興，也沒什麼可反對的。

趙佶見無人反對，喜滋滋地道：「那麼朕就做主了？」

蔡京突然道：「陛下……」

趙佶的笑臉還沒有退散，道：「莫非蔡愛卿有什麼要說的？但說無妨就是，朕不會見怪。」

蔡京慢吞吞地道：「老臣以爲不妥。」

趙佶臉色一僵，這麼多年來，蔡京在趙佶面前一向沒有說過不妥兩個字，趙佶說什麼，蔡京只按著吩咐去做就是。可是今日，他卻出人意料地提出了反對。連那一向不參與新舊黨爭的禮部尙書楊真這時也是微微愕然，蔡京今日這是怎麼了？雖說沈傲與蔡京有嫌隙，難道拿出迎的事去做文章，能給他帶來什麼好處？

趙佶頓時變得有些沮喪，沉聲道：「為何不妥？」

蔡京低眉順眼地道：「陛下恕罪，老臣不過是陳述己見，絕無其他意思。」

趙佶不耐煩地道：「有什麼話就快說，不要拐彎抹角。」

蔡京才慢吞吞地道：「老臣在想，若是陛下迎接的是蓬萊郡王，郡王是大功之臣，更是陛下的左右臂膀，與陛下更有翁婿之情，陛下出迎，名正言順，並無不妥。」

趙佶原以為蔡京會說御駕出宮，定會滋擾百姓，心裡早有了反駁之詞。不曾想蔡京說出的卻是自己沒想到的話，一時也是愣住，道：「既如此，那蔡愛卿為何說不妥？」

蔡京不理會石英、周正看過來的目光，淡然自若地道：「可陛下若是親迎的是西夏議政王，老臣身為輔政太師，就不得不仗義執言了。西夏議政王從西夏接了西夏國主李乾順的使命前來，這一趟，便是要和我大宋談及議和之事，雖有修好之意，可是在未談妥之前，我大宋決不能示弱於人，否則難免被西夏人輕視。若是陛下出迎西夏議政王，西夏人會更加狂妄，以為我大宋軟弱可欺，陛下這般做，豈不是變成了漲他人士氣，滅自己威風？」

蔡京繼續道：「正因為如此，老臣覺得大大不妥，請陛下三思後行。」

蔡京的一番話說得冠冕堂皇，無懈可擊，趙佶呆了一下，隨即冷哼道：「沈傲不是西夏人。」

蔡京道：「可是他是西夏使節，還是西夏議政王，更是未來西夏國主的父親。」

趙佶頓時喪氣起來，近幾日他最擔心的就是這個，在大宋，沈傲已經位極人臣，而在西夏，他卻是宏圖大展，不說其他，沈傲對自己再如何忠心耿耿，難道就不會為自己的嫡親血脈打算？從細作報回來的消息看，沈傲與那西夏公主的子嗣敕為西夏太孫已是板上釘釘了。

趙佶吁了口氣，良久之後，才執拗地道：「沈傲不會負朕，朕知道。」

蔡京抿了抿嘴，淡淡笑道：「舐犢之情人皆有之，沈傲畢竟要為自己的子嗣打算，陛下，老臣斷言，沈傲這一趟來宋，必然會以西夏國使的身分，又利用鴻臚寺寺卿的便利為西夏牟利！」

趙佶冷哼，卻是理屈詞窮，不由地看向周正道：「周愛卿以為呢？」

周正沉默了一下，卻也不敢為沈傲作保，畢竟眼下沈傲的血脈只有一個，還是在西夏，沈傲到底如何想，固然他和沈傲關係親密，卻也不得而知，只能苦笑道：「若陛下問郡王對大宋的忠心，微臣願以全家作保，可要問微臣，沈傲是否會偏袒西夏幾分，微臣不敢斷言。」

趙佶嘆了口氣道：「蔡愛卿說得也沒有錯，那就另行委派人去迎接吧，蔡愛卿，你

去如何？」

蔡京淡淡一笑道：「老臣遵旨。不過老臣要問，這出迎的禮節又當如何？」

趙佶有些煩躁地道：「這個也要問？」

蔡京今日不知是怎麼了，竟是屢屢違背趙佶的心意，他徐徐道：「陛下，這麼大的事，老臣不敢擅專。我大宋到底是該以迎郡王還是迎使節的禮節行事，事關重大，若是用錯了，只怕要讓人笑話。」

蔡京刻意將「我大宋」三個字說得很重，笑吟吟地看著趙佶，隱隱之間，竟帶著幾分咄咄逼人的味道。

趙佶已是勃然大怒，道：「朕的臣子，豈能以使節之禮待之？」他站起來，煩躁地道：「今日就說到這裡，朕累了，你們出宮吧！」下了逐客令，趙佶隨即拂袖而去。

一旁的楊戩陰惻惻地看了蔡京一眼，才追著趙佶的身後出去。

蔡京淡定從容地坐了一會兒，才緩緩地道：「老臣領旨謝恩。」

言罷，還不忘朝石英、周若淡淡一笑，才徐徐站起離開。

晨曦的陽光灑落在春意盎然的汴京城，街道逐漸熱鬧起來，這時，一隊隊禁衛突然列隊出來，空氣變得緊張了幾分，接著幾處重要的街道上，沿街叫賣的貨郎悉數被驅了出去。

一頂小轎子直接到了宣武門。宣武門，馬軍司禁衛列隊屏息，幾個禮部的官員顯得有些焦灼，旁若無人地議論。

等到小轎子落下，禮部幾個官員才過來見禮，蔡京從轎中鑽出來，笑吟吟地道：「派了斥候沒有？西夏議政王什麼時候到？」

「應當快了，最多還過半個時辰。」

這幾個禮部官員是以禮部侍郎周文濤爲首，周文濤聽到「西夏議政王」五個字，臉上的表情有些古怪，可是太師這般說，也不好當面頂撞，便對幾個禮部官員道：「蓬萊郡王就要來了，再看看有什麼疏漏。」

一下子是議政王，一下子蓬萊郡王，聽得讓人頭暈眼花，禮部的幾個官員紛紛應命，各去準備。

蔡京看了周文濤一眼，呵呵笑道：「周侍郎近來可好？」

周文濤是從前任禮部尙書手裡調教出來的，他抿嘴一笑道：「尙好，倒是太師的身子骨差了些，該少些操勞才是。」

蔡京淡淡地笑道：「家國大事，豈能不盡心竭力？」說罷不再理會周文濤，闔目眺望遠方。周文濤也懶得理他，尋了幾個禮部的官員閒聊去了。

半個時辰過去，地平線外隆隆作響，蔡京神色不動，周文濤打起精神，道：「來了，諸位不要疏漏，隨蔡太師出迎蓬萊郡王。」

蔡京淡淡笑道：「西夏國國使遠道而來，不可怠慢！」

周文濤皺起眉，想說什麼，卻是欲言又止。

幾個禁衛騎軍已經衝出去，馬軍司上下都被武備學堂佔據，是武備學堂步軍科的實習場所，每隔三個月，便輪換一隊隊官進去，再加上沈傲從前在馬軍司的威望，馬軍司已是鐵桿的武備學堂後備軍，這幾個禁衛衝過去，靠近騎軍校尉馬隊時，心情一陣激蕩，遠遠抱拳朗聲道：

「卑下馬軍司中隊官周恆、趙擅、劉武，恭迎蓬萊郡王。」

騎軍校尉紛紛勒馬，沈傲打馬排眾出來，眼眸一亮道：「原來周表弟也在！」

周恆比從前壯碩多了，一身的輕浮不見，多了幾分果敢毅然，挺著胸脯道：「郡王，卑下是馬軍司一營三中隊隊官，這裡沒有表兄弟，只有郡王和卑下。」

沈傲哈哈一笑，這傢伙居然敢和自己玩公私分明，那本王也公事公辦，不再搭理他，又朝向趙擅、劉武兩個中隊官道：「你們也是武備學堂出來的？」

一說到武備學堂，兩個中隊官更是肅然，拱手道：「恩府先生在上，請受門下一禮。」這是讀書人的一套，可是在允文允武的武備學堂肄業出來的校尉行這個禮倒也恰當。

沈傲頷首點頭道：「走吧，入城。」

帶著周恆一干人飛馬到了城門口，這裡已經封禁，只等沈傲前來，想從這裡出入城池的百姓，就只能繞路了。

蔡京臉上吟吟一笑，等沈傲下了馬，已是熱絡地迎上去道：「議政王黑了一些，卻精神了不少。」

沈傲臉上保持笑容，心裡卻是忍不住罵了一句老賊不死，呵呵一笑道：「蔡太師，可想死本王了。」說罷狠狠地揚起手，重重地壓在蔡京肩上：「這一路過來，本王除了想念陛下和家眷，其次便是太師了！」

這一下壓在蔡京的肩上，下手重極了，蔡京雙腿一軟，差點兒一屁股跌下去，拼命強忍住，好不容易穩住了身形。他這個年紀實在承受不住，額頭上已經冒出大汗，卻還要保持著笑臉和沈傲寒暄，無非是說老夫也想念議政王云云。

沈傲朝後面的童虎道：「童虎，你叔父和太師也是老相識，快來給太師見禮。」

童虎上前一步，正色道：「卑下見過太師。」

蔡京臉色一變，立即知道那邊鎮的老狐狸徹底倒向了沈傲，含笑道：「童世侄也隨議政王來了?好，將來我大宋又多了一員猛將。」

沈傲板著臉訓斥童虎道：「你這般和太師見禮，豈不是說你叔父和太師生疏嗎？要熱絡一些。」說罷，笑呵呵地對蔡京道：「童虎不懂事，讓太師見笑。」

童虎撓撓頭，道：「怎樣才是熱絡？」

沈傲又是狠狠揚起手，重重拍在蔡京肩上，才道：「老蔡，本王從西夏帶來了西夏的天山雪茶，稍後一定叫人送到府上，請老蔡品茗。」

蔡京反應慢，又挨了一下，臉上都抽搐起來了，卻又不能和沈傲翻臉，只能咬牙忍住。

沈傲朝童虎道：「喏，這才是熱絡，這是西夏人最高的禮節，童虎，你來試試。」

童虎心裡想，西夏人的禮節裡哪裡有這個？可是沈傲說什麼，他就聽什麼，他也要上前去，蔡京嚇得連連後退，這童虎虎背熊腰，若是也學沈傲來那麼一下，老骨頭非要散了不可。

蔡京乾笑道：「好啦，陛下還在文景閣等議政王覲見，就不耽誤了，議政王，請。」

沈傲哈哈一笑道：「太師先請。」

蔡京繼續客套道：「議政王是客，自然該議政王先請。」

這一個客字咬得很重，沈傲雙眸中閃過一絲冷冽，隨即哈哈一笑，趁蔡京不提防，又是被沈傲重重地拍在肩上，這一次蔡京實在疏忽，沒料到沈傲又來這麼一下，腳步踉蹌，竟是一屁股跌坐在地，那列隊的禁衛看了，哄然大笑，幾個禮部官員也是忍俊不禁。

周文濤已舉步過來，不理會蔡京，朝沈傲拱手道：「郡王，請入城。」

沈傲呵呵一笑，頷首點頭，翻身上馬，帶著人呼嘯過去。

蔡京慢吞吞地站起來，彷彿什麼事都沒有發生，只是撣撣身上的灰塵，怡然自若地走到小轎旁，對轎夫吩咐道：「入宮。」

第六十九章 馬屁的至高境界

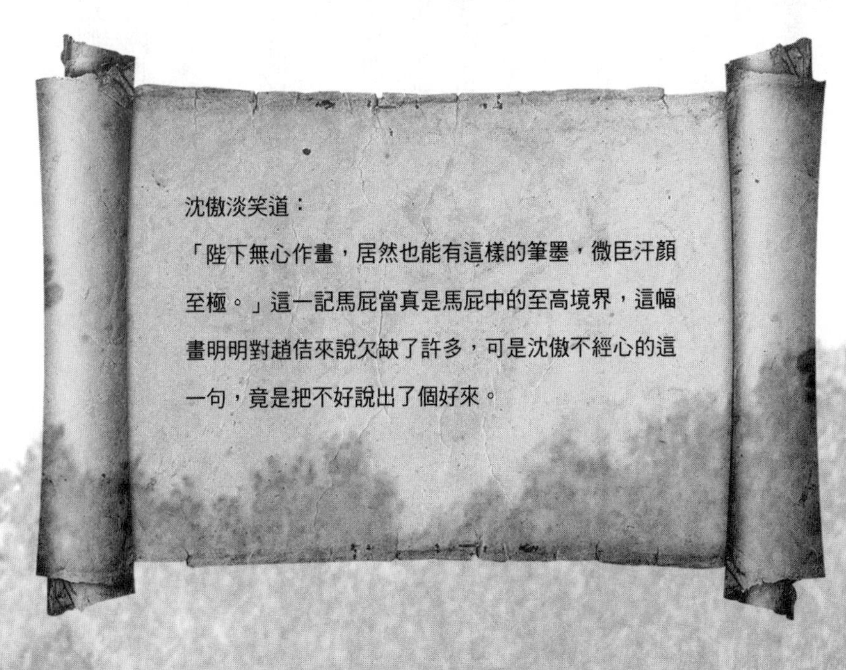

沈傲淡笑道：
「陛下無心作畫，居然也能有這樣的筆墨，微臣汗顏至極。」這一記馬屁當真是馬屁中的至高境界，這幅畫明明對趙佶來說欠缺了許多，可是沈傲不經心的這一句，竟是把不好說出了個好來。

到了御道，沈傲與校尉們分道揚鑣，只帶了幾個護衛，打馬到了正德門，重新回到這裡，沈傲突然有一種恍若隔世的感覺，這巍峨的宮門顯得親切極了，就是門口的禁衛似乎也沒有變，竟還是那幾個老相識，見了沈傲來，雖是帶刀不動，眉眼之間卻浮出淡淡笑意。

這會心一笑，讓沈傲心情很是愉悅，雖有打馬入宮之權，卻在這裡下了馬，將轡繩交給身邊的侍衛，徑直入宮。

宮中的一草一木沒有任何變化，春風搖曳，桂花樹香，鮮花怒放，被春風拖拽，立即芳香四溢，飄入到鼻尖處，深深一吸，有一種熟悉的親切感。

迎面而來的內侍見了沈傲，也都紛紛過來見禮，沈傲對他們頷首回應，等過了一處御橋，便看到楊戩迎面過來，楊戩笑吟吟地道：「郡王好自在，這一趟又是一件大功了。」

沈傲立即正色道：「泰山大人叫沈傲即可，郡王二字，小婿是不敢當的。」

楊戩見他這個樣子，心裡也是歡喜，喜滋滋地握住他的手道：「好，就叫沈傲。等覲見之後，你先回家一趟，看看蓁蓁她們，今天夜裡咱家若是得閒，也出宮去一趟，和你有話說。」

沈傲只當是與他絮一些家常，頷首點頭道：「到時候叫蓁蓁做一些酒菜，你我翁婿好好吃兩杯。」

他陡然想起那個童虎，不由想，楊戩似乎也有兩個侄子，一個侄子去了老家，還有一個也在汴京，才十九歲，這人沈傲倒也見過，是個性子有些軟弱的人，倒也沒什麼惡習，就是見了生人會臉紅，楊戩供他讀了書，也沒讀出什麼名堂，現在還在國子監裡廝混著。

做太監的，最心疼的便是這些侄兒，楊晨兒雖是如此，楊戩卻最為疼愛，只不過宮裡忙碌得很，也顧及不上。

沈傲想了想，道：「楊晨兒現在書讀得如何了？」

楊戩嘆了口氣道：「還能如何？他性子太軟，既不善交際又資質愚笨，讀不進書，咱家在的時候還能護著他，等咱家走了……」他深望了沈傲一眼，拍了拍沈傲的肩道：「少不得要你看顧了。」

楊戩的心思果然是這個，雖說他這一輩子已經掙下了偌大的家業，留給楊晨兒一輩子生活無憂是小事一樁，可是一旦楊戩去了，這軟弱性子的人哪裡守得住這金山？到時候覬覦之人還不知道有多少，被逼得家破人亡也是常有的事，在汴京城，這樣的事多了去了。

沈傲淡笑道：「他有個監生的身分，年歲也差不多了，不如到武備學堂去歷練一下，今年招募的校尉裡，小婿給他留個位置。」

楊戩大喜道：「連周恆那小子都能脫胎換骨，如今都是馬軍司的中隊官，將來穩妥妥的是個將軍，我家晨兒說壞也壞不過他，成就肯定不會比他差。」

沈傲心裡愣了一下，想：還好這話沒被周正聽去，否則說不準楊大主事非和周大國公反目不可。不管怎麼說，在誰的心裡頭，都是覺得自家的子侄比別人的好的。

和楊戩邊走邊說，不知不覺地到了文景閣外頭，楊戩沉默了一下，駐足壓低聲音道：「你這一趟回來，可見了蔡京嗎？」

沈傲道：「蔡京欽命迎接，見倒是見了。」

楊戩對近旁的內侍使了個眼色，幾個內侍會意，立即退到了一邊，楊戩才低聲道：「近來蔡京古怪得很，只怕會有動作，你要小心。」

見楊戩的樣子，想必對蔡京也是忌憚得很，沈傲冷笑道：「兵來將擋，水來土掩，怕個什麼？他敢來也好，正好收拾了他。」

換作是兩年前的沈傲，哪裡能說出這些話，可是此時此刻，一個蔡京，沈傲已經有足夠的力量跟他拚一拚了。沈傲心裡想，李乾順說得不錯，這個老狐狸一日不除，終究是個禍害，那麼便和他周旋一下。

楊戩道：「你可知蔡京有什麼打算？」

沈傲淡淡笑道：「莫非泰山知道？」

楊戩便將這幾日蔡京的言行說出來，道：「咱家還聽說，這汴京城裡，到處都在熱議西夏的事，街頭巷尾還有人張貼文榜，都是誇大西夏與我大宋的仇隙，諮議局也如炸開的鍋。」他又放低聲音道：「許多人都在說，你如今已成了西夏的……」後面幾個字猛地頓住，無非是幫凶走狗之類的。

沈傲冷冷一笑道：「老子帶人在外面拼死拼活，他們倒是輕鬆自在，張張口，一個個就成了直臣了。」

楊戩世故地笑了起來，帶著不屑之色道：「自古以來就是這樣，做事的挨罵，罵人的都是聖賢，若是有心人再挑撥一下，就更不像話了。」

沈傲道：「諮議局也是該去收拾一下了，不過先見了陛下再說吧。」

楊戩拉住他，又道：「咱家還有一句話告訴你。蔡京在陛下面前放言，說是你一定會為西夏爭取好處。」楊戩深望了沈傲一眼，繼續道：「若是被他說中，只怕陛下那邊說不過去。咱家也不好勸你什麼，畢竟在西夏，你還有個血脈在，為西夏多爭一分，就是給子孫多留幾分家底，可是……」

沈傲哈哈一笑道：「說起來，我還真想爭點好處，好啦，泰山放心便是，蔡京翻不

起浪來的。」

說罷，沈傲踱步進了文景閣。放眼望去，這裡的陳設並沒有多少改變，趙佶貓著腰，正在蘸墨作畫，聽到沈傲的動靜，淡漠地拋開筆，看著沈傲道：「你回來了？」

沈傲道：「是，微臣回來了。」

聽到微臣兩個字，讓趙佶的心裡舒服了一些，卻沒有表現出太多的熱情，繼續淡漠地道：「來，坐下說話。」

沈傲依言坐下，道：「陛下，微臣回來時，從西夏帶回來了些特產，到時候請陛下品鑒一下。」

趙佶眉頭一挑，沒好氣地道：「朕對西夏的東西不感興趣。」

蔡京那番話確實說中了趙佶的軟肋，趙佶此時刻意地保持距離，頗有幾分害怕熱臉貼冷屁股的心思。若是這時和沈傲太熱絡，到時候真要說起議和之事來，鬧翻了臉，這天家的顏面該往哪裡擱？

沈傲淡淡一笑，呆坐了一會兒，覺得氣氛有些尷尬，便隨口道：「陛下今日做的是什麼畫？」

趙佶不鹹不淡地道：「萬歲山，你來看看。」

沈傲舉步過去，這幅未完成的畫只是先布好了局，整幅畫有點凌亂，單憑這個，便可以看出作畫之人心不在焉，沈傲便淡笑道：「陛下無心作畫，居然也能有這樣的筆墨，微臣汗顏至極。」

這一記馬屁當真是馬屁中的至高境界，說話討好也是要講場合的，這幅畫明明對趙佶這樣的大師級畫師來說欠缺了許多，可是沈傲不經心的這一句，竟是把不好說出了個好來。

趙佶臉色緩和了一些，道：「朕這幾日都在想著議和之事，所以心情煩躁了一些。」

沈傲正色道：「陛下，這一趟微臣受西夏國主之托，前來洽商議和，可是微臣又兼領著鴻臚寺正卿的職事，會不會有些不妥？」

趙佶正色道：「有什麼不妥？宋夏之盟是你一力促成，你既是西夏的使節，就該去和我大宋的鴻臚寺寺卿去談，談出了結果，再將國書遞上來。」

沈傲一呆，西夏國使去和鴻臚寺寺卿去談，這是兩個人還是一個人？趙佶的德性怎麼和李乾順差不多？

趙佶深望他一眼，又道：「不要令朕失望，你去吧。」

一句不要令朕失望，隱喻明顯，讓沈傲不由暗暗苦笑，那李乾順挾持著自己還未出生的孩子來做要脅，若讓大宋占了便宜，吃虧的就是自己的孩子；而趙佶又是一副等你表態的樣子，夾在兩頭還真是難做人。

沈傲訕訕笑道：「陛下放心，微臣一定不負陛下所托。」

沈傲渾渾噩噩地出了宮，恰好見蔡京慢吞吞地到了，看了沈傲一眼，臉上微微一笑，道：「王爺這麼快就見了陛下？爲何不多留一刻？」

沈傲沒功夫理會他，罵了一句：「關你屁事！」

沈楞子發起火來，哪裡會管你是誰？蔡京絕沒有想到沈傲連最後的客套都沒有了，呆了一下，隨即冷哼一聲，撕破了臉便撕破了臉，早晚都是如此，何必和他委婉，冷聲道：「議政王好大的架子。」說罷直入文景閣，拂袖而去。

沈傲出了宮，立即帶著護衛回家。

到了自家的府邸，卻發現外院的牆上貼了許多東西，幾個家人正在撕扯，那劉勝氣呼呼地罵著：「真是豈有此理，居然敢妖言惑眾到這裡來了。撕了，全部撕了，這天下還有沒有王法，叫個人去京兆府，一定要查出是誰做的。」

沈傲打馬過去，問：「發生了什麼事？」

劉勝回眸，看到了沈傲，又驚又喜，小跑著過來道：「王爺，你可回來了！快，快，先進府去歇歇，幾個主母都問了許多遍，王爺再不回來，就要派人去宮門前等了。」

沈傲呵呵一笑，目光落在幾個停止撕扯文榜的小廝身上，翻下馬道：「那個，拿來看看。」

幾個小廝都有些惶恐地看向劉勝，劉勝訕訕地看著沈傲笑道：「王爺，算了，都是些胡說八道的東西，看了讓人生氣。」

沈傲笑吟吟地道：「胡說八道的東西更要看，本王就是靠胡說八道起家的，在胡說八道這一行好歹也是前輩名宿，不看，怎麼知道胡說八道這一行當又有了什麼新的成就？拿來！」

劉勝只好咬咬牙，朝一個小廝使了個眼色。那小廝拿了一張撕下的大紙過來，沈傲接過，略略看了一下，無非是說沈傲見利忘義，已成了黨項人的鷹犬云云。此後便是什麼天下人共誅之，何德何能，竟還敢竊據蓬萊郡王爵位？

沈傲將紙揉成一團，哈哈笑道：「水準不夠，若換作是我，便不這樣寫，至少也要先渲染一下宋夏之間的仇隙，再談及一下邊鎮上的皚皚白骨，再引出下文，才能激起看客的仇愾之心。哎，這都是我大宋教育體制出了問題，竟是教了這麼多書呆子出來，連胡說八道都不會，果然百無一用是書生。」

劉勝聽得眼珠子都掉下來了，輕聲道：「王爺，他們罵的好像是……」

沈傲冷冷一笑道：「我知道，罵的是本王對不對？混帳東西，連罵人都罵得這般無用，實在該死，今天夜裡調一隊校尉來，在牆後守著，這幫混帳再敢來張貼這些東西，立即抓了，不必去報官，給本王往死裡打一頓再說，告訴他們，打他們不是因爲辱罵本王，而是丟了我這胡說八道祖師的臉面。」

劉勝道：「是，王爺還是先進去歇了吧。」沈傲嗯了一聲，步入門房，不忘對劉勝道：「記著，是往死裡打。」

徑直進了後院，便看到幾個妻子在天井圍坐，見是沈傲回來，自然歡喜無限，可是這歡喜的背後，卻似乎藏了幾分心事。

沈傲咳嗽一聲，恬不知恥地道：「這一趟去西夏，是爲國爲民，爲了大宋的福祉去……咳咳……」

周若抿著嘴道：「爲國爲民卻爲何弄出了一個孩子來？」

沈傲呵呵一笑道：「所以這才叫忠於王事，勇於獻身，換作了別人說不定做不來的，只有爲夫這樣忠心耿耿，心懷天下的誠摯君子才肯去做。」

這句話說出來，連自己都覺得偉岸起來，沈傲繼續道：「雖天下人吾往矣，能力越大，責任越大，我不去做，別人做得來嗎？」

蓁蓁上前挽住他的胳膊笑著道：「夫君說的是什麼能力？」

沈傲正色道：「這個暫且不說好嗎？」

安寧有些害羞，喃喃地一下子道破玄機：「或許哄人的本事，他就是天下第一的。」

沈傲不由地惱羞成怒道：「這是什麼話？這是家國大事，和哄人有什麼干係？你們知不知道，不去勇於獻身，西夏就會和金人沉瀣一氣，到時候我大宋便危險了，哎，和你們說這個做什麼？再苦再難，為夫也絕無怨言，好啦，且不說這個，肚子餓了，有沒有吃的？」

接著嘆息了一聲，繼續道：「到了宮裡，居然連頓飯都沒有混到，早知就先回家了。」

到了傍晚，楊戩急匆匆地過來，沈傲已經備下了酒，連同住在府裡的陳濟一併請來，三人邊吃些酒菜邊閒聊。

楊戩知道陳濟在沈府的地位，所以有些話也不忌諱，直截了當地道：「現下汴京城鬧出來的聲勢，沈傲知道了吧？」

沈傲冷笑道：「跳梁小丑登不上大雅之堂，靠口水就想淹死我？蔡京的能耐也太小了些。」

陳濟臉色凝重地道：「不可小視，蔡京此人最是工於心計，這只是先著，真正厲害的手段應當還在後頭。」

楊戩滿是認同地道：「對，咱家和那蔡京認識也有二十年了，他的手段，咱家還是知道一點的，不到萬不得已，他絕不可能如此咄咄逼人，除非……他已經有了九成九的把握。」

陳濟淡笑道：「九成九倒是未必，從前的蔡京確實是如此，謀定而後動。不過現在的蔡京就不同了，便是有三成的把握，他也會出來拼一拼。」

聽了陳濟的話，楊戩沉吟一下，道：「陳先生說得不錯，蔡京已經是給逼到了牆角，這時候出手雖是無奈，但沈傲還是不得不防。」

沈傲想了想道：「我思來想去，蔡京這一次要做的文章應當和陛下有關，當然也離不開西夏的關係。」隨即哂然一笑道：「理他作甚？來，我們喝酒。」

雖是如此說，但沈傲幽幽的眼眸裡閃過一絲狠辣，陳濟看在眼裡，已經明白，沈傲和蔡京已到了不死不休的地步了；只是沈傲這般揣著心思，卻不知是不是已經有了對策。

陳濟想了想，也隨即笑起來，道：「都說楊公公海量，今日倒要見識見識。」說著，舉起杯盞道：「楊公公若是不介意，便和我這閒雲野鶴拼一拼如何？」

楊戩手拍桌案，道：「咱家身殘志堅，豈能輸給你這個讀書人？來，來，來，看你酒量如何？」

沈傲的臉憋得通紅，身殘志堅……咳咳……老泰山開起玩笑來也夠狠的，把自己也添上去了！

是夜，噴吐著酒氣的沈傲和安寧同房，安寧服侍沈傲脫下衣衫，兩腮嫣紅地道：「爲何夫君和那西夏人這麼快就有了孩子？家裡這麼多姐妹卻是一個也沒有懷上？」

沈傲支支吾吾地道：「這就和博彩一樣，也要看運氣的。」心裡想，她下面一句話肯定說不出口，八成是要和自己造人了。

沈傲深吸口氣，連日跋涉，身心疲憊，可是這時候也只能咬著牙硬上了，男人嘛，怎麼能喊累？二話不說，吹熄了油燈，已是攬住了安寧的腰肢，道：「運氣固然要緊，可是勤能補拙，只要爲夫和安寧日夜不輟，便是神跡也能創造出來。」

沈傲的胸膛裡有著一股浩然正氣，毫不猶豫地投入這溫柔鄉中。

第二日起來時大致到了正午，挪動了下痠軟的腰，趿鞋伸了個懶腰，才尋了衣衫披了，安寧進來，臉頰嫣紅地道：「夫君要不要再睡一會兒？」

沈傲搖了搖頭道：「不必。」

安寧過來給他繫了腰帶，纖手輕輕點在沈傲的胸膛上，吃吃笑道：「昨夜動靜這般大，被她們都聽去了。」

沈傲不由地道：「啊？這不是很不好意思？」

安寧嗔怒地瞪了沈傲一眼，道：「是呢，臉都抬不起來了。」

沈傲道：「不怕，不怕，下一趟就是她們，所謂你做初一我做十五便是這個道理。」

將衣衫穿戴整齊，沈傲打了個哈欠，揉了揉鼻子道：「昨夜傷風了，今日就不出門了，陪你們在家裡歇一歇。」

安寧轉嗔為喜道：「那待會兒我和蓁蓁幾個做炊餅給你吃。」

沈傲板起臉來：「什麼不好學去學做炊餅，這種東西有什麼吃的？下一次為夫教你做番茄炒蛋。」

安寧睜大眼睛：「什麼是番茄？」

沈傲一時呆住，不小心暴露了，這個時代哪裡有什麼番茄？那是洋鬼子傳來的玩意，立即笑道：「我說的是韭菜炒蛋。」

安寧嫣然一笑道：「夫君也會下庖廚？」

沈傲立即警覺，這個本事千萬不能讓她們識破，支支吾吾地道：「我是看人做的，其實也不太懂。」

正說著，劉勝在外頭低聲呼喚：「王爺……王爺……」

沈傲出去，看到劉勝在廂房外的一棵大槐樹下低喚自己，走過去道：「怎麼？捉了那些書呆子了嗎？」

劉勝道：「抓了，都打了一頓，告誡了一番。不過……」

沈傲淡淡笑道：「不過什麼？」

劉勝道：「這些書呆子的骨頭倒是硬得很，雖是打了，卻還在那裡罵。」

沈傲撇了撇嘴道：「隨他們罵去吧！」

劉勝繼續道：「王爺，還有一件事，外頭來了個西夏人，說叫李諢的，是西夏派駐汴京的使節。」

西夏人一直有個使節常駐汴京，現在沈傲欽命過來，他頂多也只是個副使，給沈傲來打下手來著。

沈傲道：「叫他進來說話。」

李諢是西夏的遠支宗室，到了他這一輩，爵位已經沒有了，好在讀了些書，在宗室裡算是有幾分本事的，才在西夏禮部謀了個職事，如今到了汴京，也算是如魚得水，這裡比西夏繁榮得多，加上使節的地位，至少大宋這邊不會怠慢什麼，在這裡吃喝玩樂也沒人管，因此渾渾噩噩地過了幾年。

可是到了後來，沈儆做了鴻臚寺正卿，日子就越來越難過了，沈儆爲人現實得很，直截了當地將使節分爲了三六九等，關係好的，優渥照顧，過得去的，也保證你的衣食無憂，遇到西夏這種處於敵對狀態的，那真是慘不忍睹了；想住上房？門兒都沒有，收拾了一間柴房就叫過去，一切用度，自便！

「自便」兩個字就是要他李諱自己掏錢了，問題是，西夏那點兒俸祿，哪裡夠他揮霍？況且他是使節，下頭還有七八張口等著，有給他抬轎的，有給他牽馬的，還有替他跑腿的，這些人可都是要錢的。

李諱感覺自己一下子從天堂掉進了地獄，能當的值錢物品都當了，想回去，西夏禮部又不讓，結果冬天一到，那四面漏風的房子差點沒把人凍死，想把署吏們解散了，可是人家又不肯，大家跟著大人過來，就算要走，至少也要盤纏對不對？

整個汴京，其實都在看李諱的笑話，大宋的敵國滿打滿算也就是兩個，一個是金人，一個就是西夏，金人還好說些，交惡就交惡，人家抬腿便走，偏偏這西夏不同，說交惡確實交惡了，可是另一方面，臉面上還有個盟約在，這盟約不撕毀，他就得待到徹底交惡爲止。

後來沈傲出使，結果一個消息卻讓李諢一下子懵了，宗室被斬殺殆盡，國族十戶誅掉了五戶，整個龍興府放眼看去都是腥風血雨，上至越王，下至尋常的國族，竟都在抄家殺頭之列，李諢這才知道，自己實在幸運得很，若是留在龍興府，八成是別想活了。

可是對於沈傲這兩個字，他卻是咬牙切齒地記住了，那些被誅殺的人中，多少是他的親眷，多少是他的故舊，他已記不清了，只知道沈傲剝奪了他的一切。

再後來，沈傲以議政王、國使的身分回來，李諢卻不禁悵然，想不到這個國族的大敵，如今卻成了西夏的主人。

李諢穿著一件西夏朝服，頭上帶著暖帽進了沈府，過了幾重儀門，又繞過一處荷花綻放的池塘，才到了蓬萊郡王府的小廳。下人通報之後，踱步進去看到沈傲的那一剎那，他整個人都繃起身子來，恨不得不顧一切地衝上去。

「王爺。」李諢最後卻是恭恭敬敬地行了個禮。

沈傲喝了一口茶，慢吞吞地道：「坐下說話。你來得正好，本來我還要去找你的，這國書還得你來幫襯下才行，你先擬出個章程來，讓本王來看看。」

李諢笑道：「聽說王爺要來修好，下官豈敢怠慢？章程都已經擬好了，就等王爺過目。」說罷從袖子裡抽出一份摺子，躬身過去交到沈傲的手裡。

李諢一邊道：「修好的事其實說難也難，說易也易，重要的還是三條，第一便是劃定疆界，從前的許多疆界都是模稜兩可，結果邊軍屢屢衝突，所以這一條不說明白，其他的事也難辦。」

沈傲頷首點頭，道：「你說得沒錯。」隨即認真去看章程，徐徐道：「你的意思是，讓大宋將爭議的疆界都劃撥給西夏？」

李諢正色道：「大宋幅員廣闊，而我西夏土地貧瘠不說，且版圖不及大宋十之一二，下官以為，爭議的地方對大宋不過是蒼蠅肉，可有可無，可是對我西夏來說，卻是極為重要。」

沈傲道：「你說得對，是要寸土必爭，這一條，可以加到國書中去。不過第二條裡要求的歲幣是不是多了一些？」

李諢笑道：「大宋和西夏相互開市，王爺可曾想過，這般做看似對我西夏有好處，可是真正的大利卻在宋人那邊，西夏對宋國的許多貨物都是奇缺，這錢豈不是都被宋人賺了去？所以增添一些歲幣，便是彌補這個。」

沈傲冷笑道：「錢是被大宋賺了去，可是西夏難道沒有得到大宋的貨物嗎？」

李諢抿了抿嘴，道：「不管怎麼說，西夏與大宋互市，定會吃虧，大宋府庫豐盈，添一些歲幣也是應該的。議政王乃是我大夏柱國，自然會為大夏據理力爭。」

沈傲只是淡淡一笑，接著道：「第三條也古怪，每年向大宋索要糧草軍械？是不是太蠻橫了一些？」

李諢道：「我西夏為了與大宋交好，而與金國交惡，金夏戰事早晚會爆發，大宋若是不給予若干糧秣、軍械，我西夏拿什麼去做大宋的屏障？」

沈傲將章程放下，慢吞吞地道：「你知不知道，這份章程送過去，陛下會是什麼反應？」

李諢笑道：「宋人有句話，叫『漫天要價落地還錢』，議政王也是宋人，難道不知道這個道理？」

沈傲冷笑道：「你就是這樣和本王說話的？」

李諢立即伏首貼耳道：「是，下官孟浪了，王爺恕罪，不過王爺既是欽命來議和的，下官有句話，不知當講不當講。」

沈傲淡淡道：「你說。」

李諢道：「我西夏皇帝這一趟令王爺過來，原因有二，其一是王爺對大宋熟稔得很，行事方便些。其二……」他故意拉長了聲音，慢慢地道：「陛下是在試探王爺，陛下死後，王爺這個議政王便成了我西夏的輔政大臣，一言九鼎，若是王爺這一次出使，卻不能為我西夏爭取到一分利益，陛下會怎樣想？請王爺三思。」

沈傲冷哼一聲，才道：「他怎麼想，和本王有什麼關係？」

這句話在李諢聽來，實在是悖逆至極，偏偏李諢拿沈傲一點辦法也沒有，只好乾笑道：「下官這麼說，也是爲了王爺好。」

沈傲想了想，將章程捏在手上，慢慢地道：「國書，就按這章程抄寫一遍，過幾日我送入宮去。」

沒有想到沈傲竟這般輕易地答應，李諢呆了一下，隨即道：「下官遵命。」

沈傲端起茶盞，一副不願與他爲伍的樣子，道：「送客吧，李大人，好走不送。」

李諢告辭出去，到了門房，坐上一頂不起眼的轎子，吩咐一聲道：「回鴻臚寺。」

轎夫們將李諢抬過了一處街角，沈府已經越來越遠，李諢坐在轎中突然道：「去蔡府，注意看後頭有沒有人跟來。」

轎子折了一個彎，迎著炙熱的太陽，朝蔡府方向去。

第七十章 公道自在人心

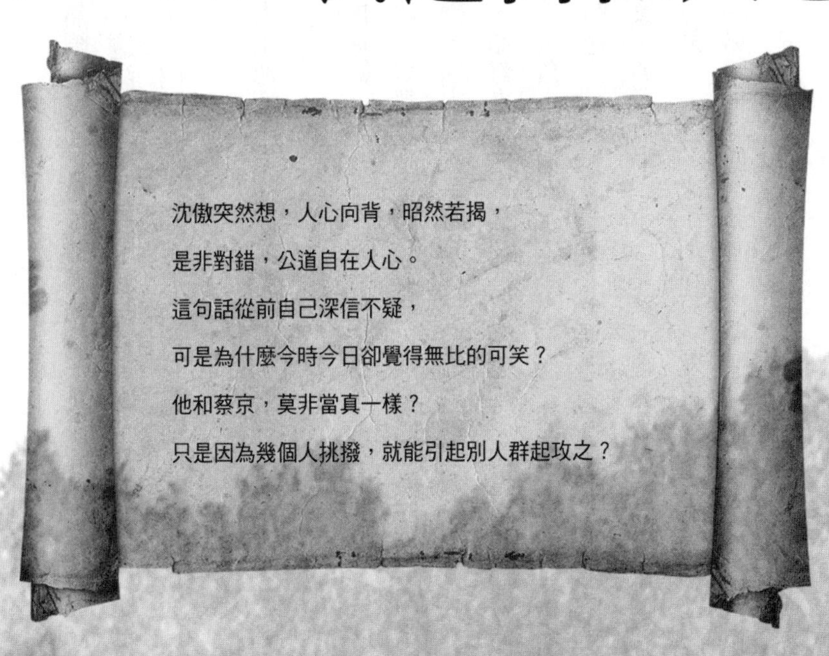

沈傲突然想，人心向背，昭然若揭，
是非對錯，公道自在人心。
這句話從前自己深信不疑，
可是為什麼今時今日卻覺得無比的可笑？
他和蔡京，莫非當真一樣？
只是因為幾個人挑撥，就能引起別人群起攻之？

每到春日，汴京城便熱鬧了幾分，出城踏青的公子哥兒騎著馬帶著僮僕出城，也有不少就近欣賞荷塘美景的。這汴京的荷塘最出名的有幾處，其中一處，便是蔡府。可惜這裡並不是什麼人都能進去，門禁森嚴，那綻放的荷花擋在院牆之後，卻只能讓蔡家人孤芳自賞。

荷塘是一處月兒形的人工池塘，岸邊停靠著小舟，塘中荷花綻放，放眼望去，讓人不禁心曠神怡，岸邊有些水藻，幾個小廝在那兒撈著，蔡京今日出奇的又沒有去門下省，而是穿著一件蓑衣泛舟垂釣。

陽光餘暉灑落，水面波光粼粼，小舟泛起清波，現出一條條箭簇形的水紋。坐在前頭的舢板上，蔡京紋絲不動，手中拿著魚竿，邊上是個魚簍子。

微風拂過，水波一動，頹然坐定的蔡京突然牽動魚竿，釣出一條紅鱗的金魚出來，隨即呵呵一笑，從鉤中取了金魚，又拋回水中。小舟自在地進入一處荷花叢中，蔡京收了魚竿，解下蓑衣，進入船篷。

船尾已經有個年邁的家丁溫了魚湯，小心翼翼地端過來，蔡京坐在這裡慢吞吞地吃著，不由道：「還是海魚更鮮美一些，來了這汴京，就再沒有嘗過那滋味了。」

蔡京是在興化軍長大，那興化軍依山靠海，自從進入仕途，除了一次丁憂回鄉，再也沒有回去過。

那老僕微微一笑，用福建口音的官話道：「幾個老爺不是從興化軍送來了一些海味嗎？都是快馬送來的，老太爺爲什麼也不喜歡？」

蔡京皺眉道：「進口之食講的是鮮美，就算是耽誤了幾日，鮮味也已經淡了，倒不如這河魚新鮮了。」從口中剔出一根魚骨，不由地嘆了口氣道：「他們在興化軍還好嗎？」

「好得很，幾個老爺叫老奴來給老太爺傳句話，他們都想回汴京來。」

蔡京放下調羹，雙眉皺了起來，冷聲道：「回來？汴京就有這麼好嗎？你回去的時候告訴他們，就是死，也不准入京了，安安生生地做他們的富家翁吧，這錦繡前程，是要用命去換的。」

老僕笑呵呵地道：「他們說興化軍太悶了。」

蔡京冷笑一聲，繼續吃著魚湯。

老僕又道：「幾個老爺這些日子成日都是往泉州那邊跑，四老爺尤甚，一個月便有二十天待在那裡。」

蔡京罵了一句：「沒用的東西！」雖是這樣罵，卻也只能放任，天高皇帝遠，鞭長莫及，又能如何？

「讓舟兒靠岸吧。」蔡京吃完了魚湯，用絲巾擦了擦嘴，疲倦地坐在船篷裡吩咐

道。

小舟靠了岸，幾個小廝忙不迭地繫起纜繩，老僕扶著蔡京上了岸，蔡京遙遙看到拄著拐杖的蔡行正在和一個人在柳樹下說著什麼，皺眉道：「什麼人來了？」

一個小廝道：「回老太爺，西夏使節李諢前來拜謁，蔡行少爺正在和他說話。」

蔡京冷聲道：「爲何方才不通報？」

小廝猶豫了一下道：「怕叨擾了老太爺的興致。」

「記著，下次不許了。」蔡京道：「叫他到那邊的亭子裡去。」

李諢見了蔡京，乖乖地行了禮，身後的蔡行興沖沖地道：「那沈傲果然上鉤了，李大人的章程悉數寫進了國書裡。」

蔡京只顧著喝了口茶，才向李諢道：「是這樣？」

李諢便將自己與沈傲商談的經過說了，蔡京猶豫了一下，才道：「他一條也沒有反駁？」

李諢道：「一條都沒有，不過倒是提出了幾句疑問，下官按著蔡大人的意思說了，他也就沒說什麼。」

蔡京沉默了一下，道：「太輕巧了。」

蔡行激動地道：「如今他了不得了，將來自己有個兒子要做西夏國主，當然是爲他兒子打算。」

蔡京不由搖頭，道：「這消息，誰也不許放出去。等到國書遞上去再宣揚出來。李譁，接下來知道怎麼做了嗎？」

李譁笑道：「當然知道，遞上國書之前，立即擬一份奏疏送到西夏去，讓這事成爲板上釘釘，就算沈傲要反悔，到時候向西夏那邊也不好交代。」

蔡京頷首點頭道：「其餘的事交給老夫來辦。來人，給老夫換衣衫，入宮。」

文景閣裡顯得有些悶氣，趙佶心不在焉地看著奏疏，一臉的不耐煩，他這人最怕麻煩，近日又沒出什麼大事，都是雞毛蒜皮的事，趙佶的忍耐已經到了極限。

終於，趙佶將案上的奏疏一推，道：「一條水渠都能引起兩鄉數千人械鬥，那些地方官都是做什麼的？官府爲什麼不管？鬧到這麼大，才送到朕這邊來。」

蔡京來了也有些時候，這些奏疏都是他抱來的，蔡京端正坐著，淡淡笑道：「陛下，權不下縣，鄉里的事，朝廷一向是不管的，都是些有名望的鄉紳照應著，新昌縣縣令也是無計可施。」

趙佶冷笑道：「都說鄉紳照應，可爲什麼還能弄出這麼大的事？」

蔡京慢吞吞地道：「鄉紳是鄉紳，豪強是豪強，這鄉紳和豪強之間只是一線之隔，陛下，聽話的是鄉紳，橫行鄉里的就是豪強了。」

趙佶沉默了一下道：「門下省下旨意捉拿吧，是誰煽動的，械鬥而死的又是誰動的手，都拿下來。」

換作是從前，趙佶或許一語也就揭過了，或者乾脆說這件事太師去處置。今日難得他說出自己的心意，想按自己的意思去辦。

蔡京淡淡一笑，早已察覺到了這個變化，道：「老臣遵旨。」

趙佶眉毛一挑：「太師乾坐了這麼久，是不是有什麼話要說？」

蔡京道：「陛下，老臣想問，西夏的國書是否遞上來了？」

趙佶這時候反倒清醒了，慢吞吞地道：「沒有這麼快，你問這個做什麼？有沈傲去做，朕放心。」

趙佶已經察覺到一絲端倪，蔡京這些時日似乎處處針對沈傲。

蔡京笑道：「陛下可還曾記得老臣說過的話嗎？」

「什麼話？」

蔡京眼眸幽幽，慢吞吞地道：「沈傲如今已是夏臣，再不是陛下的臣子了。」

趙佶冷哼一聲道：「蔡愛卿，你太放肆了。」

蔡京不疾不徐地道：「陛下不信，待那沈傲送了國書來一看便知。老臣只是在想，沈傲深受陛下寵信，若是給夏人做了鷹犬，陛下會如何？」

趙佶冷哼，愣愣地遙望著窗外呆滯了一下。

蔡京其實不必問也知道答案，這個皇帝他太清楚了，便淡淡一笑道：「老臣告辭。」

趙佶突然道：「且慢！」他急躁地在閣中踱步，慢吞吞地道：「若是朕敕封沈傲為親王，可以留住他嗎？」

蔡京笑道：「攝政王可以。」

趙佶臉色一下子變得灰白，道：「胡說八道。」

蔡京正色道：「陛下已經不能再給沈傲什麼優渥了。」

趙佶坐下：「你繼續說。」

蔡京道：「沈傲手眼通天，最緊要的是，手裡還握著武備學堂，武備學堂的手段，陛下應當是知道的，若是……」

趙佶冷笑道：「他不會反。」

蔡京淡然道：「他當然不會，可是陛下可曾想過，沈傲若是去了西夏，以他的手段，十年內，西夏必然能練出一支百鍊強軍來，我大宋該如何?養虎為患，終為虎傷，陛下不該有婦人之仁了。」蔡京冷冽一笑，又繼續道：「所以老臣以為，陛下當斷則斷，寧可讓我大宋與西夏交惡，也該殺沈傲，免留後患。」

趙佶呵呵一笑道：「蔡愛卿言笑了。」

蔡京冷著臉道：「老臣不是在說笑，陛下可曾聽說過秦晉之好的典故？又知不知道，秦王爲晉公子重耳奪得了王位，晉國卻成了秦國最大的敵人。沈傲在我大宋掌握兵權，又頗懂武備，武備學堂的校尉，都成了他的門生故吏，到時候，這些校尉放入軍中，若是有朝一日與西夏爲敵，會是什麼結局，陛下可知道？」

趙佶正色：「蔡愛卿，你今日的話說的太多了。」

蔡京嘆了口氣道：「老臣爲社稷，爲陛下著想，情願肝腦塗地，這些話，都是老臣的肺腑之言，沈傲此人，可用，可是一旦不能爲己所用時，應殺之而後快。陛下顧念與沈傲的情誼，可曾想過，沈傲爲一己之私，如今卻爲西夏奔走，難道不是辜負了陛下的洪恩？」

趙佶悵然一嘆：「朕倦了，你出去吧。什麼事，都留待國書遞交之後再說。」

汴京城顯得有些浮躁，雖是春意盎然，可是越來越多的人變得激動起來。那諮議局裡自不必說，已是叫罵不停，便是坊間的議論也是急轉直下。

士林的非議洶湧起來，很大程度能影響到朝局，眼下所有人也都在等，等沈傲把國書遞上去，看看再說。一些和沈傲素來交好的，這時也登門拜謁勸慰一番。沈傲只是淡淡一笑，好生招呼。

他絕口不提國書的事，武備學堂不去，鴻臚寺也沒去，一心待在家中歇養，沈傲心裡明白，蔡京這種對手，單靠人多沒有用，要徹底剷除他，只能靠自己。

王府裡也有一處池塘，荷塘月色，偶爾傳來幾聲蛙鳴，可惜一到黃昏，沈傲便不敢去了，他怕有蛇。所以大多這個時候，他都在書房裡，讀一個時辰書，再回後院去，陪著妻子們吃些茶水糕點作宵夜，才會歇下。

沈傲的書房佈置得有些凌亂，平時是不許小廝進去的，他放書的習慣不願被人破壞，雖然凌亂，可是每本書大致的位置他都記得。

宮紗罩裡的燭光閃閃，沈傲心靜如水地看著書，有時會端起桌上的茶盞喝口茶，這茶乃是武夷茶，比其他的茶香濃清爽，更容易提神。

看到了一半，外頭傳出叩門聲，劉勝道：「王爺，泉州有人拜謁。」

沈傲放下書，淡淡地道：「請他進來。」

過不多時，一個穿著儒衫的人闊步進來，朝著沈傲深深鞠躬道：「見過王爺。」

沈傲淡淡一笑道：「坐。」

穿著儒衫的人坐在下頭，看了這凌亂的書房，不禁笑了笑道：「學生朱時，奉興化軍知軍段海大人之命，前來回稟王爺。」

沈傲笑道：「段海這知軍做得可如意嗎？」

朱時也是笑道：「段大人謹記王爺恩德，常常說，沒有王爺，就沒有今日的他。」

沈傲抿了抿嘴，整個泉州和興化軍如今上上下下都是沈傲的心腹，這些人在興化軍和泉州也是海商新政的既得利益者，甚至連福建路的面子都不賣。

沈傲笑了笑道：「東西呢？」

朱時立即拿出一份奏疏，道：「這是段大人搜集的，證據確鑿，苦主也都尋到了，足足三十多件罪狀，請王爺過目，若是覺得沒有問題，便可以上書彈劾了。」

沈傲接過奏疏，略略流覽了一下，這裡頭一樁樁，記載的都是蔡家在興化軍的惡行，刨除十幾樁小事，其餘的都不簡單，如指使家人打死佃戶，又如強搶民女，足足幾十件，件件在地方上都是大案。

朱時淡淡地道：「蔡家百口人良莠不齊，橫行作惡也是不少，這還只是興化軍，據說在泉州也有十幾樁公案。王爺，若是彈劾上去，只怕那蔡京也保全不住。」

沈傲呵呵一笑，將手上的奏疏放下，用手指著奏疏道：「你當真以爲靠這個就能整倒蔡京？」

朱時啞然，道：「怎麼？」

沈傲道：「太師的家人犯了這麼點事算什麼？便是陛下看了，只怕也不會理會。」

朱時臉色一變，焦慮地道：「王爺，這麼說，段大人豈不是做了無用功？」

沈傲搖了搖頭，道：「他做得很好，不過，還要勞煩你回興化軍一趟，告訴他，這些奏疏要分開來彈劾，每三天彈劾一份，每份一樣罪行，還有泉州知府那邊，和段治軍商議一下，把握好時間，慢慢地來。」

朱時一頭霧水，欠身抱手道：「那學生立即回去一趟，將王爺的話和段大人說清楚。」

沈傲笑道：「也不必急著回去，先在這裡歇一天吧，暫時就住在王府裡，明日清早出去逛一逛，該玩的玩，讓劉勝來付賬。」說著大叫一聲：「劉勝。」

劉勝立即進來：「王爺。」

沈傲道：「這是貴客，好生照看著，他是泉州人，想必是第一次進京，明日領著他去逛一逛。」沉默了一下，又對朱時道：「你在段大人下頭做事，想必已經有了功名？」

朱時道：「學生汗顏得緊，到如今才只是個秀才。」

沈傲道：「這一趟把事情做好，本王保舉你，去歇息吧。」

朱時稱了謝，感激地由劉勝領了出去。

沈傲疲倦地從書房裡出來，回到後院，聽到幾個小廝議論道：「外頭又抓了一批讀書的，這些人真真是沒有王法，不怕打嗎？」

「噓，小聲一些，讓劉主事聽了，肯定又要大發一通脾氣。」

這時候沈傲突然走過去，嚇得兩個小廝臉都白了，連行禮都忘了。

沈傲不理會他們，直接走過去，突然想，人心向背，昭然若揭，是非對錯，公道自在人心。這句話從前自己深信不疑，可是爲什麼今時今日卻覺得無比的可笑？從前士林非議的是蔡京，今日非議的人卻變成了他，他和蔡京，莫非當真一樣？只是因爲幾個人挑撥，就能引起別人群起攻之？

沈傲一步步地走著，眉頭緊鎖，似乎想到了問題的關鍵。

權力！蔡京有大權，所以人人唾罵，自己如日中天，所以非議不斷；讀書人的心思，大多都是自命不凡，心比天高，偏偏大多數人卻又命比紙薄，這樣的人，自然見不得別人的好。就比如沈傲釐清了海事，在海商的心目中，正是神明一般的存在。可是在讀書人心目中，多半在想，若換了是我，做得一定比他好。

所以歷來從來不是奸臣沒有好下場，而是權臣沒有好下場，商鞅變法，受益的人並沒有感恩戴德，反而想這功勞是我自家掙來的，和姓商的何干？利益受損者卻是群起攻之，結果等到商鞅的靠山一倒，立即反攻倒算，甚至沒有一個人站出來變法。後世響噹噹的張居正，豈不也是如此？自己所走的，似乎也是這一條路。

「他×的，都是雜碎！」沈傲心裡罵了一句，接著深吸口氣，喃喃自語道：「我不會是商鞅，也不會是張居正，我是沈傲，響噹噹的沈傲！」

樹影婆沙，月兒明媚，晚風襲來，將沈傲的話吹開。

一夜無眠。

文景閣裡，趙佶呆呆地作著畫，用筆勾勒出一條條山巒的起伏，燭光搖曳，亮如白晝的光線也漸漸變得昏暗起來，幾個小內侍去給燈添了油，撥弄了幾下，燈芯上又燃起熊熊的火光。

「陛下，三更天了。」楊戩睡眼朦朧，小心翼翼地在旁提醒。

趙佶心不在焉地道：「嗯，朕知道。」

趙佶繼續落筆，幾經起伏，才將筆擱下，道：「橫看成嶺側成峰，要將廬山的險峻畫出來，朕還差得遠，就是不知沈傲如何。」

良久嘆了口氣，沈傲回來已有十幾日，除了進汴京的時候召見了一次，趙佶也有許多天沒有見他了。趙佶感覺喉間彷彿有一根刺扎著，吞不進去，吐不出來。

明明可以傳召，可是趙佶一動這個心思，立即又打消了主意，捫心在想，沈傲還會是那個沈傲嗎？或許已經不是了，他現在是西夏駙馬，是西夏未來的攝政王。

越是這樣想，便越覺得難受，趙佶本就是個感情脆弱的人，信心也開始動搖起來。

趙佶突然道：「沈傲這些時日都在做什麼？」

楊戩低聲道：「都待在王府裡閉門不出。」

趙佶噢了一聲，就不再問；繼續提筆作了一會兒畫，突然又道：「沈傲的國書，到底要什麼時候送來？」

楊戩苦笑道：「奴才不知道。」

趙佶沉眉道：「若是他送的國書當真被太師言中，朕當如何？」他又倉促地擱下筆，整個人似乎僵了，「養虎爲患」四個字在他腦海裡揮之不去，他呆呆地坐下，不禁按了按太陽穴，道：「楊戩，你若是朕，你會怎麼辦？」

楊戩苦笑道：「奴才什麼都不知道。」

趙佶嘆了口氣，道：「你當然不知道，有些事你永遠不會知道。朕和沈傲認識已有四年了吧？」

楊戩點頭。

趙佶道：「這麼多年，朕待他不錯，他也忠心，令朕很欣慰。可是……」他頓了頓，才又道：「若是有一日，他不忠心了，甚至成爲朕的敵人，朕該怎麼辦？」

楊戩面如土色，道：「陛下多慮了，奴……奴才願以身家性命作保……」

趙佶笑著打斷他道：「你的命就是朕的，作保什麼？」

楊戩訕訕一笑，道：「老奴該死！」

聽到一個死字，趙佶的臉色一變，呆坐了一會兒，整個人僵硬起來。

突然，趙佶站了起來，臉色凝重地道：「若是沈傲遞來的國書有誤，立即叫人將他拿下，把他送回西夏去，朕不殺他。可是這西夏，朕也不要他們的議和。」

天氣一涼爽，士子冒頭的時候就多了，不過這時節，士子們卻不再去諮議局喝茶，也極少去踏青，而是到毗鄰御道的一處酒坊裡喝茶飲酒。

尤其是酒坊的二樓，更是高朋滿座，每隔一時半刻，裡頭的人便要站起來一趟，一起道：「原來是樂兄到了，樂兄來這裡坐。」

能讓所有人起身相迎的，自然都是名士，所謂名士，學問好是一樣，品德也是一樣。品德的標準千變萬化，卻又有不同，若是你是孝子，別人也不知道你父親染疾時，你鞍前馬後細心侍疾，更不會有人宣揚。所以要做名士，就要做出驚世駭俗的事來，讓人去議論。

要驚世駭俗，最直接的辦法無非是以直取名了，就比如這位樂先生，便是其中一

個，也是最轟動的一個，昨天這個時候，他一人跪到宮門口去，上了一道奏疏，直言沈傲三十條大罪，可謂耿耿之言，字字泣血，驚天動地。

這份奏疏被擋了回去，門口的禁衛也以樂先生驚擾聖恭為名打了他一頓，可是將他送去京兆府處置，京兆府又將他放了出來。

府尹也為難，實在是被這清議折騰怕了，人到了京兆府，真真是把這樂先生當成了自家的爹來照顧，生怕有了什麼閃失，若走出了什麼亂子，他一個小小府尹，立即就成了群起圍攻的對象，到時候身敗名裂，少不得安一個佞臣的大帽子，祖墳能不能保住都是個問題。

樂先生出名了，一下子名動汴京，那份奏疏雖然沒有遞上，卻立刻洛陽紙貴，引發轟動，摘抄他文章的人如過江之鯽，朗誦他奏疏的人到處都是。只這一個名望，便足以青史留名，成為天下的楷模。

樂先生這時候只穿著一件尋常的青衫，臉上還有幾許浮腫，不過不礙事，那些禁衛也都知道規矩，不敢下手太重。他穿著一件尋常的青衫，笑呵呵地和大家打了招呼，便尋了個桌子坐下。同坐的人見他與自己坐在一起，立即受寵若驚的樣子，連臉都漲紅起來。

「沈傲今日不知會不會入宮，哼，在這裡等了這麼多天，卻是一點音信都沒有。」

「等著便是，不信他不遞交國書。」有人冷言笑道。

倒是樂先生顯出無比的矜持，一直不開口，同坐的幾個人噓寒問暖幾句，樂先生笑道：「些許小傷，無妨，只恨那些沈傲的爪牙沒有殺了我，留在這世上看這烏七八糟的樣子，真真令人心寒。」

眾人聽了，紛紛叫好，有人咬牙切齒地道：「從前的時候，咱們大宋還知禮儀，知廉恥，現在這禮義廉恥都被狗吃了。這是朝中有了妖孽，有西夏人的走狗。朝堂上的袞袞諸公卻都視而不見，一個個爭著依附，再這樣下去，我等只能嗚呼哀哉，如之奈何了。」

樂先生淡笑道：「這便是人心日下，古風無存，三皇五帝時，人人路不拾遺，夜不閉戶，到了咱們大宋，怎麼就成了這個樣子？」他頓了一下，繼續淡淡笑道：「要禮崩樂壞咯！」

有人道：「禮崩樂壞，這國器還能長久？罷罷罷，不說這個，不談國事，省得惹來禍端。」

明明是津津有味地談著，臨末了卻還加一句不談國事，可是這麼一說，所有人反而談得更加炙熱，其實衙門根本懶得搭理他們，都是多一事不如少一事的樣子，沒有禍端，他們也要說出禍端來，有了禍端，才顯得自己的風骨，才顯得百折不撓。

正說著，突然有人大叫：「人來了！」所有人呆了一下，隨即湧到扶欄去看，果然看到沈傲騎著馬，身後數十個親衛簇擁著招搖過市。

「這狗賊不知廉恥，竟還敢拋頭露面！」

「諸君少待，待會兒就可以得出消息。」

人群躁動了一下，又停歇下來。

這時候，有個酒博士看得奇怪，提著茶壺道：「諸位相公看什麼？」

一個青衫的讀書人不屑地看他一眼，道：「看奸賊。」

酒博士呆了一下：「相公說笑，這乾坤朗朗的，哪裡有什麼奸賊看？」

有人取笑道：「這些行屍走肉，只知道計較小利得失，哪裡知道什麼國家大事？和他說什麼？村鄙民夫而已。」眾人哄笑，一個個高人一等地坐回原位。

那酒博士被他們取笑，仍是樂呵呵的，貓著眼也往下頭看了一眼，不禁道：「是蓬萊郡王，郡王他老人家從前也往這邊過的，想必是要進宮了。」

桌上喝茶的相公們有人拍案而起道：「這是奸賊！」

酒博士呆了一下，咂舌道：「郡王爺殺了這麼多作惡的貪官，又免除了花石綱，釐清了海事，這也是奸賊？諸位相公肯定是誤會了。小人便是蘇杭來的，自從花石綱被取締之後，蘇杭的百姓無不拍手稱快，都說郡王爺……」

「呸……」有人吐了口吐沫出來：「無知小兒，一點點恩惠便當人家是父母再生了，店家，店家……」

掌櫃的急促促地跑過來，打躬作揖道：「諸位相公有什麼吩咐？」

有人指著這酒博士道：「你這裡的夥計當真無禮，趕下去，換個人來伺候！」

掌櫃立即大怒，當著眾相公的面大罵了這酒博士一通，將他打發下去。這酒博士滿腹的委屈，乖乖地下樓去了。

第七十一章 雙贏局面

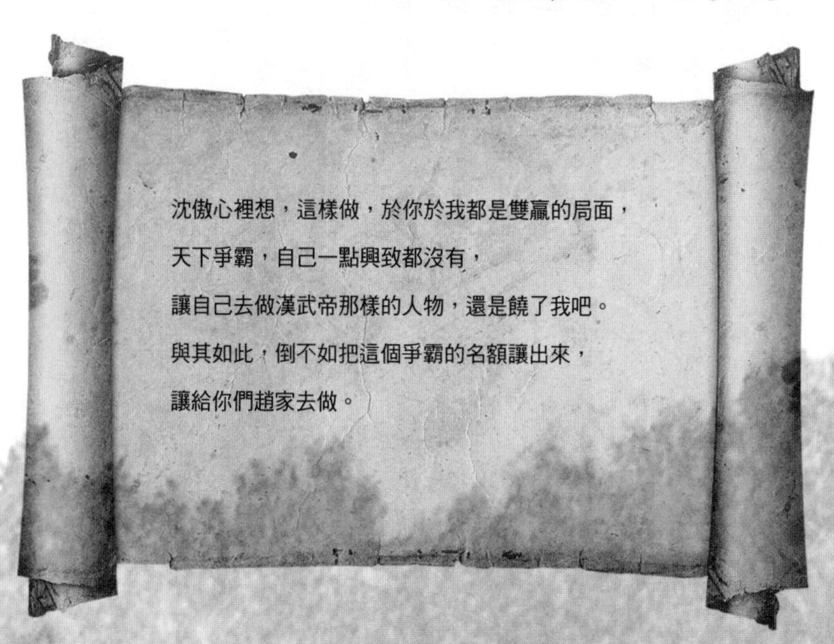

沈傲心裡想，這樣做，於你於我都是雙贏的局面，
天下爭霸，自己一點興致都沒有，
讓自己去做漢武帝那樣的人物，還是饒了我吧。
與其如此，倒不如把這個爭霸的名額讓出來，
讓給你們趙家去做。

沈傲打馬到了宮門口，禁衛立即進去稟告，過不多時，便有消息傳來，請郡王入宮。

沈傲按著尙方寶劍進去，他的精神有些不好，臉頰上還有兩處刮傷，迎面一個公公過來，這公公忍不住驚訝地道：「王爺的臉是怎麼了？」

沈傲淡淡一笑道：「從閣樓上掉下來，臉先著地，你信不信？」

這公公呆了一下，似乎腦海還在模擬一個人從高處掉落臉先著地的情景，可是沈傲的臉上明明是兩個五指印子，這……，正在他胡思亂想的當口，沈傲已經揚長而去。

到了文景閣，楊戩朝他招手，低聲道：「沈傲，你的臉怎麼了？」

沈傲苦笑道：「騎馬撞到了別人的店旗，泰山大人信嗎？」

楊戩只是問一問，繼續道：「國書帶來了嗎？」

沈傲道：「帶來了。」

楊戩道：「能否先給咱家看看？」

沈傲道：「怎麼?泰山也對宋夏的議和有興致?」

楊戩搖頭道：「咱家才沒興致管這個，咱家只是想知道，這國書裡頭到底是什麼？說不準……」他壓低聲音道：「說不準會招來大禍的。」

沈傲苦笑道：「泰山放心，不會有什麼大禍的，我還是先去見陛下了。」

楊戩搖了搖頭，嘆了口氣道：「總是讓人不放心。」說罷進去通報，才讓沈傲進去。

沈傲進了文景閣，卻發現趙佶不在，明明方才還聽到他和楊戩說話的，不由看向楊戩問道：「陛下去了哪裡？」

楊戩道：「陛下去換衣衫了。」

沈傲只好坐下。足足一炷香，趙佶才過來。今日的趙佶顯得無比的肅穆，戴著通天冠，身上穿著袞服，一雙眼眸淡漠地看了沈傲一眼，大大方方地坐下，慢吞吞地道：「沈傲來了。」

沈傲屈身道：「微臣是來呈送國書，好讓陛下過目。」

趙佶淡淡一笑道：「終於來了，讓朕心焦了這麼久。」抬眸看了沈傲一眼，目光定格在沈傲的臉上，道：「你的臉是怎麼了?莫非還有人敢打你?」

沈傲苦笑道：「左邊臉上的一巴掌是微臣自打，微臣身爲宋臣，竟然去爲西夏人做使節，來和大宋議和，討取好處，實在萬死。」

趙佶心裡想，你確實是萬死難辭其咎。板著臉道：「看來你還有幾分羞恥之心，拿國書來吧。」

接過國書時，趙佶的手不禁有些顫抖，深吸了口氣，翻開國書，第一條便是西夏正式向大宋稱臣。這一條其實早已有之，不過西夏人並沒有遵守，表面上是稱臣，其實關起門來還是老子天下第一。國書裡重申一遍，倒是顯出了西夏人的誠意。

趙佶暗暗點頭，抬眸道：「說到就要做到，我聽說西夏國主李乾順一向以天子自居，自欺欺人。」接著繼續去看後面的條款，一看之下，臉色頓時變了，他冷冷地抬起眸來，道：「這些都是你的主意？」

沈傲正色道：「陛下，這份國書是西夏的主意。」

趙佶將國書狠狠地拋在案上，冷笑一聲，突然覺得沈傲無比可惡起來，厲聲道：「朕要問的是，這國書是不是你擬定的？」

沈傲立即跪下，道：「臣萬死！」

「你當然萬死，該死的東西，朕哪裡薄待了你？天下人皆曰沈傲可殺，是朕冒著天下之大不韙，寧願做這昏瞶之主，也袒護著你，敕你做侯、做公、給你的王爵。你說要徹查花石綱，朕恩准；說要整頓海事，朕也放任；你要娶安寧，朕也給了你，浩蕩皇恩，你都忘了嗎？」

他手指著虛空，冕服的長長袖擺來回擺動，整個人歇斯底里地在閣中轉著圈圈，繼續道：「朕看錯了你！混賬東西！」

趙佶整個人都顫抖起來，順手砸爛了一處花瓶，道：「滾，滾出去，滾回西夏！」

沈傲跪在地上，依然一動不動，慢吞吞地道：「皇恩浩蕩，微臣不敢忘。」

趙佶冷笑連連，居高臨下地看著沈傲，嗤笑道：「不敢忘，不敢忘，你便是拿出這樣的國書來糊弄朕？」他負著手，顯然是氣極了，幾個內侍探進頭來看，被他一瞪，立即縮了回去。

沈傲抬頭，抬起浮腫的臉道：「微臣方才說，這左邊臉上的傷，是微臣自己打的，便是自責自己身為宋臣，身為陛下的臣子竟去給西夏人做鷹犬，實在該死。可是微臣還有一句，微臣右邊的臉，也是微臣自己打的。」

趙佶冷笑道：「打得好。」

趙佶漸漸冷靜下來，滿是疲倦地道：「罷了，好聚好散吧，朕和你說實話，蔡京鼓動朕殺你，若是朕聽了他的話，你現在已經橫屍這文景閣了。朕不殺你，是因為朕怕自己有朝一日會後悔，你走吧，這議和之事，朕不稀罕，異日若是你敢領兵來犯，朕定起天下之兵，御駕親征，與你決一死戰！」

沈傲臉上帶著幾分苦澀，道：「陛下……」

趙佶厲聲道：「走！」

沈傲站起來，道：「陛下能不能再聽微臣一言。」

趙佶冷著臉道：「時至如今，還有什麼說的？」

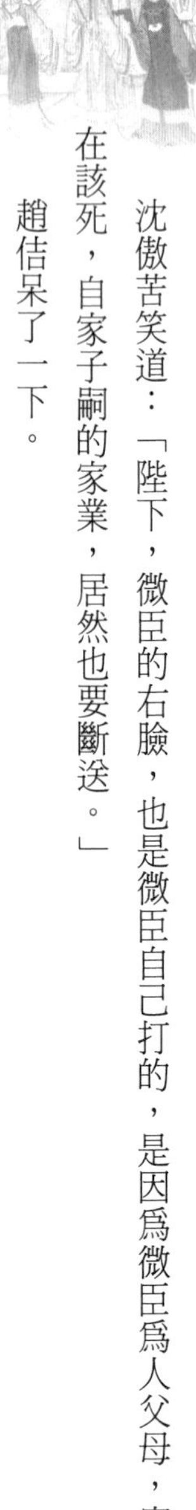

沈傲苦笑道：「陛下，微臣的右臉，也是微臣自己打的，是因爲微臣爲人父母，實在該死，自家子嗣的家業，居然也要斷送。」

趙佶呆了一下。

沈傲繼續道：「這份國書是議和的內容，可是微臣還要和陛下立一份密約。」

趙佶眼眸中多了幾分曙光，道：「你繼續說。」

沈傲道：「西夏地處西北大漠，桀驁不馴，要想徹底控制，唯有兩個辦法，其一是盡力征討，斬殺殆盡；另一個辦法是，移藩。」

趙佶深吸了一口氣，看著臉頰紅腫的沈傲，沉默了一下，隨即打起精神道：「移藩？繼續說下去。」

沈傲道：「遷徙黨項人口，可以去福建路，或者移至南洋各處，黨項人之所以爲禍，無非是西北貧瘠，不劫掠就無生路，將他們移到內陸，開拓土地讓他們耕種，百年之後，宋人和黨項人，又會有什麼分別？」

趙佶暗暗點頭，以往也有番人內遷，現在看來，確實與治下的漢民沒有什麼區別。

趙佶不由地道：「那西夏國該當如何？」

沈傲嘆了口氣，苦笑道：「西夏國既是向大宋稱藩，那麼遷藩也不是沒有可能，到時候陛下大不了尋個位置，仍保留西夏國，依大理的先例處置即可。」

沈傲的意思，便是用西夏的國土換取內陸的國土，黨項人之所以彪悍，是因爲地方困苦，遷居進內地，改變了作息生產，自然而然地失去了攻擊性。而大宋占了西夏，這裡本就是戰略重地，有了這塊土地，便取得了河套走廊的控制，使西京長安變得更加安全。況且三邊那邊土地肥沃，因爲有了西夏國，才導致荒蕪，只要占住了西夏，那麼便可以讓流民向北遷徙，數十年之後，村落和市集便會出現。

趙佶沉吟了一下，一個移藩，幾乎是徹底地解決了西夏問題，更誇張一些說，甚至是一勞永逸、兵不血刃地解決了糾纏在大宋頭上的心腹大患。解決了西夏，至少五十萬邊軍可以解脫出來，全力佈置在西夏一帶，借助西夏人修築的城牆，對付更加強大的金人。

只是……這樣做的結果，最大的受害者只怕就是沈傲了，沈傲如今是議政王，將來他的子嗣繼承西夏王爵，一個攝政王是肯定的，這個身分，只要厲兵秣馬，便是和趙佶平起平坐也絕不是夢話，可是一旦移藩，就意味著整個西夏國的力量徹底地土崩瓦解，西夏國將由一個獨立的王國變成一個半獨立的藩國。

趙佶的手微微顫抖起來，彷彿已經看到了畫卷，一個歷代先祖不能解決的問題，竟是在自己手中迎刃而解，果實摘取得太容易，讓他難以置信。

趙佶深望著沈傲，道：「你繼續說。」

沈傲繼續道：「西夏國主李乾順年歲已是不小，身體越發不如從前，微臣是議政王，只要李乾順……」

說到這裡，沈傲心裡嘆了口氣，才又道：「只要李乾順駕崩，微臣便可取得西夏軍政大權，到時內有微臣策應，外有大宋施壓，陛下可在福建路劃出一塊藩地，一面遷徙黨項人口往內陸，一面派軍進駐西夏，接管西夏防務，留在西夏的，大多數還是漢人，黨項人遷之一空，只要陛下下旨免賦三年，西夏百姓定然感恩戴德，再無禍患。」

趙佶捋鬚頷首，嘆了口氣道：「只是委屈了你。」

沈傲淡淡一笑，眼眸清澈無比地與趙佶對視道：「皇恩浩蕩，微臣無以爲報，再者，微臣生是宋人，死是宋鬼，微臣的子嗣亦是如此，豈可爲了私利而去爲禍大宋？」心裡卻在想，這樣做，於你於我都是雙贏的局面，天下爭霸，自己一點興致都沒有，讓自己去做漢武帝那樣的人物，還是饒了我吧。與其如此，倒不如把這個爭霸的名額讓出來，讓給你們趙家去做。

既然讓了利，你們趙家總要安置一下，少不得要尋個好地方讓西夏建立藩國，在那裡做個藩王，快樂逍遙，煩心的事，就交給你們趙家吧。

至於千百年之後的事，沈傲就顧及不上了，王朝興衰更替，也不是沈傲所能左右的，世上沒有不亡的王朝，說來說去，只是時間問題罷了。大漢朝現在在哪裡？大唐又在哪裡？羅馬在哪裡？便是後世號稱日不落的所謂大英帝國，還不是乖乖地滾回了自己的島嶼？

費盡千辛萬苦，得來的縱然是普天之下莫非王土，萬國來朝，可是終有一天，也會是白骨皚皚。眼看他起高樓，眼看他宴賓客，眼看他樓塌了。千古興亡事，又有哪家得了善終？

沈傲心裡唏噓，還是小藩王好，轉折的餘地大，做牆頭草，誰是草頭王，便去抱誰大腿，固然不可能世代顯貴，總不至家破人亡。再者沈傲畢竟是漢人，若是真讓他去和大宋爭什麼宏圖霸業，又有什麼意思？趙佶待他更是恩重如山，他雖是個斤斤計較的人，在這大義上，卻總不能什麼都棄之不顧。

李乾順終究還是想錯了沈傲，自以爲沈傲與他一樣，其實他卻錯得離譜，沈傲和他的手腕固然一樣，同樣的不擇手段，同樣的心狠手辣，可是目的卻是不同，李乾順要的是江山永固，要的是站在那高不可攀的金鑾殿上俯瞰他的子民，而沈傲所要的，無非是自在逍遙，看誰不順眼，一腳踹死而已。

趙佶胸膛起伏了幾下，忍不住道：「朕方才的話，你不要見怪，是朕孟浪了一些。你的忠心，朕今日已經體會了，異日若真是移藩，朕也絕不會讓你吃虧，江南東路如何？那裡土地肥沃，是大宋數一數二的豐腴之地，朕敕你們沈家爲平西王，世代享國江南東路，定下祖制，後世子孫斷不可撤除。」

平西王……沈傲呆了一下，這算什麼回事？這是大凶之名啊，平西王出了個吳三桂，他是漢奸，我是夏奸，天知道往後會不會和他落到同樣的下場？

沈傲立即搖頭道：「陛下，江南西路微臣不喜歡，這平西王，微臣更是不敢當。」

「不喜歡？噢，朕知道了。」趙佶淡淡一笑道：「你想要的是福建路？」

福建路多山，土地並不肥沃，唯一可取之處就是一個泉州，沈傲對那裡頗有好感，只是趙佶提出來，倒是讓他感到不好意思了，訕訕笑道：「泉州每年的稅賦便超過千萬貫以上，微臣豈敢奪陛下所好？」

趙佶板起臉，見沈傲恭順的樣子，更覺得愧疚不已；因爲一個西夏，朝堂每年給邊鎮的糧餉便超過千萬貫以上，再加上各種開支，足以抵一個泉州的歲入了，沈傲本就是個安逸之人，自然不能委屈了他，再者，海事還要他來處理，讓平西王一系代掌福建路海事，倒是不錯的主意。

大宋沃土萬里，自顧不暇，這汪洋大海的事當然顧及不上，歷來海事都是聽之任之的，沈傲一向對海事有興致，交給他，倒也放心。

趙佶沉默了一下，顧慮了得失，終於道：「若是有朝一日，這份密約能夠奏效，那麼朕便以福建路重建西夏國，敕沈傲一系爲平西王，世襲罔替，延續王祚。此外，南洋水師交由西夏國署理，以做釐清海事之用，朕若違此誓，天誅地滅！」

福建路再加一個南洋水師，沈傲一時怦然心動，福建路雖然只有西夏的三分之一國土，可是泉州這世界第一大港等於完全交在了沈家手裡，每年的賦稅隨著海洋貿易的擴張，必然會連年攀升。這還不算，有了南洋水師，豈不是連整個南洋也一併送了？南洋諸王，皆不是要以新西夏馬首是瞻？

將來大宋若是陸地之皇，而沈傲的子嗣將是名副其實的海洋霸主，這個好處，已經遠遠比西夏國豐厚得多。

沈傲不作猶豫，立即道：「陛下與我雖是君臣，可是在微臣眼裡，實則父子兄弟，今日沈傲在此盟誓，若得以掌控西夏，必拱手交由陛下，以全君臣之義、父子兄弟之情，若違此誓，生兒子沒有屁眼！」

咳咳……趙佶拼命咳嗽，老臉一紅，道：「好端端的誓言，怎麼到了你的口裡就變了味道。」

他吁了口氣，彷彿解決了一樁大事，笑吟吟地道：「西夏在朕看來，可有可無，朕今日最高興的，還是你沒有讓朕失望。來，坐下說話。」

沈傲頓時也輕鬆許多，趙佶心裡的芥蒂消除，這一層隔膜也就自然而然地捅破，笑呵呵地道：「陛下，微臣還有一件事要相告。」

趙佶心情大好，道：「在朕面前不要有什麼顧忌，但說無妨。」

沈傲道：「既是密約，今日只能陛下和微臣知道，便是太師，也決不能吐露半字。」

趙佶皺起眉，道：「太師不可信？」

沈傲淡笑道：「微臣手裡拿來的國書，便是出自太師的手筆。」

趙佶呆了一下，隨即拿起方才拋落的國書，驚訝地道：「太師的手筆？」

沈傲道：「這份國書，其實是西夏使節李諱草擬的，微臣卻知，那李諱近來和蔡京走得很近，若是微臣沒有猜錯，蔡京一定在陛下面前說了什麼吧？」

趙佶目光閃動，嘴角浮出一絲冷笑，道：「太師確實在朕身邊說了些話，朕已經明白了。」

有些話，不必說得太多，一點即通，結合蔡京此前的言行，再看這國書以及沈傲此後的話印證一下，立即就可以挖掘出許多東西。

沈傲看到趙佶的臉色漸漸變冷，心裡不免嘆了口氣，蔡京獨攬朝綱數十年，單憑這個罪名，只怕還遠遠不夠。他心裡冷冷一笑：「老狐狸，老子要反擊了，等著瞧。」

果然如沈傲所料，趙佶聽了沈傲的話，只是淡淡一笑，道，「可有真憑實據？」

沈傲搖頭。要真憑實據，沈傲自然有，只要把那西夏宗室拿了，拷打一番，什麼都能逼供出來。只是沈傲知道，便是有真憑實據，靠一個唆使西夏使節整治自己的罪名，只怕未必能讓趙佶對蔡京採取手段。

蔡京當政數十年，趙佶對他依賴甚深，這是趙佶惰性，也是趙佶最大的弱點。趙佶怕麻煩，整倒了蔡京，趙佶會惹來許多麻煩，而這些麻煩，恰恰是趙佶最不願意看到的。再者蔡京門生故吏遍佈天下，除掉一個蔡京，不知有多少人要連根拔起，趙佶不得不避諱一些。

當然，還有一個更爲重要的因素，蔡京和沈傲爲敵，雖說趙佶再三重申，讓他們和睦相處，可是身爲君王，心底深處到底怎麼想卻無人知道。沒有了蔡京制衡，趙佶終究放心不下。放眼大宋，又有誰可以取代蔡京的位置？

沈傲要除掉蔡京，靠的不是這個，這個罪名可以除掉王黼，可以除去王文柄，對蔡京，卻是無效。

趙佶淡淡一笑道：「既然沒有實據，就不要妄自猜測了，都是朕的左膀右臂，要和睦相處嘛。」

趙佶並不是不聰明，甚至從他的天資來說，絕對是歷代皇帝中的翹楚，只是這個聰明用錯了地方而已。不過在這個大是大非的問題上，他卻保持了一種出奇的謹慎，繼續道：「不過你放心，密約之事，天知地知你知朕知，再不會有其他人知道。」

沈傲道：「陛下這麼說，微臣就放心了。」他伸出手指了指那份國書，道：「這份國書……」

趙佶呵呵一笑道：「朕准了，你是鴻臚寺寺卿，遞一份大致的國書給西夏議政王，今後大宋與西夏化干戈爲玉帛，永不征伐。」

沈傲正色道：「陛下聖明仁武，微臣嘆服。」

趙佶哈哈一笑，走過去拍了拍沈傲的肩道：「朕已有了主意，這便敕你爲平西王，只是藩地之事，還要從容計較，慢慢來吧。」

「陛下……」沈傲欲言又止，平西王三個字，怎麼聽就怎麼覺得彆扭。

趙佶揮了揮手道：「就這般定了，明日廷議，朕親自草詔宣示。」

沈傲想了想，只能道：「謝陛下。」

從宮裡出來，已到了正午，沈傲愕然，竟忘了在宮裡蹭頓飯再走，搖了搖頭，翻身上馬：「回家！」

這一日入宮，對沈傲來說更像是一個交易，這個交易得到的成果實在太過豐碩，世鎮福建，手握南洋水師，假以時日，若是努力經營，整個南洋都可以做沈家的腹地，到了那時，便是後世的子孫與大宋交惡，大不了帶著艦隊下南洋，尋一片新大陸，世代開拓也沒有關係。

泉州是世界第一大港，維持一個強盛水師已是足夠，又有大宋作爲腹地，以現在南洋諸國的實力，又豈是沈家的對手？

這炙手可熱的海洋霸權，在這個時代看來，聊勝於無，只是沈傲卻知道趙佶送給沈家的，是一個偌大的前程。只要經營得當，必然成爲一支震驚世界的力量。

國書的內容終於傳了出來，輿論又是一陣譁然，諮議局已是鬧翻了天，偏偏這個時候卻傳出一個消息，蓬萊郡王要來諮議局清談，所有人都啞然，可是暗地裡卻有人竊喜。在這個節骨眼上去捅諮議局的馬蜂窩，沈傲是瘋了。

這個消息傳到蔡府，蔡京沉默了一下，問：「宮裡頭怎麼說？陛下有什麼風聲？」

「不知道。」

蔡京淡淡地喝了口茶，似乎覺得一切都太容易，越是這種時候，他反而越是謹慎起來，他要慢慢消化，要等國書頒佈之後，再做決定。

至於沈傲，回家吃了午飯，便佩了尚方寶劍，點了一隊校尉上百人，浩浩蕩蕩地往諮議局去。

這諮議局雖是沈傲提議創建，他卻是第一遭來，在這裡，幾乎成了清談罵人的頂級場所。更為可笑的是，明明是一群只知聖賢之道的讀書人，卻個個都如諸葛亮一般上知天文下知地理，梳理河道他們能議論，行軍打仗他們談起來也是唾沫橫飛。不過是一群不諳世事的人，偏偏能醫治百病，能運籌帷幄決勝萬里，能梳理河道，能知天象，知農桑，知刑獄，天下事無所不知。

怪就怪在這些無所不能的人，偏偏不能得到朝廷的重用，結果少不得捶胸跌足，這個大罵某某治理河道如何如何，大有一副若是換了老子去，必然馬到成功，若是有人問他用何種方法治理河道，往往他們會理直氣壯地大呼一聲：立身守正，河道自梳。

乍聽之下，自然是豪邁無比，可是深入琢磨，全是廢話，河道要是立身守正就能梳理，那大禹、李冰等人花了半輩子功夫測量水文，採取無數種疏堵辦法，結果居然連一個讀書人都不如?!

沈傲去諮議局，抱著的是遊戲的心態，從門房進去，便是一處儀門牌坊，牌坊上寫著「立身」二字。再往裡走，又是一處牌坊，上寫著「倡言」，此後一處處石碑，雕刻的都是一些時文。

沈傲直接步入諮議廳，這是一處占地極大的建築，足以容納數百人，沈傲的身影一到，立即便有人叫囂：「西夏狗滾出去！」

幾十個人衝過來將沈傲擠開，沈傲起手要去拔劍，眾人見他這個樣子，更是大怒，一齊衝上來：「西夏狗要行凶了，趕他出去！」這時候，一隊隊校尉才執刀湧進來，圍成人牆將沈傲擋住。

沈傲在校尉的簇擁下才得以脫身，冷笑連連，大叫道：「誰再叫，立即拿去武備學堂！以下犯上，這便是你們的聖賢之道？都退開！」

這句話起了一些效果，可是很快有人道：「漢賊不兩立！」於是又是一陣鼓噪。

沈傲心裡大罵了一句，高聲道：「誰再胡言便是小狗，生兒子沒屁眼！」

這一叫，立即安靜了。有時候，最簡單的辦法才最有效。

沈傲走到一處高臺，逡巡了片刻，才道：「漢賊不兩立，誰是漢，誰是賊？」

「你是賊！」有人大叫。

眾人哄笑。

沈傲冷笑：「我若是賊，你們又是什麼？」

「……」

「哪個叫樂顏？」

樂顏，正是昨日上書陳言三十大罪的那個樂先生，這樂先生被沈傲點了名，此時硬著頭皮站出來：「老夫便是。」

沈傲冷笑，從袖子裡掏出一本抄錄的奏疏，冷笑道：「狗屁不通的文字，也敢來賣

弄？」

他朝樂顏走過去，場面更加混亂，校尉們將兩邊的人流分開，大家以爲沈傲要行凶，卻又往前推擠，更有人大叫道：「士林清議，你沈傲也要管嗎？」

沈傲走到樂顏跟前，將抄錄的奏疏甩在他的臉上：「你的書讀到狗肚子裡去了，連家國不幸四個字都會用錯，你不是清直嗎？來，本王成全你。」

樂顏道：「你便是學富五車，才子無德，又如何？」

沈傲哈哈一笑道：「有沒有德是你說的嗎？莫非你成了孔聖人，說誰有德，誰便有德？」

樂顏啞然。

沈傲繼續道：「本王倡議宋夏議和，你說本王是奸佞，可是三邊連年征伐，邊關白骨皚皚，你爲何不仗義執言？花石綱殘害百姓，你爲何不仗義執言？你……不過是個以直取名的小人而已，還奢談什麼君子之德？口裡冠冕堂皇，肚子裡男盜女娼，也配和本王說什麼德行？」

樂顏臉色漲得通紅：「胡說八道，花石綱我也是執筆痛批過的。」

沈傲哈哈大笑道：「執筆？執筆的人多了，偷偷摸摸寫一篇文章，便是君子了，這世上的君子也太好做了吧。本王用筆，只作山水仕女，只書風花雪月，卻從不奢談清議，知道爲什麼嗎？因爲天下的事是做出來的，不是用嘴用筆去說出來寫出來的，本王問你，你口口聲聲說什麼仗義執言，那你可曾做過什麼有益的事？」

樂顏哆嗦了一下嘴唇，無奈何地道：「朝堂盡用奸佞，忠直之士報效無門。」

沈傲冷笑道：「本王給你一個報效的機會！」

眾人譁然，莫非是要抬舉樂顏做官？

沈傲慢吞吞地道：「若是在座的人誰願意，立即收拾了行囊，來王府拜謁，是非曲直，本王自然給你們一個公道。只要肯腳踏實地地做事，本王保舉你們。」

拋下這句話，沈傲已在校尉的拱衛下離去。

眾人方才被這沈楞子所懾，這時候想起來，竟把沈傲通敵賣國的事忘了，都是哀嘆錯失良機，該大罵幾句才是。

倒是有一些人卻是若有所思，那樂顏呆了一下，默不作聲地坐回茶座，似在猶豫著什麼。

第七十二章 平西王

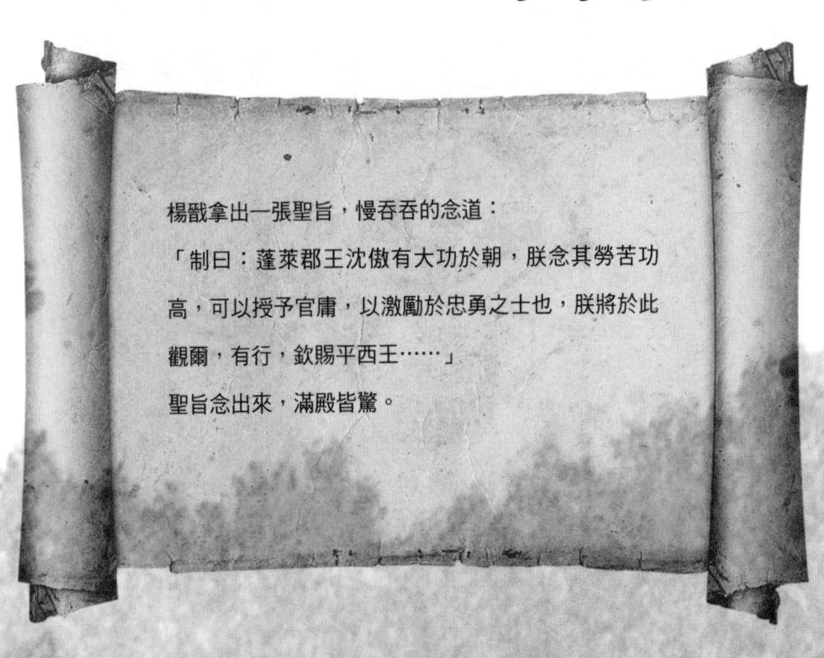

楊戩拿出一張聖旨，慢吞吞的念道：

「制曰：蓬萊郡王沈傲有大功於朝，朕念其勞苦功高，可以授予官庸，以激勵於忠勇之士也，朕將於此觀爾，有行，欽賜平西王……」

聖旨念出來，滿殿皆驚。

春天日頭起的早，到了卯時的時候，太陽便初露了端倪，揭開了這拂曉的黑暗。清晨的風有些冷，因此出門的人都特意加厚了衣衫，蔡府門前，一頂小轎已經等候多時，等到蔡京披著件大髦出來鑽入轎子，便迎著天際那一道曙光，朝著皇宮去了。

幾十年的習慣，蔡京總是最早到的，等他轎子停穩了，接著便是衛郡公、祁國公的轎子紛紛抵達，好像是論資排輩一樣，多少掐準了時間，誰也不會早來一分，也不會來遲一步。

蔡京從轎中出來，臉上佈滿風霜，看到遠處幾頂轎子停穩，也不去招呼，望著這巍峨的宮牆發呆。

今日的廷議，足以讓所有朝臣期待無比，有激動的，有緊張的，不一而足，那些剛剛步入官場的人或許還是懵懂，可是但凡能在班中有一席之地的人卻都知道，今日干係著一個郡王和一個太師的對決，鹿死誰手，就看今朝了。

三三兩兩的轎子來得越來越多，所有人落了轎，出奇的沒有去鼓噪，也沒有去交頭接耳，都是立在一邊，屏息等候。

蓬萊郡王若是完了，武備學堂會如何？舊黨該如何？泉州那邊的海事肯定也是要荒廢的。可要是太師倒了呢，當今官家的性子，大致的人都能摸出一點端倪出來，那麼接下來，首輔的人選會是誰？沈傲是不可能了，新黨倒是有幾個，就是不知官家怎麼想。

所有人此刻都在胡思亂想，在這漩渦之中，誰也別想抽身，這個時候若是一招不慎，或許就是身敗名裂了。

蔡京正想著心事，這時候，卻有個笑吟吟的人躡手躡腳的過來，這人外表俊爽，如沐春風，淡淡向蔡京道：「太師來的早。」

這是最基本的寒暄，可是蔡京對這人卻是一絲怠慢也沒有，朝他笑呵呵的拱手道：「士美守制三年，回到汴京，爲何不來老夫這裡坐一坐。」

這叫士美之人名叫李邦彥，這李邦彥的本事，便是蔡京見了都得小心翼翼，此人雖然也是進士出身，卻因爲生長在市井，習慣猥褻卑鄙，應對便捷，善調笑謔罵，能踢蹴鞠，經常以街市俚語爲詞曲，世人爭相傳唱，自號李浪子。

有人彈劾其行爲不檢，此後罷官，後來又不知什麼原因，又復爲校書郎。不久以吏部員外郎領議禮局，出知河陽，召爲起居郎。宣和三年的時候，更是一發不可收拾，一舉進尙書省，成了尙書右丞，只是那時候因老父病死，不得不離京守制，這個時候恰好回京，又因爲尙書省出了空缺，直接拔擢做了尙書左丞。

換作是兩年前，一個尙書左丞，蔡京看都不願意看一眼，可是這時，蔡京卻不能怠慢了，如今的蔡京再不是攬三省事的太師，石英占住了中書省，他手裡頭不過一個門下，這個時候，李邦彥的態度就變得極爲重要。

甚至可以說，三省之中，李邦彥倒向哪一方，都足以影響整個朝局。偏偏這李邦彥又因爲一向和舊黨另一幹將王黼不睦，如今王黼雖是被沈傲剷除，這一份芥蒂還在，所以蔡京到現在，還不明白這李邦彥的心思。

李邦彥爲人最善奉承人，不少人爭相爲他說好話，如今守制回來，一舉成了汴京大老之一，不容小覷。他笑吟吟的對蔡京道：「門下怕擾了太師的清靜，所以一直不敢冒昧造訪。」

蔡京呵呵一笑，誠摯的道：「你我相識十幾年，說這個就見外了，如今你已貴爲尚書丞，將來的前程不可限量。」寒暄了幾句，都是官場上的客套話。

李邦彥笑嘻嘻地道：「那改日門下登門。」說罷，腳步一轉，便又湊去和不遠處的石英招呼了。

石英與李邦彥，說關係也談不上，可是尚書左丞拋出橄欖枝，卻又不得不放下身段。李邦彥笑吟吟的道：「郡公三年不見，越發地精神了。」

石英只好和他寒暄，李邦彥如市井無賴一般的苦笑道：「下官早想與郡公親近，只是冒昧登門造訪，就怕唐突了郡公。」

石英笑道：「士美要造訪，舍下蓬蓽生輝都來不及，還說這等話做什麼。」

李邦彥眼眸一亮，立即道：「改日一定造訪。」嘻嘻哈哈的又道：「離京三年，早已物是人非了。」

正說著，卻是沈傲打馬過來。別人都是有規矩的出現，可是沈傲卻不同，今日是這個時候，明日說不準又是最先到，令人捉摸不透，不過這種官場的規矩，沈傲不搭理，誰也拿他沒有辦法。

李邦彥看到了沈傲，頓時小跑著過去，拱手道：「王爺。」

沈傲呆住了，做了這麼久的官，還真沒見過這麼殷勤的，當著這麼多人的面，大家點點頭，示示意也就走了，做官嘛，當然要矜持一些，這傢伙哪裡冒出來的？

他翻身下馬，按著尚方寶劍打量李邦彥一眼，此人生得倒是不討厭，且笑起來雍容華貴，也不見什麼諂媚，只是太唐突了一些，便道：「嗯，好。」管他認識不認識，招呼一下也就走了。

誰知道李邦彥笑吟吟的道：「王爺大恩大德，士美銘記在心，改日一定登門謝過。」

沈傲一頭霧水的與石英對視一眼，慢吞吞的道：「怎麼？本王給了你什麼恩德？」

李邦彥肅然道：「王黼此人多智善佞，下官與他早有嫌隙，王爺一舉令那王黼致仕回鄉，下官雖在鄉守制，卻是鼓舞萬分，因此今日特來謝過。」

沈傲撇撇嘴，心裡想，什麼東西，拍馬屁拍到本王頭上了，和他哼哼哈哈一下，也

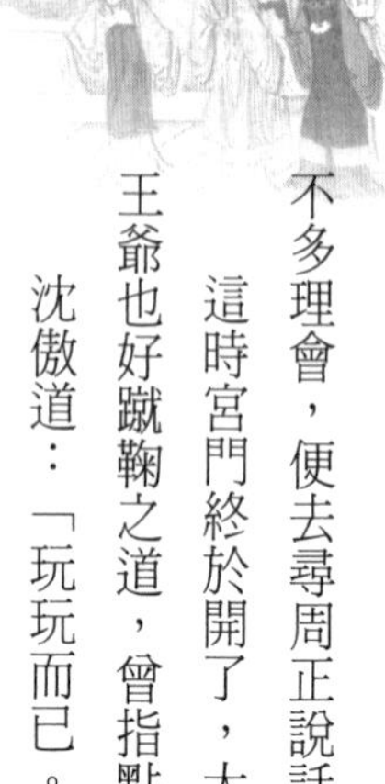

不多理會，便去尋周正說話了。

這時宮門終於開了，大家魚貫而入，李邦彥追上來，對沈傲道：「王爺，下官聽說王爺也好蹴鞠之道，曾指點過晉王蹴鞠隊，不知此事當真？」

沈傲道：「玩玩而已。」

李邦彥笑吟吟地道：「下官倒也知道一些蹴鞠之法，下一趟還要向王爺指教。」

進了講武殿，所有人按班站立，趙佶偏巧這時候冕服正冠上了金殿，張望一眼，目光落在沈傲身上，也不說什麼，只是抿抿嘴：「諸卿有事要奏嗎？」

「微臣有事要奏！」站出來的是禮部尚書楊真，出乎了所有人的預料。

楊真慨然道：「微臣聽說蓬萊郡王遞來一份西夏國書，可有其事否？」

沈傲抿抿嘴，心裡想：這老傢伙倒是頗有聲勢，當著皇帝的面問是否有其事，膽子夠大的。

趙佶挑挑眉：「確有其事，朕今日也打算提及，怎麼，楊愛卿有話要說？」

楊真道：「微臣還聽說，這份國書，西夏人處處得寸進尺，罔顧我大宋天威；微臣還要問，可有其事嗎？」

問到這個地步，所有人的心都不由得提起來，想不到廷議剛剛開始，便進入了正題，居然不是沈傲和蔡京先挑出來，而是一向不願黨爭的楊真率先提及。

趙佶雙眉一挑，顯然對楊真的態度有些氣惱，壓著怒火道：「沒錯，這份國書朕已經准許了。」

話音剛落，滿殿譁然，一時竊竊私語之聲傳出來，大家震驚的不是國書，而是趙佶對沈傲的態度，難道這沈傲的聖眷當真到了古今未有的地步？

蔡京臉色一變，深望了沈傲一眼，此刻的他，無論如何也想不通，爲何結局會是這樣。以他對趙佶的瞭解，沈傲拿出這份國書，在趙佶眼裡不啻於背信棄義，趙佶盛怒之下，便是殺頭也是常理之中，驅逐回西夏已算是顧全了情義，爲何趙佶回答的這樣輕巧，而沈傲居然還能安生的站在這裡？

一定有什麼疏漏，可是疏漏在哪裡？他一時呆立不動，整個人彷彿蒼老了十歲，卻是無論如何也想不通。

這個時候，已經有人躍躍欲試了，終於有人站出來道：「蓬萊郡王究竟是宋臣還是夏臣？何以爲西夏向我大宋索取好處，陛下，微臣懇請立即拿辦沈傲，治不忠不義之罪。」

「微臣聽說……」

「臣附議……」

「陛下待沈傲恩重如山，如今沈傲爲一己私利，卻以西夏來要脅我大宋，是可忍孰不可忍，這西夏國書，萬不能成全。」

趙佶深望了殿下一眼，無動於衷道：「朕如何做，還要你們來教？來，念旨意。」

原來有旨意……所有人都是屏息不動，且看這旨意是什麼。

楊戩站出來，拿出一張聖旨，慢吞吞的念道：

「制曰：蓬萊郡王沈傲有大功於朝，朕念其勞苦功高，可以授予官庸，以激勵於忠勇之士也，朕將於此觀爾，有行，欽賜平西王……」

「……」

聖旨念出來，滿殿皆驚，之前反對之人，都是一下子呆住。

蔡京臉色蒼白，額頭已是冒出冷汗，縱然他翻雲覆雨數十年，可是今日，卻實在是摸不著頭腦，破綻在哪裡，這其中到底出了什麼變故。可是越往深想，越是想不通。

沈傲已經站出班，朗聲道：「微臣何德何能，斷不敢受此厚賜。」

有人不由道：「親王之爵，一向不授予宗親之外，陛下便是要獎掖沈傲，也斷不能壞了祖制。」

說話之人，明顯是個年輕的官員，朝中的大老們好奇的看著這傢伙，心裡都在想，既然旨意出來，說明宮裡已經有了決斷，你這時候站出來，豈不是找死？

這官員見無人附和，竟也一下子呆住，原以為自己仗義執言，能引起無數人附和，誰知卻是這個樣子。

趙佶冷聲道：「你叫什麼名字，官居何職？」

這官員呆了一下，伏拜於地道：「微臣柳生，官授工部郎中。」

趙佶淡漠的道：「罰去交州，下去。」隨即又道：「朕意已決，諸卿不必多言。」繼續向沈傲道：「沈卿有大功於朝，乃國之梁柱，朕倚賴甚重，誰再胡言非議，朕絕不輕饒。」他不待群臣有所反應，已是拂袖而去。

所有人都呆住了，可是大家都知道，勝負已定，蔡京落了下風。

聰明的，已經朝沈傲簇擁過去，紛紛道賀，什麼祖制，連官家都不放在眼裡，再多說，烏紗帽保得住保不住都不一定，何不隨波逐流，哪管得了這許多。倒是如楊真這般的，這時候卻是冷笑著站起來，嗚呼一聲，快步出殿。

蔡京這時卻是醒悟過來，明明這麼好的機會，竟然錯失，沈傲非但沒有動搖，反而更加穩健，這場爭鬥，似乎已經結局可料了。深望沈傲一眼，心裡已經明白，沈傲下一刻必然會出手，自己若是沒有防備，只怕這最後的晚節要落在他的手裡。

正在這時，楊戩道：「陛下有口諭，沈傲和蔡京留下，其餘人散了。」

沈傲笑吟吟的應了，謝過了這些來道賀的，與蔡京對視一眼，不顯山露水的笑了笑，這時，那李邦彥過來道：「恭喜王爺，王爺升遷之喜，少不得要擺桌酒來教我等吃一頓才是。」

沈傲對這人有些厭惡，哼哈了一句：「下次再說。」便與蔡京兩個，互不作聲的朝後殿去了。

密約的締結，讓趙佶對國事又有了幾分期待，耐著性子看了幾份奏疏，拿起朱筆圈點了幾下，或是寫上幾句批語。接下來便是彈劾奏疏，彈劾奏疏都是紅本，近來並不多，倒是有一件興化軍的，引起趙佶的注意。

趙佶淡淡一笑，興化軍！沈傲在福建路，不就是用興化軍弭平了泉州路的官商？趙佶打開奏疏，眉宇驟然間沉了下去。

此時，沈傲和蔡京已經到了門口，內侍過來通報，趙佶揚了揚手道：「請他們進來。」

蔡京和沈傲魚貫而入，二人分別坐下，趙佶看了他們二人一眼，淡淡道：「這裡有一份奏疏，給你們看看。」

奏疏先是給沈傲看了，沈傲看著奏疏，眼眸不經意地閃過一絲笑意，心裡想，興化軍知軍的速度居然這麼快？才七八天功夫不到，就按著自己的意圖把彈劾奏疏遞上了，可見段知軍還算是個幹練之人。

沈傲故意做出一副驚訝的樣子，又將奏疏遞到蔡京手裡。蔡京翻開奏疏去看，臉色乍變，只見奏疏上寫著：

「臣興化軍知軍段海風聞稟奏，悉聞治內豪強蔡政恃強凌弱，勾結市井無賴，強搶民女，女烈，自縊而死，其女家屬抬棺申訴，官府不敢治罪，懇請陛下聖裁決斷。」

短短的一行字，在蔡京看來，卻是將他嚇了個魂不附體。他驚愕地抬起眸，看了沈傲一眼，只見沈傲一臉恬然，並沒有什麼異樣。握住奏疏的手不禁顫抖了一下，他突然有一種感覺，這段海彈劾的背後，一定有沈傲的身影。

自己做事四平八穩，諒那沈傲也尋不到把柄，可是蔡家這麼多口人，枝繁葉茂，沈傲若是……蔡京的臉色蒼白如紙，一下子嚇得心驚膽寒。沈傲這一計，確實打中了他的要害。

蔡京自認自己的罪行滔天，可是卻不怕人彈劾，便是沈傲靠這些也扳不倒他，因為他所犯的罪行，獨獨少了一樣，即是謀逆；就算沈傲要栽贓，以他的地位也不怕沒有申辯的機會。而其他的罪狀，說出來就更可笑，不管是花石綱還是其他事，這裡頭或多或少都牽涉到了趙佶，但凡牽涉到了當今天子，誰敢拿這個來和蔡京算賬？不啻是拿這個去和趙佶算賬。沈傲不愚蠢，甚至在蔡京心裡，巴不得沈傲細數他的罪狀，以圖得到反正的機會。

天下的權臣莫過於沈傲和蔡京，這二人所作所爲，都不可能白璧無瑕，偏偏在相互攻詰時，這一大一小兩隻狐狸，都是避免去糾舉對方的差錯，因爲一旦糾纏下去，極有可能會將天子拱出來，最後得到的結果只是兩敗俱傷。

可是沈傲這一手，卻是凌厲無比，蔡京所顧忌的，無非是蔡家，他已風燭殘年，再無牽掛，唯獨這個家讓他放不下。這時候拿這做文章，便是避開了蔡京這個刀槍不入的身子，而去攻擊他的軟肋。沈傲的手腕明顯比之從前更加成熟，也更加狡猾。

更令蔡京齒冷的是，沈傲能對他來這一手，偏偏他卻不能以其人之道還治其人之身，因爲沈傲有一個妻子是公主。

他臉色死灰地看完奏疏裡的一字一句，才是緩緩地抬起眸，只是整個人變得更老態龍鍾了，渾濁的眼眸裡只剩下渴求，道：「陛下……」

趙佶淡淡一笑道：「朕記得不錯，這蔡政，應當是蔡愛卿的嫡孫是嗎？」

蔡京無力地點了下頭。

「陛下……」正在這個時候，沈傲正色道：「臣有一言。」

他的一番話，立即將趙佶的目光引了過去，蔡京的手都要顫抖起來了，心驚膽戰地看向沈傲。

趙佶慢吞吞地道：「沈傲有什麼話要說？」

沈傲板著臉道：「蔡太師乃是國之梁柱，又是兩朝老臣，為陛下竭力，如今垂垂老矣，已到了遲暮之年。那蔡政雖是千錯萬錯，可是微臣以為，陛下應念在蔡太師的面上，放他一條生路，這份奏疏……」說著，沈傲呵呵一笑道：「只當做沒有看到吧。」

蔡京一愕，眼眸中閃過一絲疑色，可是隨即又閃露出更大的恐懼。人心險惡，沈傲豈會錯失如此良機？唯一的答案只有一個，沈傲志不在一個蔡政，這只是開始！他手上的奏疏陡然地跌落下去，整個人都呆住了。

趙佶哪裡有如此深的心機，讚許地向沈傲道：「沈傲說得對，和朕想的一樣，蔡愛卿一心為國，家事倒是耽擱了，此事作罷吧。」

沈傲朗聲道：「吾皇聖明，萬歲萬歲萬萬歲！」

趙佶又是呵呵一笑道：「朕叫你們來，原本是想讓你們和和睦睦，化干戈為玉帛，可是今日見沈傲這般，其他的話就不必說了。」

蔡京這時呆滯地朝沈傲道：「平西王寬宏大量，老夫……老夫感佩至極。」

沈傲淡淡笑道：「太師客氣。」

文景閣內，一下子顯得君臣其樂融融，趙佶心情大好，說了許多話，都是沈傲與他應答，蔡京竟是一句都沒有聽進去，恍恍惚惚，如坐針氈。

待沈傲和蔡京從文景閣裡一同出來，沈傲按著尚方寶劍走在前，蔡京尾隨在後，突然，他渾身顫抖了一下，叫住沈傲道：「平西王……」

沈傲駐足回眸道：「怎麼？太師有何賜教？」

蔡京呆了一下，艱難苦澀地道：「平西王的手段，老夫算是見識了。」他嘆了口氣，像是聊家常一樣，一邊顫顫巍巍地走，一邊道：「老夫一介布衣，到如今入朝拜相，數十年宦海，歷經安石公變法、幾起幾復，宦場沉浮已有五十年，平西王是最出類拔萃的一個，也是老夫最看不透的一個。」

沈傲閒庭散步地笑著道：「太師過獎。」

蔡京深吸了口氣，苦笑道：「一代新人換舊人，老夫愚不可及，竟是不自量力，如今才知道是騎虎難下。」他深望了沈傲一眼，又道：「老夫若是上書致仕，可以嗎？」

沈傲想不到蔡京在這個時候會說出這句話，看著這個風燭殘年的老人，此時再看不到他以往高高在上的氣焰，一雙眼眸中，只剩下悲涼。他弓著身體，彷彿已經不堪身體重負，整個人隨時都要摔倒一樣。

迎著這雙渾濁的眼眸，沈傲淡淡一笑道：「太師致仕，為何要問本王？」

蔡京吁了口氣，眺望遠處紅牆玉磚，慢吞吞地道：「老夫老了，這天下，是該換人來掌握了，只求平西王能留老夫一條退路。」

蔡京的眼眸這時才煥發出一絲光彩，帶著企盼看向沈傲，只要沈傲點一個頭，他便可以輕鬆一些。鬥了這些年，從復起的意氣風發，再到如今的黯然頹喪，他所求的，無非是網開一面而已。

沈傲會答應的，蔡京有這個直覺。

沈傲握緊了尚方寶劍的劍柄，停下不動，隨即那握緊劍柄的手又輕輕鬆開，臉上一副似笑非笑的樣子，似在猶豫，又像是早有了計較。

隨即，沈傲淡淡一笑，如沐春風，看著這個風燭殘年的老人道：「太師，有一句話，沈某人不吐不快。」他突然朝蔡京拱手，深深一鞠躬，正色道：「太師的智計和手腕，沈某人平生未見，沈傲能有今日，是因為太師一直是沈傲的楷模。」

他這一記重禮，完全是以師禮的態度對待，蔡京慌忙一避，表示不敢接受。

沈傲直起腰來，目光卻是落在遠處的萬歲山上，那飄渺的山影矗立在宮牆之外，他慢慢說道：「萬歲山美奐絕倫，令人留連忘返。」

他突然笑起來，這一聲笑，讓迎面過來的幾個內侍立即止步，不敢過分靠近。沈傲手指著萬歲山道：「可是這座萬歲山下，有多少白骨？徵集民夫十萬，糜費錢糧數以億貫，為了這一山一石，多少父母失去了兒子？多少妻子沒有了丈夫？太師為了諂媚陛下，上書督造此山時，可曾想過放他們一條生路嗎？百姓苦太久矣，汴京的萬歲山、蘇杭的花石綱，千千萬萬人，只因太監的諂媚而流離失所。太師以新政之名，強取募奪，

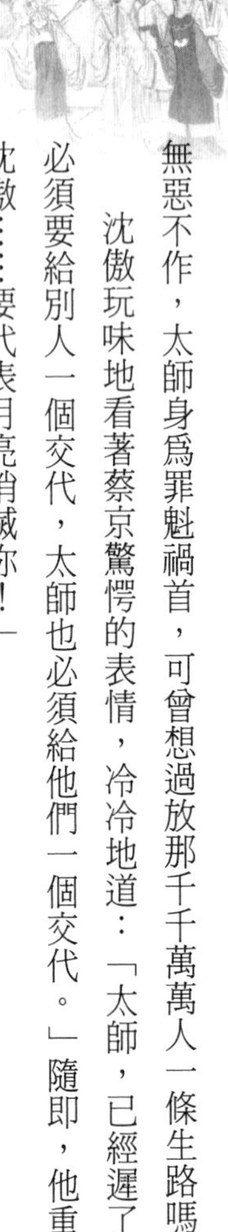

無惡不作，太師身爲罪魁禍首，可曾想過放那千千萬萬人一條生路嗎？」

沈傲玩味地看著蔡京驚愕的表情，冷冷地道：「太師，已經遲了，事到如今，本王必須要給別人一個交代，太師也必須給他們一個交代。」隨即，他重重地道：「我……沈傲……要代表月亮消滅你！」

言罷，不再理會呆滯的蔡京，按住劍柄，毫不猶豫地飄然而去。

蔡京呆呆地看著沈傲的背影，又看了一眼萬歲山，春風習習，涼涼的，有一種刺骨的冰涼！

大宋歷朝以來，權鬥都是適可而止，致仕、貶斥便落下帷幕，當年王安石與司馬光爭權，新舊黨更替，無非也就是罷官而已，牽連到家人的，幾乎少之又少。這個潘朵拉盒子，最先開啓的卻是蔡京自己，而如今，沈傲也不介意以彼之道還施彼身。

蔡京渾渾噩噩地回望了一眼宮牆，隨即鑽入轎中。「回府，叫個人去把條兒叫來，要快，不要耽誤。」

從蔡京的聲音聽來，已變得鎮定起來，見多了驚濤駭浪，坐入轎子之後，他又恢復了平靜。既然沒有了退路，那麼就要預先做好準備，這個時候，鎮定自若極爲重要。

那些門生和黨羽大致已經察覺出了一些端倪，只怕是指望不上了，現在事情出來，只能靠蔡絛了。

等到蔡京回到蔡府，蔡絛也恰好心急火燎地回來，父子二人在府門口撞見，蔡絛方才也參與了廷議，自然知道發生了什麼，臉色蒼白地道：「父親……」

蔡京淡然道：「進屋說。」

父子倆一前一後步入正廳，僕役們要來伺候，蔡京冷聲道：「都出去，沒有老夫的吩咐，誰也不許進來。」

幾十年來，蔡絛從未見過父親這個樣子，心中頓覺不妙，道：「父親，咱們蔡家再不能和沈傲爲敵了，這樣的國書都扳不倒他，反而從蓬萊郡王成了平西王，我大宋歷經百年，從未有外姓有過這等的尊榮，沈傲的聖眷，讓人心涼。」

蔡京冷哼一聲，道：「我們不與他爲敵，他就會放過你我了嗎？不要再心存僥倖了，事到如今，只能與他周旋到底。」

蔡絛臉色更顯蒼白，唯唯諾諾地道：「是，是，只是眼下……」

蔡京打斷他道：「老夫今日要說的就是眼下，實話告訴你，興化軍那邊的彈劾奏疏已經遞上去了，蔡政這個糊塗蟲，哼，不知死活的東西。」罵了一句，隨即道：「沈傲這一次對付的不是老夫，而是你們，若是這般下去，我蔡家一家老小都要葬送，無論如何，也不能再放任了，你立即上書，辭去兵部尙書，這尙書不做也罷。」

蔡絛呆了一下，道：「爹，沈傲所顧忌的，不就是咱們父子嗎？若是兒子辭了官，豈不等於任人宰割？」

蔡京冷笑道：「你便是尚書，在他眼裡也是任他宰割，你上疏辭官，就用子弟不恭爲理由，說要回福建路老家去教育子弟。陛下念老夫勞苦功高，自然是不准的，前幾日福建路提刑使告老還鄉，朝中正在商議合適的人選，到時只要叫個人到陛下面前提及一下，這提刑使肯定會落在你的頭上，在這汴京，你一個尚書又算得了什麼？可是到了福建路，一個提刑使上馬署理刑獄軍政，可調動一路廂軍，那沈傲才會有所忌憚。」

蔡京的一番話，令蔡絛豁然開朗，蔡京這一手確實厲害，捨尚書去做提刑使，表面上是貶官，沈傲在泉州、興化軍樹大根深，可是蔡絛拿下了福建路的提刑使，至少蔡家在興化軍無論如何也算是有了一拼之力，沈傲要動手，豈能不有所顧慮？內有蔡京，外有蔡絛，眼下雖不說能扳倒沈傲，至少蔡京在一日，興化軍的蔡家就還能保全。

蔡絛略略一想，道：「孩兒明白了。」

蔡京嘆了口氣，道：「去了那邊，該謹慎時要謹慎，可是該不客氣的時候也不必客氣，廂軍那邊，要知道收買人心，到時候自然有用到他們的地方。」

蔡絛道：「孩兒分得清輕重。」

蔡京搖頭苦笑道：「你分不清，和攸兒比起來，你差得遠了。攸兒……」蔡京大聲道：「來人，準備好轎子，去胡樂坊。」

「胡樂坊……」蔡絛的眼眸中閃過一絲陰鬱，道：「父親，理他做什麼？」

蔡京苦笑道：「涉及到我蔡家滿門，攸兒再不爭氣，也該是向著我們的，兄弟同心，其利斷金，攸兒的本事，你差得太遠。」

說罷，蔡京抬腿出去，到了門房，坐了轎子，徑直往一處街坊去了。

第七十三章 浪子宰相

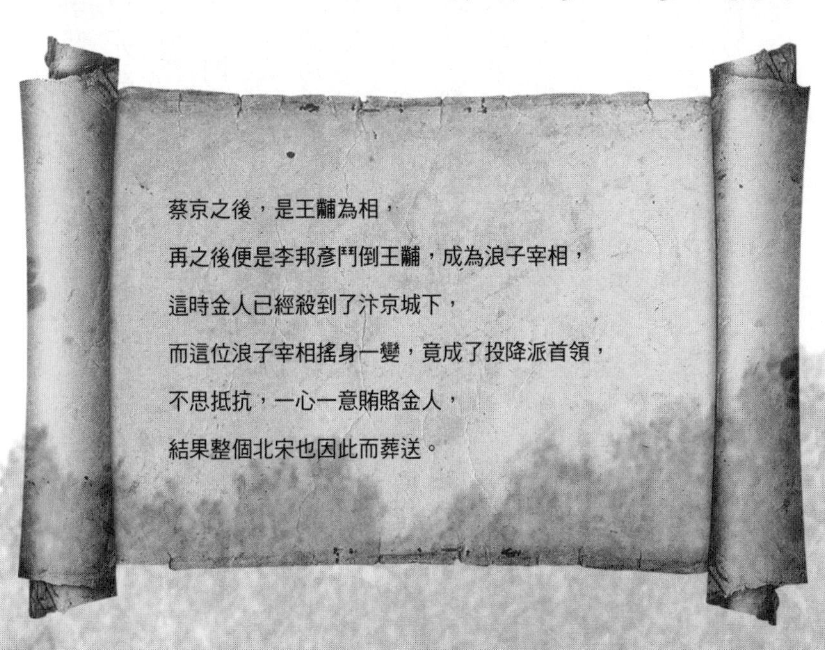

蔡京之後，是王黼為相，
再之後便是李邦彥鬥倒王黼，成為浪子宰相，
這時金人已經殺到了汴京城下，
而這位浪子宰相搖身一變，竟成了投降派首領，
不思抵抗，一心一意賄賂金人，
結果整個北宋也因此而葬送。

這胡樂坊也是高官的宅邸，只是有一處已經顯得有些敗落了，蔡攸當權的時候，何其風光，誰知一個花石綱，在蘇杭竟是落了個罷官思過的下場，從高入雲端到跌至谷底，蔡攸的府邸也從顯赫一時迅速地衰敗下來，沒了聖眷，蔡攸什麼都不是。

蔡京的轎子在這裡停穩，門房只是個老僕，見了蔡京，連忙過來接了。

蔡京看到這門可羅雀的府邸，吁了口氣，對老僕道：「攸兒在哪裡？」

「回老太爺的話，大老爺病了。」

蔡京嗯了一聲，踱步進去，一面道：「帶我去看看。」

蔡攸確實病了，宦海沉浮，從雲端跌下來，在這府上憋了兩年，心中的鬱鬱不得志迸發出來，已讓他枯瘦了許多，躺在榻上，榻前雖有人照應，卻有一種說不盡的蕭索，蔡京進來時，他的眼眸警覺起來，隨即別到他處去。

蔡京什麼也不說，直接坐到榻前，抓起蔡攸的手腕，爲他診脈。

七八年前，也是這個場景，有一次蔡攸去蔡京那裡探望，看到有人與蔡京商議國事，下官們見到蔡攸來了，便回避開，蔡攸匆忙握住蔡京的手，對蔡京道：「父親脈搏舒緩，恐體有不適之兆。」蔡京則是笑吟吟地道：「無也。」

等蔡攸匆匆走了，下官們才出來問蔡京此人是誰，蔡京回答道：「這是吾兒，欲試吾也。」

這番話，可見父子之間的薄涼，那個時候的蔡攸，滿心希望蔡京身體不適，好取而代之，而如今，落到這個下場，被蔡京抓住了脈搏，卻只是木然地與蔡京對視一眼，道：「父親前來，有何見教？」

蔡京專心把脈，隨即嘆了口氣道：「攸兒脈絡不清，恐是心憂成疾之兆。」說罷放開蔡攸的手，才是慢吞吞地道：「為父離攸兒的處境也不遠了。」

蔡攸雙眉一挑，道：「何故？」雖說從前交惡，可是這時候，蔡攸也明白，自己還有命在，天家不過是看在蔡京的面上，蔡京若也是淪落到這般境地，他蔡攸的日子就越發不好過了。

蔡京繼續慢吞吞地道：「方才興化軍送來一份奏疏，彈劾的是蔡政不法。」

蔡攸臉色一變，道：「又是那沈傲從中挑唆？」

蔡京頷首點頭。

蔡攸絕頂聰明，立即就明白了其中的關鍵，咬牙切齒地道：「他這是要將蔡家滿門置於絕地了。」

蔡京道：「攸兒可有什麼辦法嗎？」

蔡攸面如死灰地嘆息道：「我這個樣子，又能做什麼？父親保重便是。」

蔡京搖頭道：「為父打算上疏，讓攸兒去福建路。」

蔡攸精神一振，道：「陛下會肯嗎？」

蔡京道：「有七成把握，待罪了兩年，陛下的怒氣也該消了，你從前在邊鎮領過軍馬，這一次讓你去廂軍頂個空缺，應當沒有問題。」

蔡攸咬牙道：「若如此，絕不讓沈傲動蔡家分毫。」

蔡京欣慰地道：「爲父就是這個意思，老二蔡絛去做提刑使，你任廂軍指揮，再加上一些門生故吏，福建路可以固若金湯了。只是你和絛兒的仇隙，不可再滋生了，咱們蔡家大禍臨頭，到了這個時候，再去計較私仇，只會讓人抓住把柄。」

蔡攸嗤笑道：「父親還是那個樣子，這些話不必說了，蔡攸不是蠢物。」

蔡京站起來，也不說什麼，像是了卻了一樣心事，顫顫巍巍地走出去。

恰在這個時候，沈傲回到家中，立即叫來劉勝，吩咐道：「立即叫人去傳信，知會南洋水師和興化軍知軍，興化軍蔡家，一個人都不許走脫，都給我看好了。」

劉勝在府上也有三四年，也算是沈傲的心腹，沈傲的許多事也不避諱他，聽了沈傲這般吩咐，劉勝興奮地道：「小人這就去辦。」

沈傲淡淡一笑，回到後院去。與蔡京徹底攤牌，這種明爭暗鬥，讓沈傲顯得很是疲倦，以至於這幾日，連武備學堂和鴻臚寺都沒有去，穿過一道月洞，沈傲的心情總算颯爽起來，遠眺到蓁蓁幾個正在簷下說著什麼，嘻嘻哈哈地過去。

簷下擺了個桌几和凳子，唐茉兒見沈傲來了，立即端來茶點，眨了眨眼睛道：「夫君這幾日都去做了什麼？總是一副無精打采的樣子。」

沈傲笑嘻嘻地道：「見了茉兒，精神也就來了。」

眾女都笑了，說沈傲沒個正經，沈傲板起臉，一本正經地道：「半個月之後，我可能要去福建一趟，最多一個月就能回來。」

蓁蓁驚訝地道：「這才回來幾天，又要出去？」

沈傲嘆了口氣，道：「爲夫腳不沾地，說來說去還不是爲了這個家？說得倒像是爲夫去尋花問柳似的。」說著，臉上帶著些許歉意地道：「再過兩年，把這些瑣事都做完了，我這平西王就不再操心其他的，一心一意做個好夫君，終日陪著你們。」

安寧啓齒笑道：「你說的話從沒算數的。」

眾人又笑，眼眸卻不約而同地亮了起來。

汴京城一下安靜下來，安靜的背後，卻又是暗波湧動，幾處官宅聚集的街坊，都是高門緊閉，偶爾會有幾個小廝匆匆進出。

近來的汴京，實在太過詭異，各方的大老這時候都沉寂下來，謹慎地搜集著任何有

用的消息。

李邦彥無疑是個另類，這位剛剛起復的尚書左丞，無疑是最大剌剌的，當天下午，便先去拜謁了石英，次日去見了晉王，晉王最好蹴鞠，與他相談甚歡，頗爲歡愉，據說那一向放浪的晉王竟是親自將李邦彥送出府去，這個面子，便是蔡京也掙不到。

到了當天下午，在家只歇了一個時辰的李邦彥，便帶了禮物去了祈國公府登門。這般的高調，倒也符合他李浪子的風格，三教九流，各種交道他都打得通。

只是到了第三天，李邦彥卻閒了下來，從他府裡流出來的消息是說，本來他今日是要去拜謁平西王的，結果卻因爲所備的禮物不合意，又改了日子，李浪子送禮，最是合乎別人的心意，據說對平西王的喜好卻是摸不透，所以選擇的禮物改了幾次，都覺得不如意。

只這一份心意，就足以看出李浪子對平西王的重視，平西王喜怒無常，倒是不知道他會怎麼想，可若是換了別人，心裡頭肯定對這李浪子另眼相看，這般的費盡心機，禮雖未送到，單這份心意就足以令人對他生出親近了。

李邦彥的府邸其實並不大，再加上守制回來，只是稍稍修葺了一下，所以顯得樸素得很。好在李浪子也是個雅人，尤其是在這春意盎然的天裡，宅子裡頭栽了許多蘭花、牡丹，這時綻放出來，有一種說不出的炫目。據說便是晉王妃，都曾到這裡借過花種。

靠門房的地方則是一處占地不小的蹴鞠場，場中鋪了細沙，五個鞠客正在練著蹴鞠，李浪子的蹴鞠隊，在整個汴京都是數得上名號的，不少喜好蹴鞠的王公大臣，時常會來這兒轉一轉，與李浪子一起看他們操練。

再往裡，就顯得靜謐了，裡頭是一處牌坊，牌坊上頭只寫著一個善字，行書渾厚，頗有幾分大家之氣，這自然是出自李邦彥的手筆，李邦彥的行書雖說距離沈傲、蔡京這樣的大行家差了幾分，在汴京卻也是出了名的。

牌坊之後便是林立的閣樓，被鬱鬱蔥蔥的樹木遮擋，露出一點端倪出來，讓人一時分不清到底是閣樓藏在樹中，還是樹藏在閣樓中，有著說不出的雅致。

這裡的小廝都極有規矩，很有大家的風範，走起路來都是躡手躡腳，也從不交頭接耳，可見李邦彥雖是行事放浪了一些，家教卻是嚴謹的。

這時，一個老僕匆匆地穿過牌坊，到了一處廳堂門口停下，低喚一聲：「老爺……」

裡頭一個聲音道：「進來。」

李邦彥今日穿的是常服，雖是年過中旬，眉宇之間卻有一股俊朗之氣，他掀開茶蓋，正在低頭喝茶，忍不住嘖嘖一聲，眉宇之間緩緩地舒展起來，朝進來的老僕道：「武夷岩茶，果然名不虛傳，往後知會茶房一聲，本官就喝這茶了。」

老僕笑吟吟地道：「這茶是由泉州快馬捎來的，老爺要喝，老奴這就吩咐一聲，叫人再快馬多送來一些，汴京城裡也有賣，只是味道終究差了一些，除非到邃雅山房去，那裡的茶水是一等一的好。」

李邦彥呵呵一笑，道：「少說這些閒話，老夫要的畫都收來了嗎？」

老僕道：「一共收了二十三幅，價值可是不菲，有一幅仕女圖，更是價值五千三百多貫。總計算下來，這些畫至少要三萬貫。」

三萬貫對李邦彥這樣的人來說，說多不多，說少也算不少，他笑了笑，道：「錢，直接從帳房裡支取就是，再叫人收購，還是那句話，有多少，本官收多少，不必在乎錢財。」

這老僕眼眸中閃過一絲不捨，道：「老爺，花這麼多錢，收了那平西王的畫作，又轉送回去，平西王當真高興？怕就怕銀子花出去，卻打動不了人家；再者說，老爺是尙書左丞，平西王再是高貴，也不至這般逢迎。」

老僕顯然是李邦彥的親信，否則也不敢說出這些話來。

李邦彥不以爲意地喝了口茶，笑呵呵地道：「老夫收這些畫，便是要哄抬平西王畫作的價值，自家的東西貨值攀升，還會有人心裡不高興的嗎？」隨即，他冷冷一笑道：「這平西王不巴結也不成，眼下他與蔡京還沒有見出分曉來，這個時候老夫去拜謁，最能打動平西王的心思。再者說，蔡京的死期也不遠了，蔡京敗落，這大宋一言九鼎的人，還會是誰？」

老僕驚訝地道：「不是官家？」

李邦彥哂然一笑，道：「在外頭，當然是官家最大，一言九鼎！可是自家關起門來，卻是沈傲最大，聖眷如此，官家對那沈傲言聽計從。官家又處在深宮，哪裡知道外頭是什麼樣子？還不是他沈傲說什麼就是什麼？便是指鹿爲馬，那鹿就是真的馬。」

頓了一下，李邦彥繼續道：「蔡京敗落，官家必然要尋個人來主持政務，沈傲是不成的，他是平西王，又掌著軍馬，便是官家下旨，他也肯定會推辭不受。眼下有資格能頂替蔡京的，不過寥寥幾人罷了。老夫可算一個，只可惜剛剛守制回來，陛下不一定能想到。至於衛郡公石英，他是開國公爵，按理，能進中書省就已經到頭了，其餘的幾個也都不成氣候，就算是拉拔上去，早晚也要被人趕下來。老夫要想進門下，沒有沈傲點頭也是不成。」他微微一笑道：「晉王是條路子，太后那邊就不成問題，現在就缺平西王了。」

李邦彥悠悠然地喝了口武夷岩茶，淡淡笑道：「原本奔喪守制的時候，老夫心裡頭還滿不痛快，現在想來，這三年的蟄伏倒也不虧，那平西王冒頭這麼快，說不準什麼時候得罪了他，只怕老夫也要步王黼的後塵，現在回來，不是恰好嗎？這是時運，合該我這浪子也該嘗一嘗首輔的癮頭了。」

老僕聽他興致勃勃地說著，再糊塗也明白這裡頭的干係了，咬了咬牙道：「老奴再去收，有多少收多少來。」

李邦彥頷首點頭，將茶盞放下，道：「還有一件事，吩咐府裡的人，這些日都小心一些，不要惹是生非，更不要和人多說什麼，尤其是蔡家的人，離得越遠越好。」

老僕道：「老爺放心，一定吩咐下去，絕不會壞了老爺的事。」

李邦彥呵呵一笑，等那老僕走了，忍不住哼起市井的詞兒出來：

「誰曾道，小娘這般薄情，吾欲奔那江頭，一頭栽……」

李邦彥的動靜，弄得整個汴京都知道，劉勝也聽到了消息，興沖沖地去和安寧說。

安寧蹙著眉，臉上浮出淡淡紅暈，啓齒道：「這個李邦彥，竟是這樣有心，爲什麼夫君卻說這人是賊？還說什麼奸賊之首，最是壞透的人。」

蓁蓁在旁笑吟吟地道：「我倒是聽說這人和氣得很，從前在汴京，就是鼎鼎大名的人，許多人都說他是個好人呢。」

唐茉兒卻是蹙著眉道：「這也沒準，大奸大惡的人，哪個是壞人了？」

春兒在外頭操持著邃雅山房，這時候表現得最有主見，道：「這人我也聽說過，邃雅山房有許多讀書人也都提及過他，說他琴棋書畫樣樣精通，更在街頭巷尾學會了吹彈歌舞，蹋球唱曲的本領，還特別喜歡結交進京趕考的書生，與他同鄉一帶的舉人入京，都會去拜訪他。」

春兒皺了皺眉，繼續道：「不過，此人結交的三教九流實在太多，這麼多人為他吹噓，在我看來，卻像是個嘩眾取寵之人。」

眾女聽罷，紛紛抿嘴笑道：「名氣大怎麼就嘩眾取寵了？」

春兒正色道：「這是我胡猜的。」

「春兒沒有猜錯！」

正是眾女嬉笑之際，沈傲卻不知什麼時候來了，笑呵呵地道：「這世上人人交口稱讚的，往往都是大奸大惡之徒，真正的君子，不向外宣揚，不出去浮誇，又有幾人知道？」

眾女見是沈傲來了，霎時咯咯笑起來，安寧道：「夫君為何說這樣的話？莫非也有一番道理不成？」

沈傲板著臉道：「當然有道理，本王做了這麼多好事，尚且被人罵得狗血淋頭，好人被當做了過街老鼠，那壞人在那些無知之徒眼裡，自然是絕頂的好人了。」

眾人又笑了起來。

沈傲對這李邦彥，倒也沒什麼成見，只是依稀記得，此人名氣雖然比不得蔡京，可是對北宋的害處卻很大，蔡京之後，是王黼爲相，再之後便是李邦彥鬥倒王黼，成爲浪子宰相，這時金人已經殺到了汴京城下，而這位浪子宰相搖身一變，竟成了投降派首領，不思抵抗，一心一意賄賂金人，結果整個北宋也因此而葬送。

對這樣的小人，沈傲自然懶得去理會，如今卻聽到李邦彥的聲名都已傳入了家裡頭，心裡頗爲不悅，胡扯了幾句，道：「午時過了，我還要入宮一趟。」說罷，便起身要走。

安寧問道：「怎麼，父皇召你入宮嗎？」

沈傲笑呵呵地搖頭道：「閒著沒事，去轉一轉。」他當然不會告訴安寧，自己已經掐好了時間，興化軍第二份彈劾奏疏已經到了，而過了午時，又正好是趙佶看奏疏的時候，這個時候進去，沈傲圖謀已久。

從家裡來，眼看時間已經有些遲了，沈傲急促促地到了正德門，直接打馬進去，一直到文景閣不遠處，停下馬，直接去宮中覲見。

趙佶在文景閣裡，正隨手撿著奏疏看，他看奏疏，都是略略流覽過去，前幾日好不容易打起幾分精神，如今一下又洩了氣。只是彈劾奏疏他卻不得不認真去看，趙佶雖懶，卻也知道自己放出去的權柄太多，若是連彈劾奏疏都不看，他這皇帝就當真是一切都蒙在鼓裡了。

又是一份興化軍的彈劾奏疏，趙佶不禁皺起眉，目光吸引在這奏疏上，隨手拿起翻開看了看，上面寫道：

「微臣興化軍知軍段海風聞稟奏，悉聞治內豪強蔡濤指使市井無賴當街毆死無辜百姓三人，令人髮指，事涉太師，微臣不敢擅專，懇請陛下專斷。」

趙佶雙眉鎖緊，忍不住道：「又是蔡家。」隨手將奏疏拋到一邊，顯得有些煩躁，後頭的彈劾奏疏，已經沒有興致看了。

這時候內侍進來，恭敬地道：「陛下，平西王覲見。」趙佶的眉宇這才緩緩地舒展開，道：「讓他進來。」

沈傲闊步進來，看了奏疏一眼，隨即道：「微臣該死，陛下正勤於政務時卻來叨擾，請陛下恕罪。」

趙佶呵呵一笑，招了招手道：「來，坐下說話。」

沈傲在文景閣裡坐下，眸光一轉，落在御案上已經翻閱過的一本彈劾奏疏上，心裡想，多半就是這本了。

趙佶指著那本奏疏，不悅地道：「這份奏疏，你也來看看。」

沈傲求之不得，走過去拿起奏疏，看到前面「微臣興化軍知軍」幾個字，心下已經瞭然，緩緩地將奏疏放下，淡淡一笑道：「陛下，近來聽說在坊間，微臣的畫竟是連漲了數倍，微臣心裡便在想，若是這個時候，每日多畫幾幅賣出去，只怕不用親王的俸祿，便足夠養家糊口了。」

趙佶見他顧左右而言他，不由地道：「這份奏疏你怎麼看？」

沈傲見趙佶問起奏疏，欠身正色道：「陛下，太師一心爲國操勞，事無巨細皆要過問，自然對子侄的言教鬆懈了一些，還請陛下念在太師老邁，這份奏疏，只當沒有看過吧。」

趙佶頷首點頭，欣賞地看了沈傲一眼，道：「你能有這個肚量，朕心甚慰。」臉上帶著笑容，繼續道：「朕方見了，確實心有不悅，蔡家之人在興化軍接二連三的目無法紀，實在是該死。現在想起來，朕就算是看在蔡愛卿的薄面，此事就罷了。」他沉吟了一下，又道：「要不要下旨意申斥一下？」

沈傲搖頭，無比神聖地道：「事涉太師，若是陛下申斥其家人，天下人會怎麼想？多半是以爲太師失了聖眷，沒準會有人錯察聖意，弄出什麼風波來，再者說，這件事還干係著太師的聲譽，若是大張旗鼓地下旨意出去，只怕太師的面子上也不好看，他年紀這麼大了，陛下於心何忍？」

趙佶聽了，連連點頭，心裡想，沈傲這傢伙平時瘋瘋癲癲的，怎麼今日卻能說出這麼得體的話來？隨即一想，只當是沈傲漸漸成熟，也就不再多慮。

轉念又是一想，突然覺得沈傲的話有些不對，眼眸一閃，趙佶道：「還是你想得周全。方才你說蔡愛卿事無巨細皆要過問，又是怎麼回事？」

沈傲心裡想，就等你問這個，故作一頭霧水地道：「陛下難道不知道……」

趙佶沉眉道：「你說。」

沈傲哂然一笑，道：「剛剛只是微臣胡言亂語，用錯了用詞，請陛下恕罪，其實並沒有什麼事。」他眼睛一眨一眨的，明眼人都知道這是話裡有話。

趙佶語氣更是不善，道：「沈傲，你有事瞞著朕，有話就說，閃爍其詞做什麼？」

沈傲被逼無奈，只好道：「微臣萬死，其實微臣心裡還藏著私心，這些話若是說出去，就怕陛下更加器重太師，微臣和太師之間，嫌隙還是有些的……這個……這個……坊間裡都在說，自從陛下即位以來，天下太平，百姓安居樂業，這都是陛下聖明的緣故……還有……」

趙佶聽到聖明兩個字，語氣緩和了許多，溫言細語地道：「還有什麼？」

「還有就是陛下慧眼識炬，任用太師爲相，當朝太師，乃是孔明轉世一般的人物，自從他做了太師，殫精竭力不說，事事都處置得密不透風，天下人都說，太師乃是曠古未有的賢相。」

沈傲繼續道：「坊間還編了一首童謠呢，叫什麼來著……哦，是了，叫蜀丞相、宋太師，有了菜，便是人間好世界。」

沈傲心裡不得不佩服自己的學問，短短幾秒鐘，便編出了一個段子。前頭一段是拿蔡京和孔明對照，後頭有了菜，恰好對應了蔡京的蔡字，意思就是說，有了蔡京便是人間好世界。

沈傲苦笑道：「微臣和太師一比，真真是螢火與日月爭輝，黯然失色不說，太師清譽如此，而微臣卻是過街老鼠，人人咒罵。」

最後一句話，趙佶已經聽得模糊了，他計較的是前面一句話，蔡京是孔明，那麼他是誰？莫非是那劉禪？還有，天下人皆稱頌盛世，原以爲是誇他這個皇帝聖明，原來自己在百姓心中只是附帶的，至多，也不過是慧眼識炬罷了，這盛世是蔡京營造出來的。

聽了沈傲的話，趙佶心裡已經升騰出一股怒火。

也難怪趙佶心裡不自在，他雖然是個懶皇帝，可是自家卻是一直自我感覺良好，認爲自己還算勤政，還算賢明，比不過堯舜，至少可以和先祖太宗皇帝並肩，誰知這「盛世」，卻是給蔡京做了嫁衣，這是意味著功高蓋主啊！

趙佶聽沈傲滔滔不絕地說著蔡京的勤懇、賢明，心裡拚命壓抑住怒火，這時候一點也沒有表現出來。

沈傲見趙佶勉強帶笑的樣子，心裡暗暗偷笑，忍不住想，我這算不算是進讒言？阿彌陀佛，但願閻王爺他老人家智商低一些，不要送我去拔舌地獄。

「夠了！」趙佶終於耐不住性子，打斷沈傲繼續說下去，又勉強擠出幾分笑容，道：「太師的賢能，朕已經知道，不必再說了。」

沈傲立即住口。

趙佶輕笑道：「朕有些倦了，這些奏疏朕還要繼續看一下，你暫先告退吧。」

彷彿要掩飾什麼似的，趙佶隨手拿起一份奏疏去看，誰知偏巧拿的正是方才那份興化軍的彈劾奏疏，趙佶再看到「事涉太師，微臣不敢擅專」時，眼眸閃過一絲冷意，隨即又顯露出怡然自若的樣子。

沈傲悄然退了出去，從文景閣出來，心情大好，趙佶雖然盡力克制，沈傲仍然感受得到他的怒火，門口撞見了楊戩，沈傲走過去，低聲在楊戩耳畔密語了幾句話，楊戩笑起來道：「好說，好說。」

說罷，沈傲便打馬出宮。楊戩目送他走了，進文景閣去，趙佶已經不看奏疏了，愣愣地在榻上呆坐。

楊戩淡淡笑道：「陛下，要不要換杯茶水？」

「嗯，不必。」趙佶臉色舒緩了一下，突然問：「蜀丞相、宋太師，有了棻，便是人間好世界。這句童謠你聽說過嗎？」

楊戩微微笑道：「依稀聽說過，天下人都讚陛下賢明呢。」

趙佶頷首，不動聲色地嗯了一聲，淡淡笑道：「這是朕慧眼識炬的緣故。」

第七十四章 你不完蛋誰完蛋？

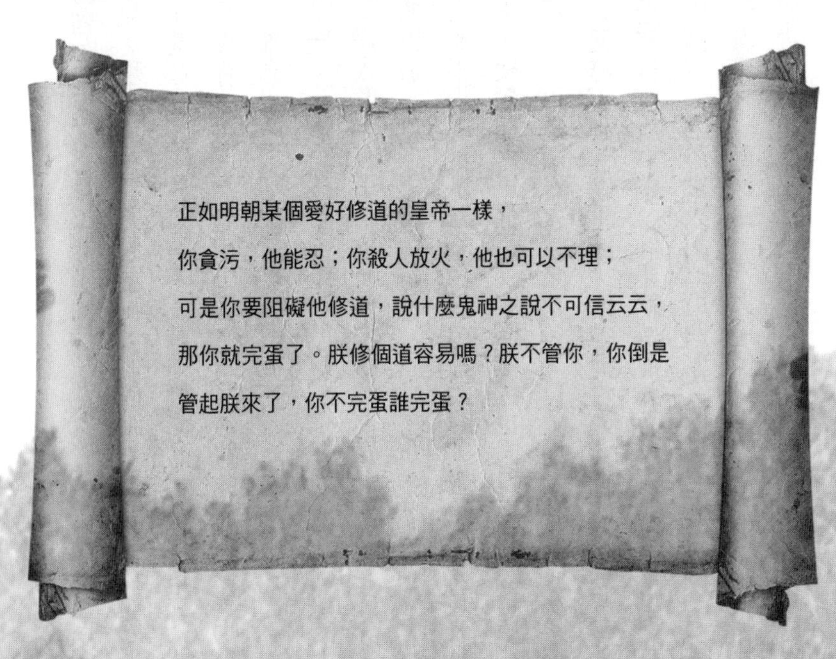

正如明朝某個愛好修道的皇帝一樣，
你貪污，他能忍；你殺人放火，他也可以不理；
可是你要阻礙他修道，說什麼鬼神之說不可信云云，
那你就完蛋了。朕修個道容易嗎？朕不管你，你倒是
管起朕來了，你不完蛋誰完蛋？

沈傲回到府裡，劉勝匆匆地過來，為沈傲撣撣身上的灰塵，道：「王爺也真夠忙的，方才有幾個讀書人求見，現在還在裡頭候著呢，他們說，是王爺請他們來的。」

沈傲噢了一聲：「本王想起來了，確實是本王請他們來的。」抬腿步入門房，道：「我去見見他們，有一件事要你去做，你到街上去，拿些錢買些冰糖棍，哄幾個孩童去說念一句童謠，告訴他們，誰念得多，下次還有冰糖棍吃。」

劉勝道：「什麼童謠？」

沈傲笑道：「蜀丞相、送太師，有了菜，便是人間好世界，去吧。」

劉勝點著頭，忙不迭地去了。

沈傲步到正廳，來的人並不少，足足三十多個，打頭的，居然是那個被沈傲罵得狗血淋頭的樂顏，見沈傲進來，樂顏顯得局促不安，面帶愧色。

這大宋的讀書人雖然清貴，可是讀書人越來越多，科舉卻越發難如登天，三年取士也不過數百人，僧多粥少，又尋不到什麼生計，既是清貴人，說的難聽些，就算想去做點事，人家也不敢請，於是整日無所事事，無非就是清談而已。這些人也是有苦自知，可是表面上，卻又不能顯山露水，唯恐被人說三道四。

武備學堂倒是給了不少讀書人一條好路，不過這條路也不是人人能走，就比如樂顏這樣的，年歲已經不小，他肯去，武備學堂也不肯收。沈傲那一日在諮議局說給他們一個前程，雖然有人嗤之以鼻，卻也有不少人動了心思，思來想去，最後還是來了。

沈傲看了樂顏一眼，也不去揭破從前的恩怨，只是淡淡笑道：「來了？不必站起來，都坐下。」說罷叫人奉了茶，道：「你們肯來，本王很是欣慰，這讀書人也不全是空談的。」

樂顏尷尬地道：「王爺有什麼吩咐？」

沈傲笑道：「吩咐談不上，不過是想重金聘請諸位去做些事罷了。」隨即道：「泉州那裡，本王打算成立一個學堂，急需招募一些讀書人去教授學問，諸位若是有心，每月的薪資十貫，有誰肯去？」

居然是教學，所有的人都沉了下來，教學不就是授館嗎？做這個對讀書人是一條出路，可是在座之人卻沒有幾個願意的，要真是去授館，他們早就去了，何必要尋這平西王？

樂顏道：「王爺，這學堂仿的莫非是武備學堂的定制？」

沈傲欣賞地看了樂顏一眼，這傢伙確實是個聰明人，一語就說中了要害。若仿的是武備學堂的定制，這就不必說了，他們這些教授，其待遇不會比博士要低，倒也去得，可若是尋常的學堂，那就沒什麼意思了，以他們的學問，在汴京有的是授館的出路，沒必要去泉州。

看到眾人期盼的樣子，沈傲淡淡一笑，道：「先試用一下，什麼時候有了規模，再以武備學堂的定制辦起來。這間學堂的規模不小，容納的學子不下萬人，到時候招募的博士還多得很，你們若是肯先進來，也算是元老了。」

沈傲純屬是糊弄，之所以辦學堂，是因爲有朝一日接管福建路便利一些，泉州是世界第一大港，還要繼續擴張，更需要許多專業人士充塡進去，沈傲要辦的這個學堂，大致和後世的初高中差不多，這些人的水準考秀才有點困難，可是肚子裡又有些墨水，將來培訓一下，反而更好用。

這學堂，與大宋的精英路線不合，雖然文官體制在這個時代已是劃時代的優秀制度，到了後世，更是被廣泛的應用，工業革命時期的英國人也不得不向那時的東方學習，引進這種先進體制，於是各國爭相效仿，最後演化成爲公務員文官體制。

將來若真的就蕃，三省分權制自然要從大宋照抄過來，不過這個文官體制，仍有改善的空間，這個時代的文官體制只限於精英，數十萬讀書人擠破頭去爭搶幾百個官位，其難度可想而知，倒不如把「官位」擴大化，將吏也容納入科舉的規模，將來放置職務，全憑考試的結果就是。

樂顏等人面面相覷，一時難以決斷，沈傲淡淡一笑道：「不如這樣，你們且先想一想，什麼時候想通了，再和本王說。」

打發樂顏等人走了，沈傲仍舊在家歇養，反正一時也沒有事做。

朝中卻是有些消息傳出來，是蔡絛請辭，宮裡自然拒絕，推辭再三，授了個福建路提刑使的職務，蔡絛立即交割了兵部尚書的事，立即就跑了，送都沒叫人去送。

另外還有蔡攸，也放了個福州府廂軍指揮的職務，前面的消息引起許多人議論紛紛，後面那個卻沒掀起多大的波瀾，這也難怪，一個廂軍指揮，官階低下，又是武職，實在不起眼，倒是幾個有心人看出了點裡頭的玄虛，卻也只是作壁上觀，繼續看龍爭虎鬥。

沈傲收到了消息，並沒有站出來阻止，姓蔡的全部去了興化軍，他倒一點都不介意把他們一窩端了。三日之後，仍舊入宮，掐好了時間，又是趙佶翻閱奏疏的時候，沈傲步入文景閣裡，估摸著趙佶還沒有看到那份興化軍來的奏疏，沈傲立即道：

「坊間有人說陛下耽於遊樂，微臣若是見誰再敢胡說八道，一定當面給他幾個耳刮子，微臣數次入宮，放眼所見的，都是陛下勤勤懇懇地翻閱奏疏，古今帝王若論一個勤字，誰能比得過陛下？」

趙佶見沈傲來了，本有放下奏疏的打算，聽沈傲這般一說，虎軀一震，精力大漲，這時候也不好把桌上的奏疏一推，說今日不看了，人家都誇到這個份上了，樣子總要擺一下，於是很矜持地壓了壓手道：「先坐一會兒，待朕看完這幾份奏疏再和你說話。」

沈傲雙目紅彤彤地道：「陛下要注意身體，政事固然要緊，可是身子卻是陛下自家的。」

趙佶淡淡一笑，繼續拿起奏疏翻看，這一次看，比沈傲來之前要認真仔細很多，不再是一目十行，甚至落筆批語的時候都比先前多寫了幾個字，之前打個圈圈算是同意，叉叉算禁絕，現在難得地用他的瘦金體寫上准奏或不成幾個字。

沈傲心裡竊喜，心想：原來誇獎的力量如此的偉大，果然是有科學根據的。

趙佶看了幾份奏疏，突然眉宇一沉，冷聲道：「又是興化軍！」他的臉上已有些陰晴不定，隨即狠狠地將奏疏甩在御案上，厲聲道：「無法無天！」

沈傲垂頭喝茶，繼續充當鴕鳥。

趙佶抬眸向沈傲道：「來看看這份奏疏。」

沈傲故作驚訝地道：「陛下，讓微臣看似乎不好吧，這是機密大事……」

「看！」趙佶的聲音顯得有些顫抖，想必怒氣未消。

沈傲只好撿起奏疏，看了一眼，只見奏疏上寫著：

「微臣泉州知府馬應龍據實稟奏：悉有豪強蔡健，興化軍人士，在泉州街面遊逛，與人廝打，毆死無辜蒼生一人，官府出沒，蔡健殺官差而去……」

不用看，這奏疏的內容沈傲也早已知道，只是這時候，他也忍不住大罵一句：「混帳，毆死無辜蒼生，竟還殺死官差，他這是要造反嗎？目無綱紀到這個境界，是什麼人這般縱容？即使是皇子也都安安分分而不敢恣意胡爲，這人難道比皇子還厲害？」

這一句「無心」之言，不啻是火上澆油，趙佶的臉色更加冷冽，重重地哼了一聲，道：「皇子犯法與庶民同罪，他蔡家是誰借的膽量？」不由又想，天下人都誇獎蔡京賢能，這樣的人教出這等子嗣來，不是沽名釣譽是什麼？轉念之間，就把餘怒牽扯到蔡京的身上。

沈傲呆了一下，隨即再看奏疏，一副看到了後頭那一句「事涉太師」四個字立即醒悟了的樣子，忙道：「陛下，這……咳咳……」他咳嗽一聲，定住了神，才道：「蔡家人口眾多，出幾個不肖子孫也是不難避免的，請陛下息怒。」

趙佶拍案而起，道：「我大宋若家家像他們蔡家，這天下還能平和平靜嗎？朕要嚴辦，這個蔡健……」他闔目冷笑，眼眸中迸發出一絲殺機：「立即命有司拿辦，押解赴京。」

沈傲呆了一下，立即道：「陛下，萬萬不成。」

趙佶冷著臉道：「還要勸朕？太師這些時日在朕跟前沒少說你的閒言，你還這般回護著他？」

沈傲慨然道：「微臣公私分明，公是公，私是私，太師與微臣政見不合，可是微臣身爲親王，又爲陛下獨當一面，豈能因私廢公，做落井下石的苟且之事？」

這句話說得正氣凜然，言外之意，卻是蔡京那個老混蛋說老子壞話，因私廢公。

趙佶嘆了口氣，深望沈傲一眼，隨即說道：「你這個性子早晚要吃虧的，若不是朕一直護著，你這樣的待人處事，早就吃大虧了。」

沈傲的臉上立時一副正義凜然的樣子，道：「陛下洪恩，微臣謹記在心。微臣這也正是爲陛下著想，才請陛下切莫裁處蔡健，此事……就當沒有發生吧。」

趙佶眸光一閃，露出疑慮之色，漫不經心地道：「怎麼？爲了朕著想？」

沈傲頷首道：「太師掌國數十年，門生故吏遍及天下，這些人，既是陛下的臣子，也是太師的門生，這麼多人依附在太師身上，太師在朝中已是不可或缺的人。陛下若是處置了蔡健，太師的面子如何擱得下？若是太師爲此心有成疾，不再署理朝政，天下怎麼辦？社稷又該怎麼辦？」

趙佶隨即顯得更加不悅，道：「怎麼？沒了一個太師，朕就連社稷都沒有了？沒了他，朕的天下就沒有了？這是你的想法，還是天下人的想法？」

沈傲大是汗顏，這個想法確實是自己的，可是嘛，少不得要代表一下天下了，期期艾艾地道：「陛下，微臣不是這個意思，微臣是，是……」

趙佶冷笑道：「若是你不失言，朕還不知一個太師這般重要，原來他的子嗣目無綱紀，朕還不得處置了？」

在趙佶心裡，蔡京確實是個不可或缺的人，可是他人若是都這樣想，好像整個地球離開了蔡京就轉不動似的，趙佶聽了，難免會勃然大怒，在他心裡，自己是天子，離了他這個天子，地球轉不動才是真的，一個太師不過是自家的臣子，算是什麼？

沈傲苦笑道：「不管如何，此事還請陛下三思。」

趙佶又是冷笑道：「沒必要三思，下旨拿人就是。」

沈傲嘆了口氣，搖頭道：「若是如此，微臣只能……」他憋了許久，差點想偷笑出來，終於還是脫口道：「表示遺憾了。」

趙佶看了他一眼道：「這又是爲何？」

沈傲道：「蔡健固然是罪無可赦，可是陛下可曾想過，陛下的旨意發出去，能否拿住他？」

趙佶冷笑道：「普天之下莫非王臣，朕的旨意，難道也有人敢不遵？」

沈傲抿了抿嘴道：「陛下無妨一試！」

趙佶被沈傲這麼一激，心裡立時升出一股滔天之火，他倒要看看，自家的聖旨難道比不過蔡京的一張臉？下頭的官員，就算是蔡京的門生故吏，難道就不是他趙佶的臣子？

趙佶拍案道：「楊戩……」

楊戩惶惶不安地進來，恭謹地道：「陛下有什麼囑咐？」

趙佶冷冷地道：「擬中旨：興化軍草民蔡健恣意胡爲，罪無可赦，命有司立即鎖辦，押赴京畿令刑部審理。」最後咬了咬牙，繼續道：「若是罪證確鑿，殺無赦！」

楊戩記下，繼續問道：「旨意要不要先送門下？」

趙佶冷哼一聲，道：「沒必要，直接送去福建路，不要耽擱。」

「遵旨。」

沈傲臉上浮出一絲詭異的笑容，每一份奏疏，每一個步驟，都是沈傲精心策劃，針對趙佶的弱點，一步步將蔡京推到懸崖。

趙佶的弱點是害怕麻煩和好大喜功，原本一本彈劾蔡家的奏疏，被沈傲分爲七八份，每隔三日送來，以趙佶的性子，蔡家的一點罪狀算不得什麼，連理會的興致都欠缺，最多也不過是將蔡京召來知會一聲，叫他注意便是。

可是將這些奏疏分成許多份就不同了，每隔幾日，就在趙佶忘掉興化軍的事之後，恰好一份奏疏送過來，第一次可以，第二次也能原諒，可是第三次、第四次，趙佶就開始煩躁了。他這人喜歡清靜，不喜歡看不願意看到的東西，可是彈劾奏疏，門下省不敢截留，他又不得不看，興化軍知軍和泉州知府不過是按著自己本分，上書請皇帝處置，趙佶總不能遷怒到他們頭上。

這個時候，就是趙佶最不耐煩、也是最容易動火氣的時機，一個人一旦動了火氣，許多事就開始不理智了。趙佶所求的，無非是滿耳的恭維而已，並不願意看到這些，可是在他心裡，這蔡家人好像和他結了仇，接二連三地捅出亂子，從一開始懷著回護的心思，到後來忍無可忍，正如明朝某個愛好修道的皇帝一樣，你貪污，他能忍；你縱容家人作惡，他無動於衷；你殺人放火，他也可以不理；可是你要阻礙他修道，敢上一道奏疏上去，說什麼鬼神之說不可信云云，那你就完蛋了。朕修個道容易嗎？朕不管你，你倒是管起朕來了，你不完蛋誰完蛋？

趙佶的心思也是如此，朕要寄情山水，要吟詩要作畫，還要練習書法，更要署理國事，要應付後宮佳麗。你不給朕清靜，朕不給你點顏色看看，你就敢上房揭瓦了。

問題的關鍵不是蔡家的這些罪行，趙佶不以為然，甚至可以當做充耳不聞。可是偏偏要每隔三兩日來這麼一下，泥菩薩也有三分火氣，尤其是趙佶這種行書作畫的大家，最緊要的是凝神靜氣，被這些奏疏一折騰，什麼氣都來了，還怎麼陶冶情操，豐亨豫大？

當然，這不厭其煩的奏疏只是開端，真正促使趙佶下決心的，是沈傲的奏對，因為趙佶還有一個弱點，那就是好大喜功，沈傲在趙佶面前說蔡京的好話，直把他比作了離開了蔡京、天下不得安寧的孔明在世，趙佶雖然含笑，可是心裡已生出了憎惡。功勞都算到了蔡京頭上，自家反成了十足的劉禪在世，這還了得？簡直是豈有此理！

趙佶生氣了，後果卻並不嚴重，蔡京掌國數十年，深得寵信，雖說趙佶對他生了嫌隙，卻不是收拾他的理由，趙佶此時的心思只不過是想借著一個蔡健，好好地敲打蔡京一下，敲打完了，也就沒事了。

沈傲心裡明白，自己要做的第二個步驟即將開始，這個步驟落下帷幕，便是蔡京死無葬身的時候。

沈傲笑呵呵地與趙佶閒談了幾句，從文景閣走出來，卻不肯離開，而是慢吞吞地故作要離開的樣子，等楊戩出來。

楊戩出來時，時間已是不早，沈傲朝他揮了揮手，楊戩快步過來道：「怎麼？還有事？咱家還要去敏思殿給陛下擬旨意呢。」

沈傲笑呵呵地道：「有一件事得要泰山幫忙。這份旨意，方才陛下說不需要經過門下省，是不是？」

楊戩頷首點頭道：「中旨都是這樣的。」

沈傲道：「旨意擬好了，傳旨意的太監一定要選個信得過的人，不要走漏了風聲，尤其是不要讓汴京城裡有人知道，立即送去福建路。」

楊戩呆了一下，隨即笑吟吟地道：「看來，蔡京要倒了？」

沈傲正色道：「老賊一日不死，天下一日不安，他自己做的孽，也該償了。」

楊戩嘻嘻笑道：「除掉他，便再無人能動搖你了，放心便是，咱家知道輕重，一定選一個信得過的人，絕不讓消息走漏出去。」

沈傲謝過，出了宮。

這一次，沈傲沒有直接打馬回家，若是說蟄伏了半個多月的沈傲靜若處子的話，那麼他現在確實比脫兔跑得還要快。飛馬到了武備學堂，立即將童虎尋來。

童虎在武備學堂操練了半個月，漸漸地習慣，對武備學堂倒也滿意，這裡和邊關差不多，操練還更勤快一些，而且軍紀森嚴，比起邊軍的散漫，童虎更喜歡這裡。

童虎和他的叔父一樣，生來就是做武將的料，只是他的叔父先去做了一個更有前途的行業，跳槽去做了武將，因此童貫的性格深沉得多，而這童虎卻單純多了。

「王爺有什麼事要吩咐卑下？」

沈傲見童虎來了，微微一頓，和氣地道：「是童虎啊，來，坐。」說著，露出狼外婆一樣的笑容，直叫童虎後脊冒出涼氣。

「童教頭在這裡還過得慣嗎？」

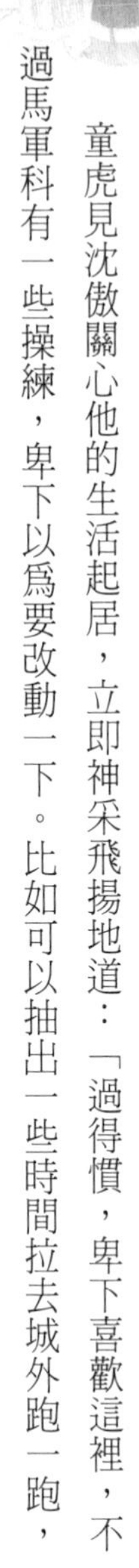

童虎見沈傲關心他的生活起居，立即神采飛揚地道：「過得慣，卑下喜歡這裡，不過馬軍科有一些操練，卑下以爲要改動一下。比如可以抽出一些時間拉去城外跑一跑，馬軍其實都是跑出來的，跑得多了，許多經驗以後都能用得上。」

想不到這傻大個居然還能想事，沈傲便道：「可以讓教頭和博士一起商議一下，若是可行，就報上來，本王來批。」隨即露出自己的意圖：「不過，本王現在有一趟差事要叫你去做，你得把手頭的事先放下。」

童虎道：「王爺但且吩咐就是，卑下以後就是王爺的人了。」

沈傲情不自禁地起了一身的雞皮疙瘩，你是我的人，我也不敢要啊，本王三觀很正的，烏七八糟點蠟燭之類的事，想想都覺得邪惡。

沈傲尷尬地咳嗽一聲，道：「本王是叫你去泉州一趟，有一封信要交給泉州知府和興化軍知軍，這封信十分重要，且要以最快的速度送去，途中不許耽擱，知道嗎？」

童虎重重地點頭道：「卑下遵命。」

沈傲抽出一份早已寫好的信來，交給童虎，不忘囑咐道：「現在就動身，身上多帶些錢引，還有，到了興化軍那邊，興化軍知軍若是有什麼事要你做，你也不必推辭，按著他的吩咐做就是。」

童虎接過信，真以爲是天大的事，忙不迭地去了。

沈傲坐在明武堂裡，笑吟吟地喝了口茶，整個人頓時輕鬆起來，那封信，說實話一點都不重要，裡頭只是問候了興化軍知軍幾句，再囑咐那知軍有什麼粗活累活但管吩咐童虎就是。之所以讓童虎去送這封信，無非是要拉童貫下水。

眼下是對蔡京動手的最緊要階段，邊軍那兒雖說使不上力，關鍵時刻還可以拉出來落井下石、過河拆橋什麼的，童虎去了泉州，童貫這老狐狸若是聽到了消息，自然明白自家和蔡京已經勢不兩立，到時候裹脅著邊軍一起鬧一鬧，蔡京必死無疑。

其實不需要童貫，沈傲也有九成的把握將蔡京置於死地，可是有了童貫，蔡京全家死光光的把握就是十拿九穩了。

沈傲打了個哈欠，萬事俱備，眼下只需等消息。喝了兩口茶，想起許久沒來武備學堂，便把教頭、教官、博士們都叫來，問了些話，興致盎然地離開。

接著繼續打馬去鴻臚寺，這鴻臚寺表面上是沈傲把持著，可是細務都是楊林管著的，門口的胥吏見了他，真是比見了失散多年的親爹還要激動，歡天喜地地將沈傲迎進去，沈傲只是吩咐一聲：「把楊林尋來。」

楊林托了沈傲的福，如今已是鴻臚寺少卿，滿面紅光地過來，親自給沈傲上了茶，道：「王爺怎麼得閒了，寺裡頭有不少事，下官都不敢做主，正要送到王府去，王爺來了便好，正好做個主。」

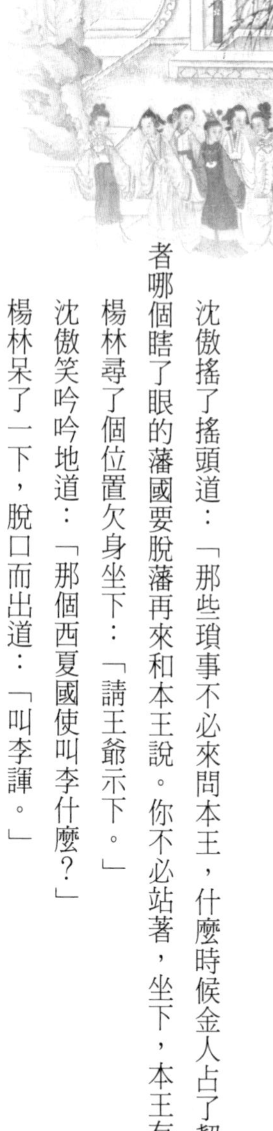

沈傲搖了搖頭道：「那些瑣事不必來問本王，什麼時候金人占了契丹國的國都，或者哪個瞎了眼的藩國要脫藩再來和本王說。你不必站著，坐下，本王有事要交代。」

楊林尋了個位置欠身坐下：「請王爺示下。」

沈傲笑吟吟地道：「那個西夏國使叫李什麼？」

楊林呆了一下，脫口而出道：「叫李諱。」

沈傲呵呵一笑道：「就是他了，他現在住在鴻臚寺嗎？」

楊林呵呵笑道：「王爺不是吩咐，這國使也是有區別的，分爲上中下三等，從前的時候，西夏是下等國使，下官按著王爺的吩咐，斷了他的米糧，又把他趕去了柴房住。不過這李諱近來不知是怎麼了，突然有了一筆錢，便搬了出去了。」

沈傲道：「這什麼混賬規矩？他要搬走就搬走，當咱們鴻臚寺是旅館客棧嗎？想來就來，想走就走？簡直就是胡鬧，豈有此理。你帶著人立即去京兆府，點些人把這李諱揪出來，就和他說，來者是客，使節一律由鴻臚寺招待，把他給本王逮回來，再調幾個差役給本王好好地看著他，哪裡都不許他去。」

楊林呆了一下，這鴻臚寺聽著怎麼像是黑店？尷尬地問：「如今西夏和我大宋……咳咳……是不是該把他這下等使節的地位上調一下，安排到上房去？」

沈傲擺了擺手道：「算了，本王是正兒八經的上使，他都住上房了，本王的面子怎麼擱？仍舊住他的柴房吧。」頓了一下，繼續吩咐道：「這個人以後本王還有用，所以人給本王看好了，少不少毫毛和本王沒干係，只要別死了就成，所以你要費費心，下個條子到京兆府去吧，乾脆讓他們派一隊步弓手來，省得出什麼亂子。」

楊林見沈傲說得這麼鄭重，立即正色道：「下官明白了，下官這就去把人請回來。」

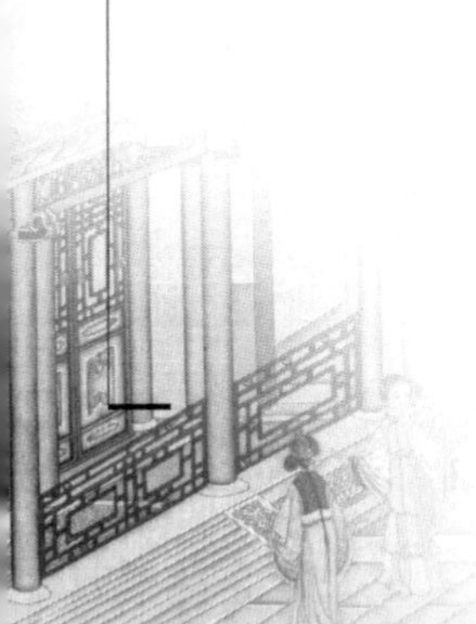

第七十五章 大禍臨頭

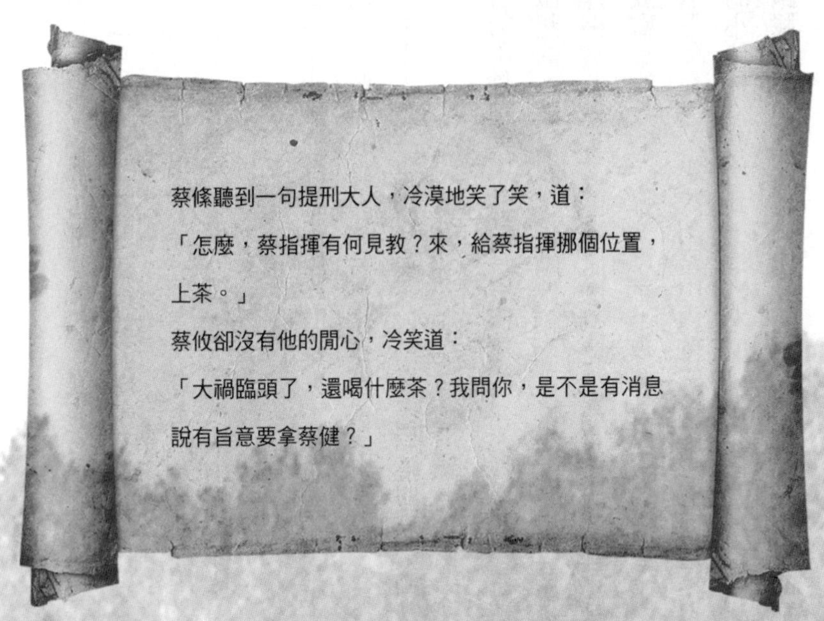

蔡絛聽到一句提刑大人，冷漠地笑了笑，道：

「怎麼，蔡指揮有何見教？來，給蔡指揮挪個位置，上茶。」

蔡攸卻沒有他的閒心，冷笑道：

「大禍臨頭了，還喝什麼茶？我問你，是不是有消息說有旨意要拿蔡健？」

從汴京到福建路，陸路走的是最慢的，福建多山，雖有官道，可是這般跋涉過去，便是快馬加急，也不知要耽誤多少時候。所以往往欽命辦差，走的都是水路，先從汴京一路下運河到蘇杭，再轉海路直抵泉州。

大海上，一艘大船慢慢游弋，這碧波萬里，只留下這幾葉小帆，遠遠看去，顯得說不出的渺小。

這是一艘貨船，船體卻是不小，比之福船雖多有不如，卻也有近千料上下。再加上沒有堆積貨物，吃水又不深，三張帆布打開，當真深快如箭矢。

坐在這船上的客人，船夫水手們一絲一毫都不敢怠慢，用這些粗人的話來說，這些人是宮裡來的。

最大的一處船艙裡住著的不是別人，乃是宮中內侍碧兒。

碧兒這個名字，是楊戩起的，碧兒認了楊戩做乾爹，自然就叫楊碧兒，楊碧兒在宮裡也算是謹慎的人了，能拜楊戩做乾爹，可見他也不是尋常的內侍。這宮裡頭都有拜乾爹的習慣，幾個主事和外放監軍的太監，哪家沒有十幾個乾兒子？

十幾個大老，外加百來個乾兒子，組成了宮中內侍的核心，偏偏這楊碧兒，卻不在核心之中，甚至連個貴人的小伴都沒有撈到，楊戩之所以如此佈置，自然另有他用，正因爲楊碧兒的謹慎，許多跑腿的事都交給他去做。若是成了小伴，宮裡的那些貴人們時不時要差遣，許多事就走不開了。

楊碧兒也清楚楊戩的意圖，心知自家現在雖是如此，將來定是前程不可限量。所以爲楊戩辦起事來都是滴水不漏，一絲一毫都沒有出差錯。就比如這一次，楊戩令他去泉州拿人，涉及到的是蔡家，是個叫蔡健的傢伙。這麼個傢伙，換作是別人，接了這旨意，只怕後腦殼都冒涼氣了，偏偏楊碧兒不怕。他心裡清楚，自家乾爹和沈傲是一路的，平西王又和蔡京不和，拿了蔡健，就是大功一件。

所以這一趟差事，他很是小心謹慎，點選了幾十個殿前禁衛，一開始都沒有透露出意思，只是說宮裡派去泉州辦事，到了蘇杭這邊，才透露出差事的內容。

楊碧兒雖是小心，卻萬萬沒有料到坐海船的辛苦，下了水，立即吐了個死去活來，那些殿前禁衛又不是貼心人兒，靠這些粗人照料，更是想都別想。好不容易熬了過去，船夫說已經到了福建路海域，再有幾個時辰，便可到泉州了。

泉州是大宋第一大港，更是世界第一座大港，如今釐清了海事，更加非同凡響，數個海灣不斷有海船進出，這些海船，都是去近海的，據說去遠海下南洋的船，都是每月初一那天一起啓程，當真是浩浩蕩蕩看不到盡頭，初一那天，港口這邊比之過年還要熱鬧，要先放鞭炮，還要祭拜媽祖，要在船頭上掛紅綢緞，再加上來港口處送別的，以及泉州官員來走個過場的，人山人海，等到一聲炮響，數千上萬支船帆升起，整個海灣水道都是一片片。

好在今日是十七，說不上什麼好日子，海灣還不至堵塞，只有幾十艘藩船要進港去，還有一些去流求（臺灣）的船隻出來，一般不去太遠的貨船，都不和水師出海的，畢竟近海的海盜已經釐清一空，路程又近，所以相對自在一些。

楊碧兒的坐船終於抵達泉州，從一處海灣進去，沿著水道，便有引航的水手在船首上等待碼頭上的動靜。每一艘船進港，並不是說隨意出入的，水道都有嚴格的區分，哪一處水道進哪一處碼頭也都有規矩。

過了片刻，碼頭那邊有了動靜，乙辛號碼頭有引水吏打起了旗子，這艘貨船才按著引水吏的吩咐，往乙辛號碼頭過去，接著便是上舢板，拋錨，下帆，楊碧兒被幾個禁衛攙扶下來，腳著了地，那如棉花一樣的腿才覺得踏實了一些。

楊碧兒喘了幾口氣，真真如去閻王爺那邊走了一遭，撣了撣身上的灰塵，便吩咐道：「去，尋幾輛車，去興化軍。」

這些殿前禁衛也好不到哪裡去，汴京那兒也算是北方了，北人不善水，更何況乘的是海船？若不是因爲體格健碩，勉力支撐，至少不會如楊碧兒這樣狼狽，只怕也吃不消。

這些禁衛見楊碧兒連個歇腳的時候都不留，頓時面面相覷，一個虞候道：「楊公公，要不要歇歇再走？」

楊碧兒卻是不敢怠慢，楊戩的吩咐言猶在耳，一絲一毫都不能怠慢，哪裡願意耽擱，便道：「辦完了差，咱家再和大家在這泉州好好玩玩，現在還是差事要緊。」

殿前禁衛們心中叫苦，卻也不敢違逆，只好隨著楊碧兒上了碼頭，誰知這碼頭處，卻有小吏查驗身分的。

小吏們攔住這些人，詢問身分，楊碧兒後頭的一個禁衛已經怒道：「大膽，咱們是宮裡的人，這身分也是你查的？」

聽到宮裡幾個字，小吏二話不說，其他幾個繼續攔著，一個人已經飛快去報信了。

楊碧兒要走，小吏們卻不肯，說是公公稍待，我家知府馬應龍和水師指揮大人早已吩咐過，說是宮裡來了人，一定要好好招待。

楊碧兒一頭霧水，心裡想，咱家來這邊，一點消息都沒有走漏，他們怎麼知道宮裡會來人？隨即一想，便大致知道了原委，都說泉州和平西王關係匪淺，肯定是平西王怕怠慢了咱家，特意叫他們來做東的。

平西王，楊碧兒是萬萬不敢怠慢的，若說楊戩是他的乾爹，這平西王也算是他的……咳咳……乾姐夫了，當然，他和這個乾姐夫是一個天上一個地下，關係遠著呢，楊碧兒不能得罪的三個人裡頭，陛下是一個，乾爹是一個，平西王也是首屈一指的一

個。

因此雖是心急火燎，卻也不好說什麼，過不多時，便有一隊隊官差過來，簇擁著一頂小轎，轎子裡鑽出一個人，正是知府馬應龍。

那馬應龍快步上了碼頭，一見到楊碧兒，便立即挽住他的手，笑嘻嘻地道：「公公舟馬勞頓，辛苦，辛苦。」

楊碧兒無法，只好和他寒暄。

再過一會兒，又是一隊水兵簇擁著一個指揮打馬往這邊來，卻是南洋水師指揮楊過。這楊過從前是水師教頭，如今調撥到這裡來，算是平西王的貼心人，翻身下馬，青銅色的臉上如沐春風，飛快過來狠狠地一拍楊碧兒，道：

「楊公公，早知道你要來，叫人苦等，走，到望遠樓去，鄙人和馬知府做東，少不得要給楊公公接風洗塵。」

楊碧兒要婉拒，馬應龍還好，楊過這邊卻違拗不過，拉扯著他就走，不忘大剌剌地道：「楊公公這般客氣，是瞧不起我這粗漢嗎？」

連拖帶拽，總算把楊碧兒拉去了望遠樓，接著便是酒過三巡，寒暄唏噓，待差不多了，楊碧兒已是醉醺醺的，這時候有天大的心思也都放下，被人扶著去歇息去了。

楊碧兒一去歇息，馬應龍和楊過便默契地到了一處廂房中去喝茶，二人對視一眼，眼眸裡都帶著玩味，楊過先道：「馬知府，是不是該給段知軍傳信了？」

馬應龍頷首點頭：「那段海聰明著呢，只怕早已動手了，不過傳個信是應當的。」他頓了頓，微微一笑道：「據說那蔡家兄弟已經到了福州赴任，也該給他們放個消息了。王爺這一趟不容有絲毫差錯，扳倒了蔡京，咱們就是大功一件，楊指揮，這楊碧兒無論如何，也得在泉州耽擱三天，這種事……哈哈……」

馬應龍笑了起來，道：「這種事老夫做不來，一切都落在楊指揮身上了。」

楊過也是哈哈一笑，道：「好說，好說，明日再請他喝酒便是。本來嘛，武備學堂的規矩，是不准喝酒的，到了這南洋水師，王爺也不准喝，可是眼下只能破戒了。」

馬應龍莞爾一笑，道：「其餘的事，就全看那段海了，說起來這件事辦好，段知軍才是頭功。」

楊過挑了挑眉道：「計較這個做什麼？大家都是給王爺效力的，王爺好，咱們也好，其他的事，不必計較。」

馬應龍微微一笑道：「楊指揮說得是，怪只怪馬某不是興化軍知軍。」

楊過就笑道：「真要叫你去興化軍，只怕你早就哭爹叫娘了，泉州才是一等一的地方，比那蘇杭的知府都不惶多讓，好啦，水師還要操練，楊某先回水寨去，有什麼消息，立即通報就是。」說罷，大剌剌地站起來，轉身便走。

馬應龍留在這廂房裡喝了口茶，隨即叫了個人來：「去福州，把消息傳出去，要快！」

福州雖是一路路治之所，可是相較泉州，卻少了幾分商業氣息，多了幾許大氣。這裡的建築與汴京不同，不似那種規劃整齊，因爲多山的緣故，顯得有些高低起伏。

福建路數十個衙門都坐落在這裡，使得這裡顯得多了幾分官氣，尤其是靠近提刑使衙門的長街上，更是不知有多少大老爺的轎子路過，據說都是去拜謁新上任的蔡老爺的。

說來也怪，汴京那種地方，便是官至尚書，大多也都是一頂小轎子，便是入了三省，從安石公到司馬相公，再到汴京，也都是如此，既暖和，又不顯山露水。可是在這福州，乃至天下的州府，官轎卻是像比賽一樣，一頂比一頂奢華誇大，從四人轎到八抬大轎，據說到了轉運使、提刑使這一級，還有十六人抬的轎子，這轎子占了半條街，所以走動時，前方要打回避牌，這還不夠，更會有水火差役在前驅出一條路來，敲鑼的、打鼓的也都有，像是看戲一樣。

提刑使衙門並不恢弘，進出的人卻是不少，廂軍要聽調，路內的大案也要請示，在這裡，大致相當於樞密院加一個刑部和兵部了，廟小菩薩大，可不是能輕易怠慢的。

蔡老爺剛剛上任不久，再加上他的背景以及籍貫，本地的人拜謁的實在太多，有門生，有故吏，還有不少是鄉里，但凡沾了點關係的，少不得要去見一見。

蔡條一開始還興致盎然，後來也就煩了，都擋駕回去，只說身體不適，一個不見。

蔡老爺發話，外頭的皂隸自然遵從，管他是什麼人，一律擋住，門口還逗留著幾個不肯離去的鄉紳和幾個外地趕來的芝麻官員，可是這時候，匪夷所思的事卻是發生了。

一騎快馬趕過來，馬上的人非富非貴，穿著的，只是福建路這邊尋常的開襟衫，他下了馬，什麼都不說，只是和門口的差役耳語幾句，這幾個差役一點也不敢怠慢，立即將他迎了進去。

蔡條喝著茶，看看來人，什麼也沒說，只是聽來人道：「消息千真萬確，傳旨意的公公已經到了泉州，三五日之內便可到興化軍，就是要去拿辦四少爺的。」

蔡條半信半疑，道：「若是這樣，爲什麼我爹沒有先露風聲出來？怎麼到了泉州才知道消息？這消息從哪裡來的？莫不是有人故佈疑兵吧？」

來人搖頭道：「二老爺叫小人在泉州候著，小人也打聽了，確實有人被安排在泉州望遠樓，水師指揮和泉州知府都是輪番接待，據裡頭的一個夥計說，爲首的一個應當是個公公沒錯。」

蔡條冷聲道：「不知那沈傲又進了什麼讒言，竟是連我爹都不知道。」他放下茶盞，一下子喝不下去了，如熱鍋螞蟻一樣在廳內團團轉。

這蔡健正是他的嫡親血脈，是蔡行的親爹，若是真的拿了，不說蔡家的面子上過不去，他也於心不忍。

蔡絛咬了咬牙，忍不住地罵了一句：「該死的沈傲。」隨即抬起眸來，對來人道：「立即去老家，不許耽擱，把蔡健尋出來，藏匿起來。」

來人道：「普天之下莫非王土，要藏，哪有這般容易？不如……」說罷，抬頭看了一眼蔡絛的眼色，欲言又止。

蔡絛冷笑道：「你說。」

來人道：「不如讓四少爺出海去，出了海，先尋個地方躲一躲，過幾年再改名換姓地回來，誰還能說什麼？」

蔡絛沉默了一下，咬牙道：「這件事你去安排，多準備些細軟，告訴他，到了外頭不要再惹是生非，只要蔡家還在，就虧不了他，去。」

來人躬身行了禮，剛剛出了門檻，迎面與一個人撞了滿懷，這人火氣不小，揚手甩了一個巴掌過去，啪的一聲，接著便聽到有人心急火燎地道：「瞎了眼嗎？」

來人抬頭一眼，卻是一下子軟了下去，恭敬地道：「大老爺。」

來的正是蔡攸，蔡攸連門房都沒有通報，便心急火燎地趕來，臉上滿是急躁，看了蔡絛一眼，這一對反目成仇的兄弟此刻卻是沉默了一下。

蔡攸能有今日，除了沈傲，這蔡絛也是居功至偉。而蔡絛從前被圈禁在家，卻又是蔡攸從中挑撥的結果。這二人的仇隙不小，只是這個時候，誰都知道絕不能出事，蔡攸雖明白這個道理，卻還是沒好氣地道：「提刑大人，消息收到了嗎？」

蔡絛聽到一句提刑大人，冷漠地笑了笑，道：「怎麼，蔡指揮有何見教？來，給蔡指揮挪個位置，上茶。」

蔡攸卻沒有他的閒心，冷笑道：「大禍臨頭了，還喝什麼茶？我問你，是不是有消息說有旨意要拿蔡健？」

蔡絛呆了一下，隨即冷笑道：「是又如何？」

蔡攸直視著蔡絛道：「那我立即去老家一趟，親自綁了蔡健去請罪！」

蔡絛大怒道：「你敢！」

蔡攸見他這樣，更是不屑地看著他道：「莫非提刑大人還打算將他藏匿起來？」

蔡絛一時啞然。

蔡攸冷冽地道：「丟卒保車，捨了一個蔡健，才能保住蔡家，藏起了蔡健，我問你，宮裡拿人，人卻沒了，你我一個是福建路提刑使，一個是廂軍指揮，都在這福建，宮裡會怎麼想？在陛下看來，你我甚至是家父都是欺君罔上。若是在從前，咱們蔡家一手遮天的時候也沒什麼，可是莫要忘了，現在陛下跟前有一個沈傲，有他在，蔡健只要走脫了，你我真真要萬死莫贖了！」

蔡攸比之蔡絛，確實聰明了許多，一眼便看到了其中的關鍵，捉拿蔡健，只是藉以敲打蔡家，可是旨意下來，人卻沒了，這是什麼？傻瓜都知道是蔡家膽大包天，把人藏匿了起來，足以和欺君二字沾邊了。接下來如何，但凡是傻子都明白。

這蔡絛頓時呆住，一下子被蔡攸點醒，額頭上已是冷汗淋漓，咬牙切齒地道：「沈傲……好毒。」

蔡健是他蔡絛這一房的，與其說他是沈傲這一次的目標，倒不如說是一個誘餌，一旦咬鉤，蔡家便是完了，一個欺君大罪，便是蔡京都捂不住。

蔡絛猶豫再三，臉色又青又白，搖搖欲墜地坐下，嘆息道：「蔡健他……」隨即咬了咬牙道：「蔡指揮，本官這便簽署調令，令你調一隊軍馬，日夜兼程先趕赴興化軍，無論如何，也不能讓蔡健逃了。」

蔡絛雖不是什麼果決之人，此時也有了幾分壯士斷腕的氣概，方才還生怕蔡健走不脫，現在倒是擔心蔡健聽到什麼風聲先行逃匿。

蔡攸重重點頭道：「他逃不了，我立即帶三百馬軍日夜兼程過去。」

二人把事情商量定了，也沒有寒暄的必要，蔡攸立即提筆，寫了一份條子出來，按大宋律，三百人以下的廂軍，可以不經兵部、樞密院核定，就可以由當地提刑衙門直接調兵。

三百人，也足夠蔡攸去把人控制住了。蔡攸拿了調令，什麼也沒說，立即點齊人馬去了。

汴京城此時的天氣漸漸乾燥起來，連續半個月的放晴，讓街面上積攢了許多的灰塵。這時候，達官貴人和士子們一下子消失不見，彷彿要和這渾濁的世界隔離開。

已經有小道消息傳出來，這消息越傳越烈，也不知是誰起的頭，可是許多人此刻變得無比警覺起來，連那最是耿直的禮部尚書楊真這時候也銷聲匿跡。

宮中已有中旨，立即拿辦蔡健，不得有誤。據說這份旨意非但沒有知會門下省，居然連太師也瞞住了。這背後藏著什麼意思，已經不言自明，許多人彈冠相慶，許多人心驚肉跳，這汴京只怕要變天了，只是會變成什麼樣子，卻沒有人能預料。

蔡京當政數十年，做下的事一樁樁一件件都是觸目驚心，可是不得不說，身爲首輔太師，六部九卿裡，又有哪個沒有和他打過交道？便是和他沒有干係的人，至少年節時備一份禮物送過去也是有的。就不知道蔡健之後是誰，宮中是藉故敲打，還是太師的聖眷盡了？

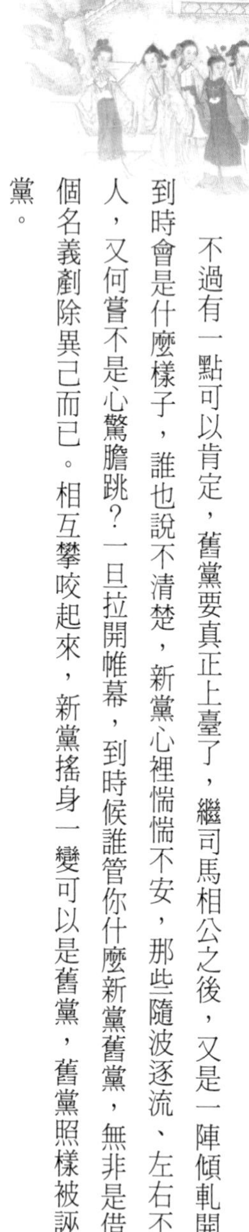

不過有一點可以肯定，舊黨要真正上臺了，繼司馬相公之後，又是一陣傾軋開始，到時會是什麼樣子，誰也說不清楚，新黨心裡惴惴不安，那些隨波逐流、左右不靠的人，又何嘗不是心驚膽跳？一旦拉開帷幕，到時候誰管你什麼新黨舊黨，無非是借著這個名義剷除異己而已。相互攀咬起來，新黨搖身一變可以是舊黨，舊黨照樣被誣爲新黨。

眼下的黨爭，已經不再是圍繞所謂新政、祖制展開，雖說一個個冠冕堂皇，從三皇五帝說到商鞅變法，再從商鞅變法到太祖太宗，說白了，無非就是爭權而已。你死我活，擋者殺無赦！

氣氛已經壓抑到了冰點，而這消息也傳到了蔡府，傳到蔡京的耳裡。

蔡京聽了這消息，整個人一下子癱了下去，嘴唇哆嗦了一下，手指著一個主事道：

「寫……寫家書……不能讓蔡健跑了……」

「老太爺……」這主事一頭霧水，心裡說，老太爺莫不是糊塗了？欽差要去捉四少爺，怎麼還不能讓他逃了？該立即讓四少爺逃得越遠越好才是。

蔡京呼吸加重，渾濁的眼眸裡竟是閃出淚來，雖說早有預料，可是不曾想事情一下子壞到這個地步，那沈傲的心機竟是可怕到了這個地步，步步爲營，環環相扣，每一步都有後著，看上去簡單的事，背後卻是風雨欲來的大禍臨頭，別人看不出，可是他知道。

蔡京重重喘氣，整個人顫抖地道：「起……遲了，已經遲了，既然有了旨意，再如何補救也無濟於事了……」

他整個人癱在座椅上，事情到了這個地步，他這個當朝首輔，歷經數朝的老臣，與元佑舊黨鬥了半輩子的狐狸，那一個個名臣，都被他踩在腳下，如今卻發現，自己竟是無能為力，沈傲一切都安排好了，接下來的，只怕就是家破人亡。

「老太爺……老太爺……」

蔡京闔著目，整個人如僵化了一樣，著實嚇著了一旁的主事，呼喚了幾聲。蔡京突然大笑，笑出淚來，才幽幽道：「罪之大者，無非謀逆和欺君而已，攸兒只怕已經看穿了沈傲的把戲，可是……」他重重咳嗽，然後道：「他只怕也要遲一步。」

蔡京強撐著自己站起來，道：「閉門謝客，就說老夫倦了。」

「倦了……」若說病了倒罷，一個倦了怎麼打發人家？可是這主事卻是一句話不敢說，應了一聲，去門房吩咐。

蔡京顫顫巍巍地走了幾步，那油盡燈枯的身子骨看上去，有著說不出的蕭索和戀棧，如刀刻一樣的臉上，晦暗而恐怖，唏噓了一聲，喃喃道：「一切都太遲了，若是梁公公在，或許還有一線生機。」

梁公公便是梁師成，蔡京這句惋嘆，像是悔不當初一樣，從前自以為大權在握，沈傲不過是跳梁小丑，誰知讓他一步步得逞，從梁師成到王黼，若是這些人還在，又豈會宮中下了中旨，他也不知道？

請續看《大畫情聖》第二輯　六　奪嫡之爭

淘寶達人

每一件古玩都代表著一段歷史,
沉澱著一種文化, 講述著一個故事……
然而, 達人告誡:「看古玩不要聽故事, 好東西自己會說話。」

傳說中的「肚懋油」裏
竟有兩隻西周千年玉蟬
老宅塵封的密室裡,
讓人眼花繚亂的皇陵珍
海盜一生心血的沉船寶
柴窰梅瓶、焦尾琴……
緊跟著淘寶達人的腳步,
上山下海尋找奇珍異寶

之1 無價之寶　之2 鬥寶大會

再掀淘寶狂潮

大畫情聖II 五 致命一擊

作者：上山打老虎
發行人：陳曉林
出版所：風雲時代出版股份有限公司
地址：105台北市民生東路五段178號7樓之3
風雲書網：http://www.eastbooks.com.tw
官方部落格：http://eastbooks.pixnet.net/blog
Facebook：http://www.facebook.com/h7560949
信箱：h7560949@ms15.hinet.net
郵撥帳號：12043291
服務專線：(02)27560949
傳真專線：(02)27653799
執行主編：朱墨菲
美術編輯：吳宗潔

法律顧問：永然法律事務所 李永然律師
北辰著作權事務所 蕭雄淋律師

版權授權：蔡雷平
初版日期：2014年9月
初版二刷：2014年9月20日
ISBN：978-986-352-021-4

總 經 銷：成信文化事業股份有限公司
地　　址：新北市新店區中正路四維巷二弄2號4樓
電　　話：(02)2219-2080

行政院新聞局局版台業字第3595號 營利事業統一編號22759935

定價：280元　　特惠價：199元

國家圖書館出版品預行編目資料

大畫情聖II／上山打老虎 著. -- 初版. -- 臺北市：
風雲時代，2014.04 -- 冊；公分

ISBN 978-986-352-021-4（第5冊；平裝）

857.7　　　　103003450